转首关河气象新

1949年——1955年华东地区小说研究

张红娟 著

安徽师范大学出版社
·芜湖·

责任编辑：盛　夏
装帧设计：任　彤

图书在版编目(CIP)数据

转首关河气象新:1949年—1955年华东地区小说研究/张红娟著.—芜湖:安徽师范大学出版社,2017.8

ISBN 978-7-5676-3077-2

Ⅰ.①转…　Ⅱ.①张…　Ⅲ.①当代文学－小说研究－华东地区－1949-1955　Ⅳ.①I207.42

中国版本图书馆CIP数据核字(2017)第189902号

ZHUAN SHOU GUANHE QIXIANG XIN

转首关河气象新

1949 NIAN—1955 NIAN HUADONG DIQU XIAOSHUO YANJIU

1949年—1955年华东地区小说研究

张红娟　著

出版发行：安徽师范大学出版社

芜湖市九华南路189号安徽师范大学花津校区　邮政编码:241002

网　　址：http://www.ahnupress.com/

发 行 部：0553-3883578　5910327　5910310(传真) E-mail:asdcbsfxb@126.com

印　　刷：虎彩印艺股份有限公司

版　　次：2017年8月第1版

印　　次：2017年8月第1次印刷

规　　格：700 mm×1 000 mm　1/16

印　　张：11.5

字　　数：220千字

书　　号：ISBN 978-7-5676-3077-2

定　　价：32.00元

目　　录

第一章　国家认同意识和地方色彩

1949年，中华人民共和国的成立标志着中国初步完成了现代民族国家的构建。其中，小说对现代民族国家的构建也起到了一定的推动作用。它能利用文学感染力引导、教育读者，增强人们的国家认同意识。相对于国家这一“想象的共同体”，华东地区小说还具有其地方性，地方风景、风俗和风情画显现出华东地区的地方色彩。国家意识和地方色彩并存于20世纪50年代的华东地区小说中。

第一节　华东地区小说中的国家认同意识

在现代民族国家的构建过程中，国家认同意识是很重要的内容。国家认同包含政治认同、文化认同、民族认同等，主要在心理上影响国家公民，引导他们培养这方面的意识。创作主体对时代也做出了自己的反应，这里借用日本学者柄谷行人的理论进行观照。柄谷行人认为任何主体性都不是先天存在的，它是在后来的世界中不断被发展丰富的。这个被建构起来的主体，在面对世界时，就会在已被装置的框架内观察世界，自动过滤，习焉不察。

一、国家认同意识的表现

1949年—1955年，华东地区的小说创作者分别来自中华人民共和国成立前的解放区和国统区，前者的国家认同意识相比于后者要强烈很多。因此，在对后者主体性进行丰富发展时，各级部门做了许多工作，努力提升他们的国家认同意识，最终保留了具有基本国家认同意识的创作主体。这一部分人和来自解放区的创作主体一起组成了华东地区的创作主体队伍。同时，他们积极培养工农兵创作者，并和工农兵创作者一起在有关部门的指导下有计划、有组织地进行创作。国家认同意识经过创作主体的笔进入小说世界中。

在现代民族国家构建的过程中，一批“新人”积极顺应时代，体现出强烈的国家认同意识。“新人”基本上都是青年人，他们求新求异、富有好奇心、适应速度快、积极拥抱新事物，在革故鼎新之际，常常走在时代的前列。这些“新人”有的是干部，有的是普通的工人、农民，他们都为国家建设做出了积极的贡献。华东地区小说创作者及时捕捉到了这一现象，在“新人”形象的塑造中显示出了国家认同意识，体现出了对新生共和国的认同感。“新人”在工作中也不是一帆风顺的，他们会遇到各种困难。小说中，农民积极分子王冬生为了集体的利益操劳，他用行动改变了具有私心的父亲，他带领群众斗垮了地主、富农的阴谋，最终成立了农业生产合作社；青年纺织女工古小菊热爱本职工作，积极克服困难，提高产量，但是同事们误解了她，消除误会后，古小菊和大家一起努力工作，为祖国的建设添砖加瓦。这些“新人”都热爱祖国，热爱生活，大公无私。小说描写他们在工农业战线上奋发向上的身影，体现出自豪的国家主人公意识。

华东地区小说的国家认同意识表现在对国家政策具象化的描写中。小说对积极参加运动、维护国家政策、响应政府号召的人物都持肯定态度；对抵制国家政策的人物，小说都派给他们一个反面的身份。小说大多以农村发展历程作为背景展开故事情节，比如土地改革（土改）、互助组、合作社、统购粮等名词经常在小说中出现。《土地》记叙了土改工作队在江南地区斜桥全区进行工作的情况：土改工作队队员李明被分配到黄墩村工作，他联系当地民兵积极分子葛长林、周雪珍、周德才等人，和抵制土改的各种恶势力进行坚决的斗争；李明带领大家斗垮了以俞有升、张祺宝为代表的地主反革命势力，农民分到了土地，翻身做了主人。《秋收之后》描写了秋收之后的收购粮食运动，社长苏长华团结支持国家购粮政策的人，与张宗英等落后分子、陈福如等地主分子进行艰苦的斗争，最终完成了收购粮食任务。小说创作者把国家政策、政府号召融入作品中，形象地描写出相应的国家政策、政府号召给老百姓带来的好处，让读者在阅读中体会到国家对民众利益的关心，增强读者的国家认同意识。

华东地区小说的国家认同意识还表现在身份认同上。在现代民族国家构建过程中，个人渐渐被纳入集体之中，他们不仅仅是家族中的成员，还是国家的公民。小说《活人塘》中有这样一个情节：薛陆氏是一个普通的农妇，在国民党士兵的逼迫下，挖坑活埋了负伤的革命战士刘根生，国民党士兵威胁薛陆氏不准救刘根生。薛陆氏对自己挖坑一事非常自责，为了营救革命战士，决定用自己身受重伤的小女儿七月子替换刘根生。在替换之时，薛陆氏肝肠寸断，抱着女儿不忍放手，但为了救革命战士，薛陆氏还是将亲情放在一边，救助了刘根生，让负伤的刘根生乔装成七月子，以卧病在床的方式掩盖伤情。小说描写出在崇高的事业面前，个人应该以革命利益为上，人与人之间的关系应该突破狭隘的血缘关系。这是对血缘以及以血缘为支撑的家族关系的冲击。这种冲击在现代民族国家的构建中有一定的积极意义。因为它能将人从血缘、家族中解放出来，成为现代国家的公民。进入和平年代后，国家与个人的关系出现了新内容。为了国家建设，年轻人可能会离开父母，不能在膝前尽孝，这和“父母在，不远游”的传统观念不相符。小说形象地刻画出了这一矛盾。《父子之情》中，儿子高启明在城里机器厂当钳工，三个月没回过家。高启明告诉父母他在某天会回家，可是到了这一天，高启明还是没有回来。高隆昌气愤之下，到城里去找儿子兴师问罪。到了厂里，高隆昌得知儿子正在帮厂里准备庆祝大会，在现实教育下，高隆昌理解了儿子。在理解儿子之前，高隆昌对儿子几个月不回家的行为充满了愤怒，这是由于从血缘关系看问题，儿子是他的儿子，和他人无关。在理解儿子之后，他反而劝儿子不要送他回家，要以工厂里的事情为重。此时，他已经从血缘关系的死胡同里走出来了，认同高启明不仅是他的儿子，而且还是集体的一员。在个人和集体面前，高隆昌认识到集体利益高于个人利益，当个人利益和集体利益冲突时，集体利益应该放在第一位。现代民族国家的建立，需要生活在其中的每个公民都能意识到自己和国家之间密不可分的关系。小说中的人物不再仅仅是家族中的一员，他们更是国家成员，尤其是年轻人，他们常常会舍小家，顾大家。作为拘囿于华东地区一隅的老年人，他们的视野没有年轻人开阔，往往会阻碍年轻人的追求。此时的小说就体现出对老年人的形象化的否定，表现了小说具有国家认同的倾向。当然，小说中的老年人经过别人的开导最终都能理解年轻人的选择。正面人物的国家认同意识易于对读者产生教育作用，有利于增强读者的国家认同意识。

华东地区小说中的国家认同意识还表现在对敌斗争中。环境越是险恶，敌人越是凶残，就越能显示出中华人民共和国建立的不易，小说就越能教育民众要珍惜胜利果实。小说《红日》中，是这样描写孟良崮地势险要的："他觉得这个山峰的长相很怪，怪得象一个莫大的碾盘。对整个的山来说，这个碾盘一样的崮是山峰，矗立在云端里，崮的本身却又是一块平原，有些地方生长着一些浅草，西北角上的一处，很象他的南京公馆里的那个草坪。自然，它不及公馆草坪那么平坦，上面有些凸起的石块。……还使他感到有趣的，是孟良崮的山势陡险，两面是悬崖绝壁，悬崖绝壁的缝隙里竟伸出几棵小小的马尾松来，象伞似的；另外两面，一面是个陡坡，陡坡下面是一条屋脊似的山岭；一面是比较平坦的斜坡，坡上有一条隐隐的极少有人走过的小路，路两边是犬牙交错的石块，石块和石块中间，生长着一些野草杂木。"[①]双方经过激战，共产党军队为了人民的幸福，历尽艰险，才攻占了孟良崮。对敌人顽强斗争的原因在于共产党军队是为人民谋利益的。正是凭着这种信念，共产党带领全国人民战胜了敌人，建立了中华人民共和

① 吴强.红日[M].太原:北岳文艺出版社,2001:371.

国。小说形象地告诉读者革命胜利来之不易，应该珍惜胜利果实。敌人机关算尽，在人民群众的包围下还是落得失败的下场，体现出人民对现有政权的拥护。小说以敌人的失败显示出人民政权是神圣不可侵犯的，增强读者的国家认同意识。

国家认同意识的提升某种程度上来自权利的获得。国家如果能给生活在其中的人以尊严感，就有可能增强人们的国家认同意识，反之国家认同意识就会变得淡薄。人的权利有消极的权利和积极的权利。消极的权利指法律法规规定的公民享有的权利，积极的权利指以某种方式得到帮助的权利。积极的权利需要各级执政机关在自己管辖的范围内积极有为，不能消极怠政。20世纪50年代，社会阶层处于变动之中，一些社会底层的人获得了翻身的机会，但是如果没有外力帮助，他们就不太可能获得应有的权利。此时，政府部门积极参与，让他们真正获得了解放，获得了公平的对待，他们的权利得到了保证，他们对国家的认同感也会由此而提升。此时的华东地区小说描写了被压迫者翻身做主人的欣喜。比如，寡妇在以往是没有社会地位的，但中华人民共和国成立后，她们获得了新生。当然，被压迫者获得权利的过程也不是一蹴而就的，常常会遭到各种旧势力的阻挠，在政府部门以及各级干部的帮助下，最终，她们获得了自己应有的权利。《寡妇》中的刘白霞二十三岁开始守寡，领着女儿桃儿过日子，她爹刘老董不准女儿改嫁。荣誉军人赵四海并不是刘白霞所在村子的人，转业到这个村子后，住在了刘白霞的隔壁，他们在相互照顾中产生了感情。妇女会主任周玉花和村长有意撮合他们俩，但刘老董坚决反对。在周玉花和村长劝说无果的情况下，周玉花明确告诉刘老董，他无权阻拦女儿的婚事，刘白霞是一个能掌握自己命运的权利人，改嫁与否，这是她自己的事情，谁也不能干涉她的自由，这是政府的法令规定的。最终，刘白霞和赵四海喜结良缘。刘老董也想通了，出席了女儿的婚礼。刘白霞能获得幸福的生活，完全是有了国家法令的支持。个人权利的获得体现了社会的公平，一个公平的国家，能让生活在其中的每一个人都具有安全感，人们对国家的认同感就会增加。小说运用想象的方式表现了这一公平，激发人们对国家的热爱之情。

二、移风易俗和历史记忆

移风易俗也是增强国家认同意识的途径之一。由于华东地区某些地域的闭塞，有些风俗不能适应时代的进步。华东地区小说形象地描写了与现代民族国家构建相悖的风俗。《滨海新纪事》提到了“寻野食”的地方风俗。李同志拿到工作介绍信后，王秘书提醒她，“……滨海是个怪地方，人家都说滨海的女人不大规矩……”[①]。不少人也告诉她，“滨海这地方风气太坏了，女人十个有九个寻野食……”[②]李同志一路看到的都是贫瘠落后、污秽不堪的景象。“这是个沿海污秽的小港，狭窄的短短的小街开设着几家鱼行，沿港泊着捕鱼的海船，满街水沟道里浮着鱼鳞片，到处腾出带点腐烂的鱼腥臭。”[③]在这贫穷落后的地方，有些女人为了生活，只能通过“寻野食”来养活自己和家庭。王二嫂，原名王春喜，死了丈夫，被李霸强行霸占，常常有人在她家喝酒胡闹。在李同志的帮助下，王二嫂勇敢地和恶霸李霸斩断不清不白的关系，不再靠“寻野食”养活自己和女儿，嫁给自己喜爱的吴阿林后，开始了新的生活。当地的风气也得到改善，村里的妇女都组织起来了，展开生产劳动，自力更生，“寻野食”的风气逐渐得到扭转。风俗的改变让妇女获得了做人的尊严，成为新时代的公民。

小说中对历史记忆的描绘同样也可以增强国家认同意识。历史记忆可以是辉煌的，也可以是悲惨的。辉煌的过去能振奋人心，悲惨的过去能使人警醒，这都对形成国家认同意识产生了一定的作用。有的小说家形象地描写出过去的苦难岁月。欧阳凡海的《无辜者》记述了抗战时期普通老百姓的苦难生活。主人公鄢蓝本是一位知识女性，战争让她变得一无所有，为了生存不得不成为妓女。王二因伤住院，医院中的景象触目惊心，就是人间地狱。医院病房分为不同等级，上等病房的景象尚且如此，其他等级的病房可想而知。“因为这是比较上等的病房，所以病人们都能睡在木板床上。除了几个发肿的病人之外，其余的病人全体骨瘦如柴，形同骷髅，包着一层黑而脏的皮膚，而这一层黑而脏的皮膚上又大半生有疥疮。恶臭从他们的铺位中散发出来，地上满是垃圾，呕吐出来的胃水，痰，和疮痂血浓。苍蝇以惊人的数量成群结队的奔来袭去，激起病人的咒骂。臭虫和虱子在病人的衣服上公行无忌，而那些衣服则发出浓烈的酸臭，其中最清洁的衣服呈黄污色，差一点的在黄污中带着灰黑色斑块，再差一点的就简直是一片墨绿色了。没有人能够明白，为什么这么大的病房只开两扇窗户。窗户都开在一边，开得很高，要站在床板上才能望得出去。每窗都有两扇粗重的窗门，都挂着两把大锁，和房门一样，是准备晚上也下锁的。即使在白天，两扇窗户打开，光线都很不够，空气也因为两扇窗子是开在一边，自然也不大流通，加上这是没有楼的平房，房顶就是一层瓦，所以就是在秋凉的时光，下午仍然热得闷人，到了晚上，

① 方膺.滨海新纪事[J].小说,1950,4(1):85.
② 方膺.滨海新纪事[J].小说,1950,4(1):85.
③ 方膺.滨海新纪事[J].小说,1950,4(1):86.

门子和窗子一齐锁上，这病房内的空气是一股什么味道，……”[①]人们在生死线上挣扎，看不到出路。这样的社会是非人的社会，人的基本生存权利都无法得到保证，他们怎么可能认同这样的国家？这一类对过去苦难的回忆，能有效激起人们对新生共和国的热爱，培养和巩固人们的国家认同意识。

和描写惨烈的过去不同，有的回忆在小说中显得激荡人心。小说描写了为了广大民众的幸福，无数仁人志士不惜抛头颅、洒热血的故事。小说的国家认同意识在对过去的回忆中得以呈现。谢大娘的儿子小黑子是保田队队长，小黑子让母亲帮忙在突击队和还乡团把持的庄子里散发传单。突击队和还乡团发现传单后，想逼谢大娘交代传单的来历和小黑子所在的地点，让小黑子回来投降。谢大娘义正词严地拒绝了罗文虎和武安义的要求，罗文虎等人对谢大娘施以酷刑。“李长恩和几个大兵，一下把谢大娘按倒，光脊梁贴到鏊子上，肉烙得吱吱叫，油烟直冒，臭气直冲。谢大娘疼的钻心透骨，大叫了一声：‘黑子，给娘报仇啊！’就昏迷了过去，大兵把谢大娘拉起来，皮都粘到了鏊子上，整个脊梁露着鲜红红的肉，燎浆泡直鼓起来，一个个像水泡子。”[②]这种酷刑让敌方突击队的一个十五岁的小兵吓得闭上了眼睛，手中的枪也拿不稳了。罗文虎命人用凉水泼醒谢大娘后，问庄上有谁和八路军相通，谢大娘英勇不屈，“‘呸’，谢大娘一口痰吐到文虎胖脸上，嘶着嗓子大骂：‘趁早收了你那副婊子脸，老娘就是铁打的。老娘死了，有人给老娘报仇，看你们这些龟孙子能活几天？到头总得千刀杀，万刀剐。’文虎擦着脸上痰，气的张嘴瞪眼：‘叫她翻身，奶奶个屄，叫她鏊子上翻身！’谢大娘的前胸又贴到通红的鏊子上，鏊子又吱吱叫起来，只见她浑身乱颤一阵子，就不动弹了。”[③]谢大娘不被敌人的淫威所吓倒，她不仅支持儿子从事革命活动，自己也积极参与其中。在遭到敌人的严刑拷打时，她没有屈服，相信儿子终有一天会为自己报仇，对革命充满必胜的信念。她和儿子所做的一切都不是出于一己私利，而是为了被压迫的大众的利益，为此她甘愿献出生命，这是大公无私的精神。小说刻画出广大人民群众英勇无畏的气概、革命乐观主义精神以及高度集体主义的情怀，对读者起到教育作用。小说以这些精神熏陶读者的心灵世界，激发他们对自己的国家产生认同意识。小说高度弘扬这些精神气质，正是希望这些精神气质能成为现代民族国家构建过程中的精神资源。

为了对国家认同意识的形成产生促进作用，小说常会运用象征、对比等手法

① 欧阳凡海. 无辜者[M]. 上海：海燕书店，1950:330.

② 杨丹平，戴石明. 乌云遮不住太阳[M]. 上海：新文艺出版社，1952:118–119.

③ 杨丹平，戴石明. 乌云遮不住太阳[M]. 上海：新文艺出版社，1952:118–119.

进行叙事。(这些手法在本书第五章中有详细论述，此处从略。) 通过运用这些写作手法，华东地区小说体现出中华人民共和国的美好，达到对人民群众的教育作用，提升他们的国家认同意识。

第二节　华东地区小说中的地方色彩

从接受美学的角度看，富有地方色彩的小说更容易引起读者的注意。赫姆林·加兰认为：“艺术的地方色彩是文学的生命力的源泉。是文学一向独具的特点。地方色彩可以比作一个人无穷地、不断地涌现出来的魅力。我们首先对差别发生兴趣；雷同从来不能那样吸引我们，不能象差别那样有刺激性，那样令人鼓舞。如果文学只是或主要是雷同，文学就要毁灭了。”[①]这段言论显示出地方色彩对文学创作的重要性。20世纪50年代的华东地区小说展现了该地区的地方特色，其鲜明的地域色彩大多得益于对风景、风俗、风情的描写。

一、自然景物的描写

当自然景物和人混淆不清时，自然景物处于自在的生存状态。只有当人开始欣赏自然景物，自然景物才和人分离，作为人的欣赏对象而存在。人将自我对象化，自然景物成为人的外化物，此时，风景才产生出来。华东地区的山山水水无言地存在在那里，当地的人可能熟视无睹，自然景物就不会成为风景。现实生活中，如果小说创作者对这些自然景物也是司空见惯，它们进入作品的可能性就会很小，小说里的景物描写就会消失，人物只能在相对单调的空间里行动。当然，自然景物进入小说，也不一定就会成为风景，但对于意识到它的读者来说，它就是风景。华东地区小说里独特的自然环境，易于引起读者的好奇心而去关注它，便成了风景。这些风景有时烘托人物、渲染环境、推动情节，有时也为自己争取到独立存在的价值，成为地方色彩的组成部分。华东地区小说里的风景描写主要包括地形地貌、动植物和天气情况等。

华东地区自然风光如诗如画，进入小说中的风景经过语言的描绘，显出迷人的姿态。利明的《警惕》描写出了山区月夜的宁静美好，月光明亮的晚上，村里的人都睡熟了，树上的猫头鹰不时传来怪叫，洁白的月亮从山背后露出半个圆脸来，照得水田好像镜子一样光亮：房屋、道路都看得很清楚。小说以猫头鹰的叫声反衬出月夜山区的静谧，皎洁的月色烘托出山区澄明的景致，月夜的山区宁静

---

① 刘保端，等. 美国作家论文学[M]. 北京：生活·读书·新知三联书店，1984:84-85.

美好。山区的傍晚与月夜又不一样，它看上去色彩斑斓。高梓在《工作组长》中写出了这一美景：正是傍晚时候，太阳从西边的山头坠下去，天边的一抹红霞，把屋脊和树梢映成红艳艳的。阵阵清爽的山风，吹散人们身上的辛劳。村子不大，房屋和田地在山洼里紧紧挤着。村前曲曲折折躺着一条小溪，远远就能听见轻微的溪流声响。红艳艳的晚霞、密森森的林子、清亮亮的溪水，再辅之以苍翠的青山，色彩绚烂，美不胜收。

华东地区还有无垠的平原。小说中的平原地势平坦，视野开阔，那里异常爽朗、清新。太阳的下缘静静地揳入平原的尽头，在它的四周匀称地渗布着浅红色的霞光。即将收割的豆丛里，蝈蝈和纺织娘柔和地、断断续续地振着翅膀。

华东地区除了山地、平原，还有大海。大海浩浩荡荡，《小舯公出海》写出了大海变化多端的气候特征。大风过去后，天空浮现出一片鲜艳的朝霞。静静的、蓝蓝的海水上，露出了密密麻麻的一大片红色的帆篷，渔船从天边驶了过来。这是它宁静时的安详，碧波万里。它有时也会显示自身的气势磅礴。《出海》描写了海上波浪翻滚时的情景，海浪像飞起的无数座大山，从四面八方劈打下来，崩裂的浪花发出巨大的声响。渔船旋转着，摇晃着，起伏着，在海浪猛烈冲打下挣扎着。大海表现出狂放不羁的特征，站在了人类的对立面。此时的大海就有了象征意味，它是海防前哨紧张气氛的表现物，大海以自己的特征包蕴着这种氛围，显示出作者的立场。可见，小说的风景描写不是孤立存在的，它融入了创作主体的情感，地方色彩才会显出生气。

与辽阔的海洋相比，华东地区还有灵动的河流湖泊。微山湖的夏天是美丽的。“靠近岸边的浅水地带，是一片碧绿的苦姜、蒲草；湖的深远处水面上浮着野萍和菱角，荷花开得一片粉红，一眼望不到边。满载鲜鱼的渔船从荷花丛中穿过，渔人在飞行的小舟上，可以随手摘莲蓬，剥鲜嫩的莲子吃。”[①]湖面上色彩鲜明，与人相互映衬，烘托出游击队员们愉快的心情。

动植物是风景的有机组成部分，小说的地方色彩离不开它们的身影。譬如，南方雨水丰沛，植被葱茏，福建的茶树成为了小说描写的对象。《青春的光芒》中勘探队员小陆为找到适合的隘口而奔忙于山岭间。他来到这一带山区后，喜爱上了茶叶，好像和它结了深厚的感情。每次上山，见到一丛丛青翠的茶树，他总喜欢摘下一叶，放到手里，轻轻地抚摩着，或者在茶树旁边深深地吸一下香气。郁郁葱葱的茶树，美不胜收。美丽的景色使小陆更加热爱这片山区，增强他为山

① 刘知侠.铁道游击队[M].太原：北岳文艺出版社，2001：340.

区做贡献的决心，小说的主旨得以进一步彰显。再如，在反特题材小说中，苍茫的大海上，海雁（燕）在水天间翱翔。“一群海雁打他们头顶飞过，‘哇哇’叫了两声，把老直吓了一跳。‘快摇吧！这叫声也是阴森森的’”。[①]海雁（燕）的叫声令人胆寒，为特务活动营造了空间，小说的情节得以进一步发展。这些描写使得地域色彩更加鲜明。

小说中这些各具特色的动植物，无不打上了作者的情感烙印，同样写海鸟，不同的作者融入了不同的情思，地方色彩显示出的审美感受也不一样。“碧蓝的海水像一片油液，光亮、沉重、平静。雪白的海鸟划破波浪，成群的飞过。”[②]结合上下文看，这里的海鸟给人的美感体验是悲凉的。其原因在于，此时观看海鸟的翠荷正在海边盼望家苗回来，但是家苗久盼不归，翠荷只能无奈地等待。“雪白的海鸟成群的掠过静静的海面”[③]，这里的海鸟是战胜敌人后作者所描绘的风景，其美感体验是欢快的。仅此可见，这些动植物是烙上作者情思的地域风景画。

天气也是一个地区风景的组成部分。小说描写台风、海潮等天气情况，显示出华东地区的地方特色。《老盐民和新乡长》描写了海潮来袭的状况。九月，海潮一潮比一潮大，白茫茫的一片海水，像万马奔腾似的从海坪上飞卷进来，一会儿就包围住了西墩围，浪涛一个接一个地想爬到堤顶上来……汹涌的海水已迅速地从缺口冲进来，马上就要淹到盐坎了。汹涌的海潮势不可挡，破坏人们的生活，无畏的群众和海潮进行殊死搏斗，保住了大堤，使盐场免受灭顶之灾，人们在同甘共苦中加深了对彼此的了解，击垮了阶级敌人的阴谋诡计。海潮成了推动情节发展的工具。最为恶劣的天气条件是台风，在陆地上它破坏群众的生活，房屋、农作物都会遭到毁坏。在海上，台风可以掀起巨浪。《在梅港的晚上》描写了台风来临之前的景象。海水猛地变得浑浊起来，大浪汹涌着。台风阵阵叫啸着，乌云四起，草地上掠过一片片阴影。小说描写了台风肆虐之时的蛮横粗野的力量，让人心生敬畏。乡长贵深还在四处奔忙为群众服务，小说借台风塑造了一心为民的人物形象。

除了海潮、台风，华东地区还多雨。《魏占山》《乔迁记》《永生》等小说都描写过雨景。暴雨来临之际，雷电交加的情景令人心惊胆战。“忽听得磞的一声，一个雷响，接着，一个电花，屋瓦上滴滴答答的下起雨来。……只见一卷卷

① 林群英. 水鬼[J]. 文艺月报,1955(12):13.

② 何飞. 小舴公下海[M]//何飞. 我的大姐. 上海:新文艺出版社,1956:13.

③ 何飞. 出海[M]//何飞. 我的大姐. 上海:新文艺出版社,1956:35.

的黑云掩没了山尖，雨点正劈头劈脑的打了下来。……雷声吼震着山谷，电花像火箭一样的横穿过天空。……房子里，雨水像无数根白线，从屋瓦下滴漏下来。……山脊上，雨水冲荡着稀松的泥土，汇合成一条小河，顺着斜坡，滚滚的流过堂屋后，绕着墙，顺着石阶，往山脚流去……”[①]地动山摇的气势摄人心魄。山雨也为贫困的山民即将搬迁到地主的老屋，告别破旧的房屋提供了颂扬新社会的契机。魏占山去溪坪县工作途中，也适逢大雨。暴风雨同一阵阵浮过的雾气，把整个山谷都蒙蔽住了。山壁上，雨点冲下了红色的泥土，又像无数条红色的小河，纷纷横泻过山道，朝山脚流去。小说描写出暴风雨肆虐的情景，溪坪恶劣的天气凸显出县长爱护下属、一心为公的良好品质。《永生》中描写了战士行军时遇到暴雨的情景，尽管天气这么恶劣，可是战士们并没有退缩，他们仍然冒雨行军。“……强烈的风陡然在高处吼起来，树儿都骚动起来了。粗雨点猛击起来，倾射的淋注着，打在人的脸庞上痒痒作痛。突现在眼前的闪耀着的碧蓝色的电光，划破了黑暗的天空，显出了山岗上一长串人影，如同在大海的浪峰上跳跃着。”[②]鲁中山区风雨交加的天气突现在读者的眼前，惊心动魄。特定地域的天气情况使小说呈现出鲜明的地方色彩。

二、风俗画的展示

“‘风俗画’是指对乡风民俗的描写所构成的艺术画面。风俗是特定社会文化区域内历代共同遵守的行为模式或规范，人们习惯上将由自然条件的不同而造成的行为规范差异，称之为‘风’，而将由社会文化的差异所造成的行为规则之不同，称之为‘俗’。所谓‘百里不同风，千里不同俗’，就很恰当地反映了风俗因地而异的特点。”[③]这段话能阐明华东地区乡风民俗的成因。华东地区多样的自然条件和多变的人文环境造就了这个地区多姿多彩的乡风民俗。小说中主要描写生产劳动风俗、信仰风俗等风俗画面。

地理环境影响着华东地区迥异于其他地区的生产劳动风俗，尤其是沿海地区更是不同于内陆地区。小说中的华东沿海地区的海上作业、卤水扒盐等劳动风俗，具有浓烈的地方特色。

靠山吃山，靠海吃海。华东临海地区，老百姓世世代代与大海打交道，向大海讨生活。不管世事如何变幻，临海地区人们的生产劳动方式都保持着连续性。中华人民共和国成立初期，国家号召进行社会主义建设，生产劳动处于重要的地

① 何飞.乔迁记[J].小说,1951,5(6):36.
② 郭凌青.永生[M].上海:新文艺出版社,1953:40–41.
③ 丁帆,等.中国乡土小说史[M].北京:北京大学出版社,2007:23.

位，华东地区小说对此进行了形象化的描写。其中，海上作业成了必不可少的描述对象。小说没有简单地成为生产劳动的传声筒，而是将它融入具体的事件中，通过粗犷强健的渔夫展现出来。家苗一直向往出海，终于等到这一天。奶奶忧喜参半，送他出海。小说用全知视角描写了出海时的盛况。“海上刮着大风。洪尧坐在舵板上望了望天，就向舢子船上的守船人大声叫着：‘嘿！风来了，开哟！’……喊声刚落，跟着，六十三对渔船上的老舩工一齐叫了起来；‘开船罗！’‘风来了，快哟！……’海上一片呼喊声，淹没了风声。海震动起来了。密密麻麻的桅杆中，渔船晃动着。‘扯篷！’洪尧大声叫着，……拉起锚，收起鱼网，扯起头篷，扯起中篷……海浪带着咸味，猛地跳起来，打到人们身上，……风吹弯了帆篷，舵手忙掌住舵。舢子船靠拢过来。呼喊声没有了。海上又响彻着一片风声，交织着巨浪崩倒下来的破裂声。舢子船舢母船靠拢着，一对对的驶出海去。”①出海的气势在为渔夫壮行，但是大海凶险的面相也隐约可见。正因为狂放不羁的大海超出了人的可控范围，所以人们对它产生敬畏心理，希望能有超自然的力量护佑人类，以保平安。为了寻求外力保护，渔夫们在生产劳动中形成了自己的风俗习惯。尚政的《海上捉匪记》描写了出海的民俗习惯，夕阳放出金光，已是黄昏时候了。阮大碰所在的互助组的“三桅船”正准备出发，扯帆的、起锚的，忙成一片。组长阮大碰和另一个老汉添才，在船头上燃放爆竹，他们悄悄地脱下头上的网帽子，手拿三炷香，望着大海两边默祷了一会。这几年来，他们虽然不大信神了，但一时还不能完全革除那世袭下来的旧习惯，甚至船上的小伙子们，要去执行对敌斗争的任务时，也是如此。小说没有具体记叙渔夫们信奉的是哪位神仙，但他们虔诚的心态是不容置疑的，甚至年轻人也不例外。这一生产风俗表现出福建沿海渔民敬畏大海、祈求平安的心理状态。

除了下海捕鱼，制盐也是沿海居民的生计之一。华东地区小说描写了制盐时的风俗习惯。对于不熟悉沿海生活的读者来说，小说充满了异域情调。《盐场上的脚印》描写了制盐的风俗。“这里是我所要去的盐场。我首先看到的，是一个中年以上的妇女，吃力地佝在大卤桶上戽卤水，半天一勺，半天一勺，显然卤桶里的存量已经很少了。等戽满了一担，她又懒洋洋地挑到地基中间去，倒上晒板。一个青年男子，披着一件沾满湿泥的长棉袄，双手插在腰里，用脚踩踩她家干燥的漏说：‘漏里得趁天晴换泥。不换泥，卤水哪里来？你现在光挑卤水，卤水挑光了怎么办？……’再过去，聚着一大群男女，男的在挑泥、挑水，女的在

① 何飞. 小舩公下海[M]//何飞. 我的大姐. 上海：新文艺出版社，1956：12-13.

耙泥……”[①]虽然由于小说情节的需要，打乱了制盐的先后顺序，但是它的制作过程还是眉目清晰的。小说描写了制盐的风俗习惯：女性戽卤水，男性踩漏；女性耙泥，男性挑泥、挑水，分工明晰，与农耕社会的男耕女织的风俗相似。阅读这些文字，海洋之风扑面而来。

不同的环境产生了不同的生产方式，不同的生产方式形成了不同的生产风俗。山民和渔民因为不同的生产风俗，形成了不同的文化心理结构。山民采用农耕作业形式，一家一户就可以完成开垦山地的任务，不需要与其他人有过多的协作，这种生产习俗使他们容易产生封闭性的倾向。鼎生的《双铧犁》刻画了黄阿乐老汉，他恰到好处地表现出了农民的这种特征。在农家，牛是非常重要的生产工具，阿乐老汉非常爱惜自家的牛，这显示出农耕社会中人和牛亲密无间的关系。当集体需要使用他的牛时，阿乐老汉很是心疼他的牛，不愿意让他的牛去拉新的生产农具。小说描写出阿乐老汉自私的特性。渔民在生产劳动中必须通力协作，单干会增强生产作业时的危险性。《出海》生动地描写了渔船协同作业的情景。“随着一声吆喝，墨黑的海上顿时骚动起来。寒冷的大气里爆发出一片粗犷的呼喊声，舢子船舢母船一对对靠近着，黑黝黝的巨大的船队扯起了帆，出了港湾，向无边的汹涌着巨浪的大海驶去。……‘该起网了。’陈海荣站在舱板上，注视着汹涌的大海，大声叫着：‘车网！’舢子船从西向北的转过船头，接过舢母船丢来的插花律索；舢母船上的渔民扳住网车，吆喝着，用力的车着渔网。”[②]在海上捕鱼时，配对的渔船以及相邻的渔船相互照应，在协同作业中保证捕鱼成功。

小说借助不同的生产劳动风俗写出了华东地区内部的不同文化特质。海洋容易培养人与人之间相互协作的精神气质，面对浩瀚无垠、瞬息万变的大海，个人的力量无法进行大规模的捕鱼活动，只能依靠群体的力量才能有所收获。作为山地的农民，他们可以自给自足，耕种自己的土地。相对于渔民陈海荣的互助精神，阿乐老汉就显得自私自利，仅顾小家的利益，看不到集体利益。这种差异与不同的自然环境带来不同的生产方式有极大的关系。小说表面上看是对生产劳动风俗的描写，细读之下，又何尝不是在刻画人物不同的精神气质？人物形象因而显得多元生动。

华东地区的人信仰来源广泛，但是这点没能在小说中得以充分的展现。这和中华人民共和国成立后破除迷信思想等不无关系。尽管如此，信仰习俗还是在华

① 郑秉谦．盐场上的脚印[J]．文艺月报，1955(34)：50.

② 何飞．出海[M]//何飞．我的大姐．上海：新文艺出版社，1956：30.

东地区小说中留下了蛛丝马迹。老奶奶在小孙子出海时，不停地祷告：妈祖保佑，海上平安。等候孙子时暗暗在心里念着：今天没有风，妈祖保佑，海上不要出事。家苗没有按时回来，“走到妈祖庙，翠荷看见老奶奶正站在庙里，咂着嘴唇，一个人正在那里叩卦”。[①]妈祖深入老辈人的内心，当遇到自己无力把握的事情时，老辈人就去求告妈祖保佑。《两个青年人》中的陈大娘听说儿子交了女朋友，担心将来她是不是能和儿子成婚，她后悔没能及时帮儿子找一个瞎子算算这个婚姻的可行度。第一次见到未来儿媳徐淑芳，发现徐淑芳嘴上有一颗黑痣，陈大娘“不知为什么，接着就皱紧了眉头咧了一下嘴。因为这一点，便马上引起她对刚才观察的怀疑，仿佛是害怕看走了眼似的，于是接着把眼色重新转到淑芳的身上去，又从上到下的搜了起来”。[②]地方的风俗乃至迷信尽显无遗，小说地域色彩得以增强。

华东地区宗教信仰还有另一个特色，他们可以根据自己的需要创造神灵。《寡妇》中的刘老董供奉狐仙，特意搭了一个仙家祠。当女婿病危时，他认为是女婿得罪了老榆树底下的狐仙，才得邪症的。他指挥家人做供品去仙家祠上供，求狐仙开恩。狐仙就是人们创造出来的神灵。再如福建地区，“自古以来，福建的宗教信仰特别发达，史称‘其俗信鬼尚祀，重浮屠之教’。志书亦载：‘闽俗好巫尚鬼，祠庙寄闾阎山野，在在有之’。福建民间所信奉的神灵十分繁杂，既有越族和其它土著民族残存下来的神灵，又有从中原传入的汉族所奉祀的各种神灵，还有从印度、中东、欧洲等国外传入的神灵。特别是福建民众所创造的神灵数量十分惊人，他们需要什么就创造什么，带有任意性和实用性。”[③]

三、淳朴的风情

“风情画与风景画和风俗画的不同就在于它更带有‘人事’与‘地域风格’等方面的内涵，是带有浓郁的地域纹印的‘风景画’和‘风俗画’，以及在这一背景下的生活场景、生活方式、文化习俗、民族感情及人的性情的呈现和外露。”[④]20世纪50年代的华东地区小说展示了这一地区的地方风情画，表现出具有地方色彩的人情、人性之美。这点以福建小说描写得比较出色。福建虽然地处一隅，但是生活在这里的民众并不因为地理位置远离中原腹地而显得冥顽不化。在历史上，宋明理学大家朱熹创立闽学，影响深远。中华人民共和国成立初期的福

---

① 何飞. 小舭公下海[M]//何飞. 我的大姐. 上海:新文艺出版社,1956:16.

② 王安友. 两个青年人[J]. 文艺月报,1954(4):8.

③ 福建省地方志编纂委员会. 福建省志·民俗志[M]. 北京:方志出版社,1997:9.

④ 丁帆,等. 中国乡土小说史[M]. 北京:北京大学出版社,2007:24.

建小说也存有这方面的流风遗韵，传统文化的特质在人物身上时有反映。因为淳朴的风情，小说显出质朴、纯净的美感。

这种美感主要深藏于人民群众之中，阶级敌人被剔除在外。在小说中，人物表现出尊老爱幼、长幼有序的特征，富有质朴、纯净的气质。阿乐老汉坚决拒绝儿子黄依树使用自家的牛去拉双铧犁，而且讲刺激儿子的话，“依树牵不到牛，急红了脸，赶上去夺过牛来吧，不能这样做，去对他讲道理吧，他正在气愤时候，别说他听不入耳，反要挨他一顿骂。依树没法只好走了。”①儿子并没有反唇相讥，更没有强行拉走牛，而是悄悄地去和别人商量，用了其他人家的牛。他心中也有不满，但是因为父亲是他的长辈，他不可以率性而为，必须尊重父亲，慢慢做父亲的工作。媳妇郑葵花做得也非常到位，她看见丈夫被公公责骂，心里也难过起来，可是找不到话来安慰他。在公公面前，她也不好这样做。虽有委屈，葵花也是默默忍下，不和公公顶嘴。在丈夫和公公矛盾将要激化时，还从中化解事端。她劝解丈夫不要在老人火气大的时候顶撞他，老人爽快的时候才可以跟他谈谈道理。依树和葵花不仅不顶撞老人，还充分尊重老人的自尊心，尽管理站在自己这边，他们为了老人能下得了台阶，宁愿自认不对，在公公面前葵花批评依树太鲁莽，一开始不向老人请教，犁田时牛不听话，白花了几天工夫，葵花请求老人家以后要多开导他。葵花的言行让老人开心地做出让步。老人也知道对错，也就借坡下驴，顺势而下，绝不逞强。最终，老少相敬，和乐平安。贵深的丈母娘也和阿乐老汉相似，比较自私。她储存了两筐地瓜，准备以此度过饥荒，乡长女婿贵深剥夺了她得到救济款的机会，她在会上又哭又骂，事后，在路上拦住并责骂女婿。贵深一点都不回嘴，充分理解丈母娘的心情。老人有时观念落后，年轻人并不是真理在握，横眉冷目。他们会委婉表达自己的看法，当老人固执己见时，他们也不深究强辩，充分理解老人，依树、葵花、贵深等人都是如此。人们在交往时行之有度，尊老爱幼，长幼有序。这些描写增强了地方色彩的传统意味。

除此以外，小说还描写了人物真诚、热情的特征。人与人之间待人以诚，以诚感人。部队在由战斗队向工作队转化的过程中，魏占山被分配去溪坪县工作。就在他牢骚满腹、动摇不定之时，溪坪县县长李仁亲自赶到部队欢迎他。在去溪坪县途中，山雨不断，县长将仅有的一匹马让给魏占山骑，夜晚休息时将最好的地方让给他睡觉。其实，县长的一双脚正在化脓，大大小小的脓疱都破了，直往

① 鼎生. 双铧犁[M]//福建日报编辑部. 警惕. 上海：新文艺出版社，1955：32.

外淌血水，脚背还肿了起来，但是县长丝毫不考虑自己的病痛，热情真诚地关爱身边的人。他待人以诚，毫不虚伪，具有感人的力量。虽然魏占山最后转变想法和战友老杜有很大关系，但是县长李仁真诚待人的工作作风确实也起到了一定的作用。这一时期的小说在这方面的特质比较明显，人们都比较热情好客。台风之夜，"我"在梅港过夜，乡长贵深在百忙之中，仍然乐于帮助"我"解决困难。"我"刚到山区，乡长玉英姆姆就忙着给我煮晚饭，热情地欢迎我。《性急的人》塑造了张丹英这个热心助人的形象。杜怀成的互助组没有新的麦种，只好到周围村庄求救。小余家的村支部书记张丹英热情地接待了他，无私地拿出自家三亩地的麦种给杜怀成，想到杜怀成不知道种新麦种时要注意的事项，张丹英急忙追赶杜怀成，把相关事宜告诉他。这些人都心地质朴、热情好客，人情、人性之美跃然纸上。

20年代50年代，许多小说创作者响应时代号召，立足于华东地区的山山水水，创作出一批富有地方色彩的文学作品。这些小说跨越时空，时至今日，仍然具有极强的感染力，这是一笔宝贵的文学财富。这份财富对于今天的华东地区作家，以至于中国其他地区的作家都具有启示意义。鲁迅曾说："我主张杂入静物，风景，各地方的风俗，街头风景，就是为此。现在的文学也一样，有地方色彩的，倒容易成为世界的，即为别国所注意。"[①]正所谓表现一隅的文学也可以是中国的乃至世界的。

① 鲁迅．鲁迅全集(第12卷)[M]．北京：人民文学出版社，1981：391.

第二章　战争小说和侦探小说论析

1949年—1955年的战争和侦探小说在华东地区的小说中占据了一定的位置。战争小说表现的内容包括抗日战争、解放战争以及朝鲜战争等，小说在形式和内容上都和中华人民共和国成立前的小说有所不同。作为隐形战争，反特防奸是中华人民共和国成立后侦探小说着力表现的对象，这类作品和战争小说一样也出现了变化。

第一节　战争小说

战争小说在我国有悠久的历史。早在几千年前就有《春秋》《国语》中的战争叙事以及《诗经》《汉乐府》中的相关篇章，只是比较简略。随着小说的发展，作家对战争的描写越来越细致，著名的有《隋唐演义》《三国演义》等。在向现代社会的转型过程中，战争小说也获得了现代小说技法、思想的惠泽，再加上中国近现代历史中战争频仍，近现代文学出现了一定数量的战争小说，有些作家的作品写得非常出色，如邱东平的《第七连》(1944年版)，谷斯范的《太湖游击队》，马烽和西戎的《吕梁英雄传》，孔厥和袁静的《新儿女英雄传》等。中华人民共和国成立后，华东地区的战争小说又出现了一些变化。

一、苏联战争小说的译介

华东地区的战争小说的变化和苏联战争小说的译介有一定的关系。

苏联战争小说比较发达，可分为三个阶段：第一阶段从20世纪20年代初到二战后期。这一时期苏联战争小说侧重塑造英雄，主要从人在战争中的积极作用入手描写战争，高扬爱国主义、英雄主义精神，表现浪漫主义、乐观主义精神。如富尔曼诺夫的英雄传奇《夏伯阳》，绥拉菲莫维奇的“革命战争的史诗”《铁流》，法捷耶夫的《毁灭》，肖洛霍夫的《静静的顿河》，奥斯特洛夫斯基的《钢铁是怎样炼成的》，西蒙诺夫的《日日夜夜》，法捷耶夫的《青年近卫军》等。第二阶段从20世纪50年代中后期到60年代后期。以肖洛霍夫的《一个人的遭遇》为发端，表现战争与人的关系，开始对战争进行哲学思考。这类作品还有瓦西里耶夫的《这里的黎明静悄悄》，巴克拉诺夫的《永远十九岁》，邦达列夫的《热的雪》等。第三阶段从20世纪70年代到苏联解体。这个时期的小说继承了前期小说史诗化倾向，道德、哲理倾向，心理探索倾向，出现了题材融合的趋势。

苏联战争小说对中国文坛的影响不是一蹴而就的。早在20世纪20年代前后，苏联战争小说就有了中译本，出现了一批苏俄文学的翻译者，如鲁迅、茅盾、郑振铎、郁达夫、田汉、王统照、瞿秋白、蒋光慈等。鲁迅最早把苏联战争小说——法捷耶夫的《毁灭》译介到中国。此后，绥拉菲莫维奇的《铁流》、伊凡诺夫的《铁甲列车》、富尔曼诺夫的《夏伯阳》、肖洛霍夫的《静静的顿河》等小说陆续被翻译成中文。在中国抗日战争和解放战争时期，苏联战争小说在中国得到了进一步的译介，其中有反映正规军、游击队、海军作战的小说，也有反映前线和后方边缘地区斗争情况的小说，等等。这些小说对中国读者产生了很大的影响。阿英在《俄罗斯和苏联文学在中国》中写道："时代出版社的一套数十册的'苏联文艺'和一些单本，就成为八路军、新四军中每一个知识分子成员不能缺少的读物。其间如A·托尔斯泰的'他们为祖国而战'、西蒙诺夫的'日日夜夜'、法捷耶夫的'青年近卫军'、郭而巴托夫的'不屈的人们'、李昂诺夫的'侵略'以及西蒙诺夫的'俄罗斯人'，对我们在敌后的坚持，胜利的信心，都起了很大的作用。这些作品里的英雄人物，每一个都好像活生生地站在我们的身边，活在我们的心里，典范地鼓励着我们每一个人。"①可以说，这一时期作品的翻译工作，为中华人民共和国成立后苏联战争小说的传播打下了一定的基础。共产党作为执政党建立起新生政权后，中苏文学交流更加密切。在20世纪50年代，中国文艺工作者都相信：苏联文化的方向，就是全体进步人类文化发展的方向，人们主动"向苏联文艺看齐"。"正是在这种情况下，苏联的革命文学作品迅速地、大量地出现在中国读者的手中，成为人人争读的读物，成为滋养人们思想的一股热流，成为思想工作与群众工作广泛采取的一种手段。这种景象一直持续到60年代中期。"②中华人民共和国成立后，上海文学界成立了上海翻译文学协会，主要成员有王科一、王石安、叶群、包文棣、冯鹤龄、刘锦涛、伍蠡甫、任以奇、任溶溶、王道乾、朱雯、李俍民、俞荻、傅雷、叶水夫等人，他们翻译的小说主要也是苏联文学，譬如：1954年第一季度的统计资料显示，翻译成果有梦海译盖达尔小说《鼓手的命运》，李俍民译杰克·伦敦的小说《生命之爱》，任溶溶译阿·巴尔托的诗集《响亮城》《肮脏的小姑娘》、谢·米哈尔科夫的诗集《亲亲爱爱的一家人》、罗大里的童话《洋葱头历险记》，李健吾译伊·科切尔加的剧

① 阿英.俄罗斯和苏联文学在中国[J].文艺报，1956(21):22.

② 孙绳武.我们的道路和我们的成绩[C]//森华.回眸与前瞻：中国俄罗斯文学研究二十年(1979–1999会议论文集).北京：人民文学出版社，2001:65.

本《钟表匠与母鸡》，辛未艾译杜勃罗留波夫的《杜勃罗留波夫选集》。另有满涛、施蛰存、草婴、任溶溶、李俍民、梦海等在报刊上发表的十四篇文章；1954年第二季度的统计资料显示，翻译成果有罗洛译那察伦柯的《技巧和诗的构思》，陈西禾译马尔夏克的《史坦尼拉夫斯基体系解说》，梦海译的《普希金童话诗》，巴金译赫尔岑的《家庭的戏剧》，曹未风译莎士比亚的《仲夏夜之梦》，另有散见于各报刊的若干翻译文章；1954年第三季度的统计资料显示，翻译成果共有九本单行本，包括夏衍译高尔基的《没用人的一生》，刘大杰译屠格涅夫的《一个无可救药的人》，任溶溶译尼·杜波夫的《河上的灯火》，贾植芳辑译《俄国文学研究》等，另有若干散见于报纸杂志的文字；1954年第四季度的翻译成果有五本单行本，包括黄裳译冈察洛夫的《平凡的故事》，侍桁译霍桑的《红字》等，另有许多发表于报刊上的文章。

对中华人民共和国成立初期华东地区的小说家影响比较大的应该是第一阶段的苏联战争小说。如果将苏联作家戈尔巴托夫的《不屈的人们》和中国作家菡子的《不屈的手指》进行比较阅读，就会发现这两者有很明显的相似性，它们的行文风格都带有抒情色彩；都通过某一物体来刻画人物，前者为手杖，后者为手指；两篇小说的主人公都是老人。《不屈的人们》创作在先，写于20世纪40年代，是作者的代表作之一，在1946年获得斯大林奖金。这篇小说的译本刊登在《苏联文艺》中，很显然菡子的创作受到了这篇小说的影响。

当然，在中华人民共和国成立初期的华东地区战争小说中还有不同于苏联第一阶段战争小说的内容，比如写人情、人性，写人的弱点的内容等。可以说，华东地区战争小说受苏联战争小说的影响，但绝不是亦步亦趋地效仿。

二、政府的号召

除了苏联战争小说的影响，政府的号召也起到了很大的作用。政府号召作家要积极创作战争小说，表现解放战争的伟大成就。1949年7月，周扬在第一次文代会（中华全国文学艺术工作者第一次代表大会）上做《新的人民的文艺》的报告，报告中号召："革命战争快要结束，反映人民解放战争，甚至反映抗日战争，是否已成为过去，不再需要了呢？不，时代的步子走得太快了，它已远远走在我们前头了，我们必须追上去。假如说在全国战争正在剧烈进行的时候，有资格记录这个伟大的战争场面的作者，今天也许还在火线上战斗，他还顾不上写，那么，现在正是时候了，全中国人民迫切地希望看到描写这个战争的第一部、第二部以至许多部的伟大作品！”[1]政府的号召对小说创作者来说具有很大的引导作用。华东地区小说创作者创作出了一批战争小说，比如柯蓝的《延安十年》，刘知侠的《铁道游击队》，郑秀章的《海上英雄传》，陈登科的《淮河边上的儿女》和《活人塘》，夏阳的《在斗争的路上》，吴强的《红日》，杨丹平和戴石明的《乌云遮不住太阳》等。相对于中华人民共和国成立前的战争小说，华东地区的这类小说有了自己的特色，主要体现在题材的拓展和人情、人性的展现上。

在中华人民共和国成立初期，许多小说家都曾有过战地经历。经历过血与火的考验，都有叙写过去不久的那场战争的冲动。孙犁写道："无论从平原的战争和山地的战争，我们都有了很多伙伴流血牺牲的记忆"[2]。"他们在捍卫祖国独立的战场上牺牲了。活下来的，纪念他们，纪念换来祖国的独立自由的那些英雄们的灵魂，网罗他们的事迹，写成作品。”[3]来自中华人民共和国成立前国统区的小说家不一定有战争经验，抗美援朝战争让他们补上了这一课，比如巴金就是第一批赴朝作家之一，担任赴朝战地访问团团长。巴金在朝鲜战场生活了七个月，这次经历在他的小说中留下了不可磨灭的印迹。他从许多志愿军战士的经历中获得了创作素材，写出了一篇篇战争小说。如《坚强战士》《黄文元同志》等作品，对志愿军战士的爱国主义情怀、自我牺牲精神进行了描写。小说家描写战争，运用战争小说达到文艺为政治服务、文艺为工农兵服务的目的。

三、国际情怀的书写

中华人民共和国成立前，战争小说表现的内容多是抗日战争、解放战争。中华人民共和国成立后，在原有小说内容之余，还出现了抗美援朝的内容。战争小说因内容变化而产生了新的生长点。抗美援朝战争爆发后，政府组织作家到朝鲜战场上采访英雄人物。上海作家巴金、王西彦等都积极响应，没有奔赴第一线的小说家也写了有关战争的文章。1950年第4卷第5期的《小说》月刊集中发表了支援朝鲜战争的短论，冯雪峰、方令孺、许杰、唐弢、靳以等人都发表了文章，支援朝鲜战争。

这类小说弘扬了国际主义友爱精神。何仅的《永久的留念》描写了女志愿军战士何春锦与朝鲜姑娘崔吉英之间的深厚友谊。战场上崔吉英被炸断了一条腿，在何春锦无微不至的照料下，崔吉英活了下来。当知道何春锦要回国后，崔吉英拖着伤腿，一路追赶想和何春锦话别。尽管最后，崔吉英没能赶上送别的列车，

① 周扬. 周扬文集(第一卷)[M]北京:人民文学出版社,1984:529.
② 孙犁. 孙犁文集(第6卷)[M]. 天津:百花文艺出版社,1982:238.
③ 孙犁. 孙犁文集(第6卷)[M]. 天津:百花文艺出版社,1982:238.

但她与何春锦的跨国友谊已深深扎根在她们俩的心中。小说体现了志愿军战士的国际主义情怀。

与此同时，小说也展现了朝鲜人民对志愿军战士的无限深情。路翎的《洼地上的“战役”》就是这一类题材的作品。朝鲜姑娘金圣姬一家人因为中国志愿军的军风（国际主义精神、助民为乐等）而对他们非常有好感。年轻、单纯的姑娘又由好感而萌生了对志愿军战士王应洪的爱慕之情。小说表现了志愿军战士所具有的伟大的爱国主义和国际主义精神，以及朝鲜人民对志愿军战士的无限热爱，赞美了中朝人民用鲜血凝成的战斗友谊。

四、战争传奇的叙事矛盾

为了表现战士的大无畏精神，小说在塑造人物形象时常常将这一精神推向极致，战士的身上就多了传奇色彩。王希坚的《前沿阵地》描写了一位新兵战士刘永安第一次参战的经历。战场环境恶劣，小说描写道：“朝鲜的天气真是有点儿奇怪，每次都是先下雨，后来就变成小雹子，最后又变成雪。早晨起来还暖呼呼的有点春意，刮一阵风，下一场雨，到了晚上就又冰封雪盖地变成冬天啦。在前沿的战士们最不喜欢这种天气，连雨加雪地下那末一阵子，既不像雨水一样会很快地流到沟外头去，又不像冬天的雪那样，还能踏出一条干路来。往往雨和雪一掺混，就把整个沟底都变成了一盆子泥浆糊，一踹踹到脚脖儿深。作战时自然是说不得了，就是平时，偶尔不小心，也会摔一跤，弄得全身像一个泥蛋。休息时想生生火吧，树枝子也点不着，而且每个人身上都是湿的，早把所有的火柴都弄湿啦，连烟都没法吸，想钻进猫耳洞去休息一会儿，洞里也是湿漉漉的，坐也不是，躺也不是，谁也不愿意往里边去。”①在这样环境极其恶劣和战士极度疲乏的情况下，面对敌人的进攻，战士们仍然一往无前，拼尽全力杀敌。他们顽强的意志是一般人难以拥有的，在读者眼中他们成了传奇。小说高度颂扬了战士们视死如归的英勇气概，伟大的国际主义友爱精神得到了进一步的呈现。

小说家们在这类小说的写法上都费了一番心思，但从作品来看，它们的吸引力仍然不足。分析下来，是由于这些小说的情节大多平淡无奇，读来沉闷。小说家们想表现志愿军战士身上超人的品质，但是在小说展现过程中，传奇性却打了一个很大的折扣，小说没能做到一波三折。巴金的《坚强战士》写了一个负伤归队的志愿军战士。战士身负重伤，而且身边没有一个战友，他根本不能行走，只能爬行。人物意志顽强，经历独特，这些内容适合用传奇的形式来加以表现，也

① 王希坚.前沿阵地[J].文艺月报,1953(1):34.

是传奇小说所喜爱的，但作者没有运用这种手法。小说运用大段的心理描写组织内容、刻画人物，让这位战士一路爬行归队，尽管路上也遇到一些危险，但都不够惊险，显得很平常，小说的传奇性大打折扣。在战士行将气力穷尽之时，作者在这里本应该设计一个能体现小说高潮的情节，但他的设计不能令人满意。他是这么写的："他把小口袋中的照相取出来。打湿了的纸粘在一起。他小心地把它揭开来。他又看见毛主席的笑容了。毛主席好像带着鼓励的眼光在对他微笑。他把照相望了许久，然后闭上眼睛，靠在树身上睡去了。"①主人公看了毛主席的相片后的想法被省略了，此时的想法是情节的关键之处，它是后面情节展开的有力的基石，缺少了这一部分，小说就会显出人为编造的痕迹，根本无法出现应有的推向高潮的叙事。王西彦的《悬崖》也有这样的不足，运用人物的大段独白进行叙事，也使得小说的可读性有所减弱。

通过分析，我们可以看出，华东文坛表现抗美援朝的战争小说大多具有传奇特征，尤其在人物的品格方面。这些内容更适宜以传奇构架全篇，但部分小说家在创作时，没有运用这种方法，使得小说的传奇特征大为减弱，小说的内容没能得到很好的展示。

出现这种情况是有原因的。中华人民共和国成立初期的文艺政策反复强调文学作品要塑造纯粹的英雄人物，这样的人物非凡人所能承担，他们本身就是一个传奇。周扬曾经指出："一个人物如果具有和英雄性格绝不相容的政治品质、道德品质上的缺陷和污点，如虚伪、自私甚至对革命事业发生动摇等，那就根本不成为英雄人物了……为了要突出地表现英雄人物的光辉品质，有意识地忽略他的一些不重要的缺点，使他在作品中成为群众所向往的理想人物，这是可以的而且必要的。"②这种主张反映在小说创作中就被演绎成高、大、全式的人物形象。

这类带有传奇色彩的人物不是不能写，也不是说不能运用现代小说的结构来构建小说，只是在中国读者的欣赏习惯下，小说家运用既有利于刻画人物、又有利于中国读者欣赏的结构方式可能会更好。但是，华东地区的小说家在此保持了惊人的一致，都是运用现代小说叙述方法描写人物。细究原因，这和中华人民共和国成立初期华东地区的小说家队伍结构有一定的关系。在中华人民共和国刚成立时，上海的通俗小说家仍在发表作品，比如张爱玲、冯玉奇等人的小说。但是随着时间的推移，一批通俗小说家从华东文坛消失，张爱玲、苏青、潘柳黛等人有的退出文坛，有的远离上海，上海通俗小说的创作日渐衰落。与此同时，一些

① 巴金. 坚强战士[J]. 文艺月报，1953(1):21.

② 周扬. 周扬文集(二卷)[M]. 北京：人民文学出版社，1985:252.

纯文学小说家受到重视，比如巴金、靳以、王西彦等人。这些小说家缺少通俗文学创作经验，然而在描写带有传奇色彩的人物时，情节曲折生动的通俗化手法是必不可少的。如果小说家仍运用现代小说的创作方法，小说情节的紧张度配不上人物的传奇性，这不仅使小说的可读性下降，也削弱了人物的传奇色彩。当然，中华人民共和国成立前的解放区的作家在表现传奇战争小说时有一定的经验，如果他们到朝鲜体验生活，创作出来的作品，或许会有另外一番风貌。事实上，当时赴朝鲜采访志愿军战士的华东地区的作家大多是中华人民共和国成立前国统区的作家，第一时间描写志愿军战地生活的也是这些他们，巴金的《坚强战士》、路翎的《洼地上的“战役”》等都和抗美援朝战争有关。因此，反映抗美援朝的小说呈现出这样的风貌也就不足为奇了。

同时，赴朝体验生活的小说家还缺少实战经历。他们到朝鲜战场后，许多时候是在后方采访，尽管到了前线也是被保护对象，并没有真正拿起枪杆打击敌人。他们的创作素材来自战地采访，再对自己的采访内容进行艺术加工，这必然无法与战场上瞬息万变的情况相比拟，情节的曲折性当然有所减弱。由于对战争场景的描写力不从心，作者往往在小说中用叙述人的概述将之带过。他们关注的往往不是战争本身，而是和战争有关的一些事，比如重点写爱情、军民鱼水之情、落伍战士归队等内容，巧妙地避开正面战争场景。在这点上，华东地区的战争小说的欠缺之处是显而易见的。如果将华东地区的抗美援朝的作品和中华人民共和国成立前的战争小说相比，抗美援朝作品显然缺少令人震撼的战争氛围的描写。现代作家邱东平的《第七连》是一篇描写战争的小说，这篇小说中对战争场景的描写令人过目难忘。“二十四日正午，我们的第一线宣告全灭，炮火继续着掩没了第二线。——我们是第三线，眼看着六百米外的第二线（现在正是第一线）在敌人的猛烈的炮火下崩陷下来。失去了战斗力的散兵在我们的前后左右纠集着。敌人炮兵的射击是惊人的准确，炮弹像一群附有性灵（灵性）的，活动的魔鬼，紧紧地，毫不放松地在我们的溃兵的背后尾随着，追逐着。丢开了武器，带着满身的鲜血和污泥的兵士像疯狂的狼似的在浓黑的火烟中流窜着。敌人的炮火是威猛的，当它造成了阵地的恐怖，迫使我们第一线的军士不能不可悲地，狼狈地溃败下来，而构成我们从未见过的非常惊人的画面的时候，就显得尤其威猛。它不但扰乱我们的军心，简直要把我们的军心完全攫夺，我想，不必等敌人的炮火来歼灭我们，单是这惊人的情景就可以瓦解我们的战斗力……恐怖就在这时候到临了我的身上，这之后，我再也见不到恐怖。我命令弟兄们把所有结集在我们阵地上的溃兵全部赶走，把我们的阵地弄得整肃，干净，以等待战斗的到临。”[①]战场上的悲壮、惨烈的描写令人窒息。这么逼真的描写，如果没有切身的作战经历，作家是很难写出来的。再看《吕梁英雄传》，日本人扫荡过后血腥画面的描写也是触目惊心的，“柳树上倒吊着两个年轻妇女，赤条条的一丝不挂；一个把奶头割掉了，一个肚子破开一绽，肠子流了出来，鲜血一点一点滴在地上，染红了周围一片刚发芽的绿草。路过的人，不由得要涌出两眼热泪，低着头走了过去，不忍心看这个凄惨的景象。村子里十几间房子冒着红红的大火，满街是半截的死牛死猪，到处是污秽的血腥。家家的锅盆瓦瓮打碎了好多，粮食衣服扔下一地，粘着鸡毛和黑血……。”[②]从这些战争小说中，读者能感受到一种冷峻、惨烈的气氛。再如同时期的其他战争小说，比如吴强的《红日》、陈登科的《淮河边上的儿女》等都有对战争的正面描写。相对来说，此时反映抗美援朝的战争小说缺少这样的感觉。当然，因为缺少参战经历，作家热衷于叙述与战争有关的事，这无形中将战争中的人凸显出来，显示出人性中不可或缺的一面。战争也永远是人的战争，人是为了自己更好的明天而战，而不是仅仅为了战争而发动战争。

五、战争中的人情、人性

在宏大的文学史抑或视野开阔的文章里，研究者常常认为在“十七年文学”中有关人情、人性的描写是欠缺的。人们常把《红日》作为一个特例拿出来反证“十七年文学”中缺少人情、人性的描写。《红日》中有关爱情的描写，在当时受到一部分批评家的指责，吴强回应道：“生活里有爱情，就可以写爱情，当然是对的。生活里有爱情，忽略它，不写它，那也未为不可。写，不写，听作者自由选择……大概是由于听到有些人说过写部队，写战争，就不能写爱情，有些人说过紧张艰苦的斗争里，哪有人谈恋爱之类的话，想证明一下事实不是那样”[③]。吴强的说法有其道理，如果小说家放弃对人物其他属性的刻画，而仅仅写人在战争中的表现，这样的人显然是不全面的。富尔曼诺夫认为，“有一个问题：是不是把恰巴依如实地写出来……还是像通常那样，把他写成一个神奇的人物，也就是说，虽然是非常出色的，可是在许多方面却是被阉割了的人物？我更倾向于前者。”[④]中华人民共和国成立初期，华东地区一些战争小说做到了这点，其中有不少人情、人性的描写，比如爱情、母爱、战前胆怯的心理等内容。

① 邱东平. 第七连[M]. 上海:上海科学技术文献出版社,2014:8–9.
② 马烽,西戎. 吕梁英雄传[M]. 上海:新华书店,1949:8.
③ 吴强. 红日[M]. 北京:中国青年出版社,1959:4.
④《世界文学》编辑部. 苏联作家自述[M]. 北京:中国文艺联合出版公司,1984:119.

这一时期华东地区的小说有描写关于母爱的内容。韦嫈在小说《母亲和孩子》中对此有过细致的描写。这篇小说描写了知识分子出身的革命战士杜慧芝在孩子面临坚壁前后的变化，表现了军民鱼水情深。因为日本鬼子扫荡，杜慧芝和其他近二十个女战士的孩子必须要被坚壁到根据地老乡家里，出于母爱，她不忍心与孩子分离，“自从出发那天起，已经整整三天没见她有过一丝笑容了，就为的舍不得把自己儿子往老乡家送，这一路来，只要别人谈到孩子怎么在老乡家安排，几时回大队工作，她就转过头去，眼圈一红，水汪汪地掉眼泪”①。她怕孩子受苦遭罪，出发前与丈夫抗争，但无济于事。她和组长杨华商量也不得要领。最后，她知道孩子寄养家庭的英雄事迹，深受震撼，打消自私的念头，留下孩子，决定归队。两个月后，再次见到壮实的儿子，她乐得紧紧地一把搂住了他，亲吻着。她决定仍将儿子寄养在桂芬家里。小说本意是要歌颂革命热情战胜个人自私自利的行为，但小说将一个母亲在战争岁月中无力保护自己孩子的无奈刻画得非常到位，写出一个即将与孩子离别的母亲的真实心态，心理描写真实、感人。如果说《母亲和孩子》中的杜慧芝是由于战事迫近，随军打仗的需要而不得不暂时放弃对孩子的抚育责任，那么师陀的《历史无情》则表现了战争对母爱扭曲的一面。凤英不慎被日本人冈田（贾先生）看到，为了讨好日本人，魏仲达设计陷害凤英的哥哥凤梧，说凤梧放走了与游击队有关系的老张，日本人把凤梧抓进狱中。为了救儿子出狱，凤英娘一次次求女儿出面去向冈田（贾先生）求情。最后凤英娘跪求女儿，凤英痛哭之下答应了母亲。母亲本来也是爱女儿的，但在战乱的环境里，为了保全儿子，而虐杀了女儿的未来。母爱是普天下最为圣洁的情感之一，战争都能将之摧毁，可见战争对人性摧残之重。刘知侠塑造了芳林嫂这个形象，人们大多关注她和老洪的爱情、她在日军面前的英勇无畏，很少有人看到战争强行剥夺了芳林嫂母性的一面。芳林嫂是个寡妇，她带着年幼女儿一起生活，日本人进驻枣庄之后，在老洪等人的感召下，芳林嫂积极投身抗战事业，被迫与女儿分离。与孩子离别时，芳林嫂很难过，“现在她将要离开孩子到山里去受训，参加革命工作，再见面还不知什么时候。进山是她乐意的事，可是要离开孩子，不禁勾起她的一阵心酸。”②这些作品都细腻地写出了母亲对孩子的爱，并没有要表现阶级之爱而忽视人的正常的情感。中华人民共和国成立前也有这方面的小说，不过，最终的结局不一样，中华人民共和国成立前的小说常常是母亲与孩子永远的生离死别，而中华人民共和国成立后的小说大多是以母亲和孩子的

① 韦嫈.母亲和孩子[J].小说,1950,4(3):32.

② 刘知侠.铁道游击队[M].太原:北岳文艺出版社,2001:451.

团聚为结局，充满革命浪漫主义色彩。

爱情是文学不朽的题材，中华人民共和国成立初期的华东地区战争小说同样也对此进行了描写。《铁道游击队》里的老洪和芳林嫂的爱情虽然被许多人看成是在阶级情之余的爱情，可是小说中的描写体现出他们之间的爱仍是男女之爱为多，这是在战火纷飞年月里同甘共苦、相互爱慕的爱情。当芳林嫂向老洪说要做一件花褂子后，"芳林嫂望着老洪的眼睛，就马上不好意思地低下头来了。不知怎的，自从认识老洪，她也很想打扮一下自己了。"[①]这是"女为悦己者容"的最好诠释。当孤立无援时，芳林嫂想起的是老洪，"如果有老洪在身边，一切就会好些，只要他发亮的眼睛望她一下，或者简短的叫一声：'别熊气呀！'她也就满身是劲了。可是现在老洪也死活不明，她满腹的哀痛向谁诉说呢?"[②]这是相爱双方的精神依托。当芳林嫂死里逃生再见老洪时，"由于兴奋和幸福，她的头有点晕眩，不得不把它偎在刘洪的胸膛上。"[③]这些描写是陷入热恋的真实写照，老洪和芳林嫂的形象因此显得更加丰满。

战争小说不仅仅是为写战争而存在，也应该关注人性的一面。小说不仅仅是展示战场上兵戎相见的残酷，也应该表现出战场之余人的生活，从战场内外多方面展示人物的特性，使人物塑造更加全面。这样塑造出来的人物形象才是立体的、丰满的，而不是平面的、干瘪的。在这点上，中华人民共和国成立初期的华东地区的战争小说确实做得还不错。中华人民共和国成立前的战争小说，对于爱情，有的小说将它和战争对立起来，譬如在邱东平的作品中，主人公是这样对待爱情的，"我非常小心地在修筑我自己的道路，正如斩荆棘铺石块似的，——为了要使自己能够成功为一个像样的战斗员，能够在这严重的阵地上站得牢，我处处防备着感情的毒害。"[④]有的小说对爱情也有涉猎，但都是作为人物成长背景出现的，没有进行细致的描写，如《吕梁英雄传》《新儿女英雄传》《荷花淀》等。相比于这些小说，中华人民共和国成立初期的一些华东地区的战争小说对于人物的爱情描写可谓更进一步，譬如《洼地上的"战役"》《铁道游击队》《红日》等。作品都正面描写了战争中的爱情，写出了人物的侠骨柔情。主要人物的恋爱对象性格刻画得都很鲜明，不再只是一个模糊的影像，仅是一个阶级之情的符号。

① 刘知侠.铁道游击队[M].太原:北岳文艺出版社,2001:400.

② 刘知侠.铁道游击队[M].太原:北岳文艺出版社,2001:442-443.

③ 刘知侠.铁道游击队[M].太原:北岳文艺出版社,2001:517.

④ 邱东平.第七连[M].上海:上海科学技术文献出版社,2014:4.

第二节　侦探小说

中国现代侦探小说一方面受到古代公案小说的影响，另一方面又和西方侦探小说渊源颇深。比较而言，华东地区现代侦探小说基本上走的是西方侦探小说的路数，这从程小青、孙了红等人的作品中都可以得到佐证。

中华人民共和国成立以后，侦探小说面貌为之一变。英国研究侦探小说的权威西蒙斯认为所有社会主义国家均没有这一文学类型，这是不符合文学史事实的论断。任翔对这种言论曾进行过反驳，“1949年以后侦探小说基本绝迹，取而代之的是它的各种衍生体：‘反特小说’（即间谍小说）、以阶级斗争新动向为主题的‘肃反小说’、‘公安文学’（警察文学）以及广义的‘法制文学’（大致类似于西方的犯罪文学）。英国研究侦探小说的权威西蒙斯认为‘所有社会主义国家均没有这一文学类型’。显然他没有考虑到这些衍生体，没有把这些以题材论的文类，如公安文学，归于广义侦探文学中。”[①]这是符合我国侦探小说发展轨迹的言论。也就是说，中华人民共和国成立后，作为社会主义国家，我国的侦探小说并没有绝迹，只不过结合我国的具体情况，出现了变化，以反特防奸为主要表现内容。当时，人们也没有沿袭中华人民共和国成立前的说法，称之为侦探小说，而是把它称为“惊险小说”“冒险小说”或者“肃反小说”等。比如，1954年潮锋出版社率先引进苏联侦探小说时，就把丛书定名为“苏联冒险小说译丛”。新时期以来，“反特小说”开始出现在部分研究者的文章中，他们认为中华人民共和国成立初期的侦探小说是以抓特务的内容为主，人物主要由公安干警、反动特务组成，旨在打击特务、匪徒的破坏活动，体现新生政权牢不可破的坚固性。这种变化同样也体现在华东地区的侦探小说之中。中华人民共和国成立前，华东地区，尤其是上海，是侦探小说重镇，程小青、孙了红等侦探小说大家都出自上海，他们笔下的霍桑、鲁平等侦探形象深入读者心中。中华人民共和国成立后，随着国内形势的变化，从内容到形式，华东地区侦探小说都发生了变化。

一、侦探小说的生存环境

时代变迁为华东地区侦探小说的变化提供了契机。中华人民共和国成立初期，华东地区的侦探小说的两次创作热潮都和现实情况有关。侦探小说也被纳入现代民族国家构建的轨道中，为政治服务。胡和平从法律的阶级性对此进行了阐

① 任翔.后现代主义文学的一朵奇葩——略论“反侦探小说”[J].东南学术,2002(6):139.

释："更为主要的是早在五四时期就已登陆我国的马克思主义法律思想占据了新中国法律思想的主导地位，体现了统治阶段的意志，服务于国家政权的法律观念成为这一时期侦探小说创作的思想主流。"[①]比如，1951年全国开始镇压反革命，政府部门明确要求文艺工作者创作表现镇压反革命主题的作品。1951年4月1日，一篇题为《一个急待表现的主题——镇压反革命》的社论出现在《人民日报》上。社论部分内容如下："文艺如何与当前镇压反革命活动这个政治斗争任务相配合，如何表现全国人民与残余反革命分子斗争的主题，表现剿匪肃清特务的主题，是摆在作家和一切文艺工作者面前的一个严重的迫切的任务。"[②]由此可见，侦探小说和国家政权已建立起不可分割的关系，现实状况不可避免地要影响侦探小说的创作。

1953年，中国文学艺术工作者第二次代表大会上，周扬借鉴苏联文学创作方法提出社会主义现实主义创作方法，要求艺术家从现实的革命发展中真实地、历史具体地去描写现实；同时，艺术描写的真实性和历史具体性必须与用社会主义精神从思想上改造和教育劳动人民的任务结合起来。这就要求文学艺术工作者必须紧密联系现实进行创作。

中华人民共和国成立初期，华东地区局势动荡不安，维稳是新政权的主要工作之一。维稳工作为侦探小说提供了现实养料，"抓特务"是侦探小说表现的主要内容。

华东地区的不安定因素大致包括盗匪、特务以及反动会道门等方面，这些势力严重影响了社会治安。其中，国民党党团特务活动频繁，是社会不稳定主要因素之一。比如，旧上海一直是国民党特务机关的重要活动基地。"解放前夕，国民党在上海的各种大小特务组织有84个，特务分子6 000余人，其中组长以上的骨干分子1 600余人。在国民党政府逃跑之前，他们都采取了一系列所谓'应变'措施，大批特务潜伏隐藏下来。此外，在国民党溃退前，还有从南京、济南、徐州等地潜逃来沪的特务分子和反革命分子。而且，国民党特务机关还不断地从台湾等地派遣特务进入刚刚解放的上海，直接进行侦察、破坏和暗杀等活动。"[③]上海的社会治安形势十分严峻。另有一些地方也是如此，国民党、三民主义青年团和特务组织（以下简称党团特组织）在山东组织庞大，基础深厚。而且，"1949年全省解放前夕，国民党山东政权面临垮台，对上述党团特组织作了

① 胡和平. 试谈中国侦探小说[J]. 理论与创作，2001(6):65.
② 佚名. 一个急待表现的主题——镇压反革命[N]. 人民日报，1951-04-01(1).
③ 中共上海市委党史研究室. 潘汉年在上海[M]. 上海：上海人民出版社，1995:338-339.

应变部署，一些骨干分子和大部分组织及人员潜伏下来，伺机破坏人民民主政权。特别是有些中、上层骨干分子不甘心失败，垂死挣扎，有的进行‘敌后游击’活动，有的散布‘变天’思想，制造混乱；有的散布谣言，蛊惑人心，扰乱社会治安；有的阴谋‘长期潜伏’，待机而动；有的乔装打扮，混入内部，盗窃机密，刺探情报，进行破坏活动。敌特以城市为中心，以铁路沿线两侧和沿海地带为发展重点，对刚刚诞生的人民政权和重要生产部门进行武装骚扰。”①

华东各省市对特务活动都进行了打击。“中共中央华东局和上海市委，根据上海面临的这种情况，决定采取先打击有现行活动的特务，再清理历史反革命的斗争步骤。陈毅市长向政法保卫机关提出了‘肃清残余敌人，建立革命秩序，保护人民民主自由，恢复生产’的庄严任务。”②“在潘汉年的正确领导下，上海公安机关和警备部队密切配合，加强内外侦察，严密防范，查明情况，坚决打击。从1949年5月底至1949年年底的7个月中，上海破获各类特务案件417起，捕获特务分子1 499名，缴获敌人电台109部，沉重地打击了国民党敌特机关的破坏活动。”③在山东省，“根据1951年2月山东省公安厅发布的《关于管制反革命分子办法》规定，至1951年6月统计，全省管制反动党团特分子3 500余名。对假登记或拒不登记的军统、中统特务分子，依法逮捕955名。登记中，缴获电台92部、长短枪656支。昌潍地区登记中收缴机枪24挺、大小炮4门、冲锋枪3支、长短枪491支、子弹3万余发。通过登记，摧毁了国民党党团特的组织基础，打击了少数首恶骨干分子，巩固了新生的人民民主政权。”④除了上海，华东地区的其他省份也在打击敌特活动方面做出了各自的努力。华东六省市通过努力，基本遏制了国民党党团特务的活动，维护了社会稳定。

在维稳的各种措施中，镇压反革命活动对华东地区的维稳工作起到了进一步的巩固作用。1950年10月10日以后，以美国为首的联合国军越过“三八线”，进占朝鲜，中共中央决定出兵援朝，对美作战。在此情况下，为了巩固新生政权，1950年10月，中共中央发出《关于镇压反革命活动的指示》，要求各地按照“镇压与宽大相结合”的政策，纠正宽大无边的偏向，在全国范围内开始镇压反革命分子。华东地区对此做出反应，譬如，同年11月，中共上海市委发出《关于执行加强镇压反革命活动的指示》，要求采取公安机关和广大群众相结合的方针，重

① 山东省地方史志编纂委员会. 山东省志·公安志[M]. 济南：山东人民出版社，1995：189-190.
② 中共上海市委党史研究室. 潘汉年在上海[M]. 上海：上海人民出版社，1995：339.
③ 中共上海市委党史研究室. 潘汉年在上海[M]. 上海：上海人民出版社，1995：340.
④ 山东省地方史志编纂委员会. 山东省志·公安志[M]. 济南：山东人民出版社，1995：191.

点打击土匪、恶霸、特务、反动党团骨干、反动会道门头子等五类反革命分子。1950年下半年，福建省开展镇压反革命运动。省委根据上级指示，分析研究敌情，纠正前一时期对反革命案犯久押不决等右的偏向，制订开展镇反运动计划。12月下旬，全省有领导、有计划、有步骤地大张旗鼓发动群众，开展镇反运动，以土匪（匪首、惯匪）、特务、恶霸、反动会道门头子、反动党团骨干分子五方面反革命分子为打击的重点。至1953年年底，华东五省市大规模镇压反革命运动基本结束。社会治安有所改善，新生政权得到了进一步的巩固。

中华人民共和国成立初期，国家为了稳定局面做出了种种努力，华东地区侦探小说对此进行了艺术性描写。譬如：1951年6月，上海组织“上海红青工人文学创作竞赛”，侦探小说《老潘脑筋给汽油汰过了》获二等奖。1951年7月，上海进行“上海市工人红五月文学创作竞赛”，其中侦探小说《草包生了机灵心》获得一等奖。

1954年—1955年，祖国大陆同台湾当局在台湾海峡发生军事对抗，出现了第二次“台海危机”。华东地区处在“台海危机”的最前沿，因而对这次危机比其他地区要来得敏感，这一地区特务间谍活动也很活跃。正是在这种情况下，华东地区侦探小说再次引发创作热潮。在这一时期，出现了《疑案》《国境线上》《海上捉匪记》《暗害》《盐场上的脚印》《“水鬼”》《最后的一个岩洞》等侦探小说。

二、苏联侦探小说的影响

除了国内现实原因，苏联侦探小说的引入对上海侦探小说的变化也起到了推动作用。20世纪40年代上海侦探小说大多走西方路线。任翔断言：“早期的侦探小说，如程小青的《霍桑探案集》基本上是对西方同类作品的模仿，并无质的突破。在艺术上，它同中国传统的、可视为侦探小说异体之一的公案小说相比各有千秋，各有自己的读者群。不过，作为西方民主、科学观念的一种载体，它反映了时代对‘德’、‘赛’二先生的憧憬，其积极的社会意义自不待言。亦难怪20世纪20年代‘霍桑’红遍上海滩，十里洋场成了其逞奇斗勇的好处所。”[①]中华人民共和国成立后一段时间，世界两大阵营对抗，中国、苏联都是社会主义国家，意识形态相同，中国站在苏联一边，采取一边倒的外交策略，处处以苏联为榜样，向苏联老大哥学习，文学也不例外，侦探小说也是如此。当时，我国翻译了一大批苏联侦探小说。中国最早出版侦探小说的出版社是潮锋出版社。1954年，该社出版了“苏联冒险小说译丛”，其中有布良采夫的《匪巢覆灭记》和《秘密路》，

① 任翔.后现代主义文学的一朵奇葩——略论“反侦探小说”[J].东南学术,2002(6):138-139.

柯里亚柯夫的《勇敢者的道路》，托曼的《好的印象》等；中国青年出版社也出版了许多苏联侦探小说，如米·罗森菲尔特的《海洋的秘密》，米哈依洛夫的《冒名顶替》，伊万尼柯娃的《无形的战斗》，阿·沃依诺夫的《大铁箱》等；群众出版社出版了以下苏联惊险小说：阿达莫夫的《形形色色的案件》，乔尔诺斯维托夫的《蓝箭》，维·萨帕林等的《奇异的"透明胶"》，勒·赛依宁的《天狼星计划》等；上海文艺联合出版社出版了短篇反特小说集《在和平的海岸上》；上海开明书店出版了列·沙莫伊洛夫的《损兵折将》，斯·阿列夫耶夫的《红色的保险箱》；上海文化出版社出版了谢苗·亚莱菲也夫的《打靶场的秘密》等。仅1955年，中国就翻译了几十本苏联侦探小说，内容多以反特、反间谍为主。中华人民共和国成立初期的侦探小说从创作模式到人物形象刻画方法，都可以看到苏联侦探小说的影子。

三、创作目的、内容、地方特色

中华人民共和国成立后，华东地区的侦探小说的创作目的发生了变化。20世纪40年代，侦探小说体现出非常明显的商业性和娱乐性。虽然程小青、孙了红的小说中也有关注现实的时候，但毕竟还是以商业性和娱乐性作为主要创作目的。为了吸引读者眼球，小说家有时编造的故事过于离奇曲折，脱离生活；为了追求感官刺激，小说描写的场面有时过于惊悚血腥，纯粹为了制造效果而创设情境。孙了红的《鬼手》《血纸人》《木偶的戏剧》等都有这样的弊病。中华人民共和国成立后，华东地区侦探小说不再关注商业价值与娱乐价值，而将目光聚焦在小说的教育功能上。1954年潮锋出版社率先引进苏联侦探小说，出版丛书"苏联冒险小说译丛"，明确说明出版目的在于：以爱国主义的精神教育青年，教育意义重大。新政权看中了侦探小说的教育功能，意图通过侦探小说来显示新政权的牢固性，同时教育读者擦亮眼睛，分清敌我正邪，让侦探小说为新政权的巩固尽一分力。

创作的目的性发生了变化，创作的内容、形式以及阅读效果也相应地发生了变化。

侦探小说的作者大多来自部队、公安系统，他们从现实斗争中发现题材。小说家沈默君的战斗经历就很有代表性。抗战爆发后，他参加过战地服务团，1938年参加新四军，1944年参加中国人民解放军，后一直在第三野战军从事部队文艺工作，曾任团文工队长、纵队文工团戏剧股长、艺术指导员、师宣传队长、野战军卫生部文工队长。1949年后，历任第三野战军办事处文工团长、文艺科创作研究员、第三野战军解放军剧院编剧。1949年开始发表作品，著有侦探小说《荣军锄奸记》。小说家从现实取材，在作品中展示人民群众和公安干警的勇敢与智慧。

侦探小说的人物关系在中华人民共和国成立前后也发生了变化。由侦探、警察、罪犯之间的三角关系变成侦查人员与罪犯的关系。这种关系的变化体现出小说由私人角度向国家角度的转变。侦查人员是国家利益的合法代表，敌特等罪犯是人民的公敌，危害国家安全。由此，侦探小说中的个人利益冲突就转变成国家与罪犯的对抗。

侦探小说中的人物形象在中华人民共和国成立前后也有变化。中华人民共和国成立前，人物由侦探、警察、罪犯构成，其中侦探是绝对主角。私家侦探霍桑、侠客鲁平都是小说的中心人物，有时就是作者思想的代言人，是作者理想的化身。中华人民共和国成立初期，曾经作为小说主角的侦探基本消失，取而代之的是清一色的代表国家利益的公安干警、军人、人民群众。他们热爱新政权，但他们大多数没有霍桑、鲁平能干，也不都是“反特”能手。《草包生了机灵心》描写的曹宝雄，面对特务阿狗，毫无警惕性，甚至差点让特务在眼皮底下溜掉。《老潘脑筋给汽油汰过了》写了老潘对特务小周不检举、不揭发的行为。在《史文良立功》中，身为警察的史文良，怀疑姐夫是特务，但他内心立场并不坚定。中华人民共和国成立初期的侦探小说没有夸大人物的能力，人物反而不显得单薄，没有导致千人一面的结果。

从外貌来看，中华人民共和国成立初期的侦探小说中的公安干警、军人、人民群众长相普通，并没有像后来的侦探小说里的侦查人员长相正气，精神抖擞。《疑案》在描写公安人员赵智超时写道：“那个姓赵的长得瘦瘦的，高高的，穿着一身洗旧了的蓝人民装，说话走路，一点也没流露出什么英武、机灵的样子，倒有些慢腾腾的，眼睛睁的挺小，微微的眯着。”[①]随着情节的展开，赵智超的性格才渐渐展现开来。20世纪50年代中后期，社会逐渐完成了调整改造，国家从战争的创伤中渐渐恢复过来，人们对新生的共和国充满无限期望，积极投身到祖国的建设之中。此时，华东地区小说中的侦查人员的长相描写也发生了变化，他们的英武之气和当时积极昂扬的社会氛围相合拍。但是，如果仅仅在人物身上展现的是时代共性的特征，那么这个人物也只能是这个时代的象征，作为他自己的特征就被屏蔽掉了。从人物形象的角度看，这一时期的侦查人员和霍桑、鲁平等侦探形象以及中华人民共和国成立初期的华东地区侦探小说中的人物形象是不可同日而语的。事实也证明了这点，20世纪50年代中后期以及60年代的侦探小说中再

① 马戈. 疑案[J]. 文艺月报,1955(9):41.

也没有出现过霍桑、鲁平这样个性鲜明的人物形象。与同时代其他地区的作品相比，华东地区的侦探小说在人物塑造上也是略有逊色。1955年，陆石和文达发表的《双铃马蹄表》中描写的公安干警顾群就显得立体多面，这样的人物形象在华东地区侦探小说中是很难发现的。

中华人民共和国成立初期的侦探小说在表现群众意识、集体观念这方面，过渡性特征比较明显。他们既有个人主义特征，也有一定的群众意识和集体观念。20世纪40年代侦探小说中的侦探，从故事开始到结束，始终处于情节的中心位置。他们一直都是独来独往，凭一己之力破案。这些人物充满了个人英雄主义色彩。中华人民共和国成立以后的侦探小说刚好与之相反，非常关注作品的群众观念、集体意识。当然，这并不等于说50年代初期的侦探小说就能做到扬长避短，事实上这一时期的侦探小说仅是截取了40年代侦探小说个人主义的外壳，作品中的公安干警、侦查员由于受到集体观念以及社会主义法制观念的影响，他们不可能像程小青、孙了红等人笔下的人物那样随性而为，这些公安干警和侦查员个性色彩显得模糊。同时，他们的群众意识、集体观念也没有50年代中期及之后的人物来得鲜明，《史文良立功》《草包生了机灵心》等小说均是如此。这也与新政权刚建立，小说创作者缺少这方面的创作经验有关，而且苏联反特小说传入的时间也不长，学习消化也需要一个过程。所以说，中华人民共和国成立初期的侦探小说中的正义一方在群众性上没能深入描绘，它是一个中介物，是文学处于时代巨变时的一个产物。

华东地区的侦探小说主要是反特小说，当时的侦探小说处于学步阶段，一方面显得青涩，另一方面又少了许多羁绊，因而侦探小说就少了固定的创作模式，是摸着石头过河的尝试。小说情节有一开始就锁定敌特分子，然后通过证据证实的；有大义灭亲的；有从不明真相到锁定凶手从而破获案件的；有督促特务自首的；有与特务斗智斗勇的；等等。这些小说的结构不拘一格。随着苏联小说的引进、创作经验的积累，侦探小说的创作程式化也日益明显。概而言之，侦探小说情节日渐模式化，题材主要以抓特务为主，一般是特务或内奸准备进行破坏活动，如破坏生产、窃取情报等，公安人员或者民兵等维持治安的外围人员获得消息，跟踪调查，经过斗智斗勇而抓获特务。

中华人民共和国成立前的侦探小说，在气氛营造上做得很好，这有利于表现出这类小说神秘、惊悚的氛围。孙了红是这方面的高手。他在《蓝色响尾蛇》中描写鲁平在雨夜发现一具尸体，鲁平掏出手电循着“嘁嘁，嘁嘁”的手表声向前寻去：“在电筒停留在对方某一个地位上的瞬间，光圈之内，画出了一张人脸，那张脸，胖胖的灰黄的，眼珠睁得特别大，似乎惊诧着他深夜突兀的光临，嘴是歪扭的，好像无声地向他说：‘好，你毕竟来了！’”[①]今天读来，仍让人觉得毛骨悚然。这种营造气氛的效果在中华人民共和国成立初期的华东地区的侦探小说中有所减弱。

中华人民共和国成立初期的侦探小说，无论多么离奇曲折的案件，在结尾时都能真相大白，罪犯得以绳之以法。这点在中华人民共和国成立前的侦探小说中则不尽然：侦探们有自己的审判法则，哪怕这法则是和法律相违背的，他们也可以置法律于不顾，甚至常常参与破案的鲁平本身就是一位反对社会法则者。在《鬼手》中，鲁平冒充霍桑，表面上接受当事人的委托侦查案件，暗地里却按照自己的意愿做事情。破案之后，鲁平也不把案犯交给法律制裁，“不错，他很乐意于把那个凶手找回来。但是，他却并不愿意代法律张目。……他所着眼的是，只想找到那个以‘Leuger’为玩具的‘生命的玩笑者’，拍拍他，让他把已吮饱的血，照数呕出来，于他却已感到满足了。”[②]案件已判，但罪犯并未受到惩罚。这样的处理方式，在中华人民共和国成立初期的华东地区的小说中是绝难见到的。“文艺必须为政治服务”，文学创作必须起到教育人民、鼓舞人心的作用，小说在表现与意识形态相违背的敌特犯罪行为时，当然应该立场坚定地和国家法律保持一致，不应该同情罪犯，而应该坚决打击犯罪行为，由此达到教育人民站稳政治立场、震慑罪犯的目的。这也是社会巨变之后，建立新的社会法治秩序的迫切需要。因此，中华人民共和国成立初期的侦探小说中都是有案必破，绝不姑息。

侦探小说对政府由讽刺到歌颂。20世纪40年代中后期，国民党政府腐败不堪，讽刺是小说的特征之一。侦探小说属于通俗小说范畴，它注重作品的商业性、娱乐性，但是那时的侦探小说不仅关注这些方面，它还直面现实，对社会中腐败现象进行揭露与批判。程小青、孙了红的小说都讽刺过社会的黑暗面。孙了红笔下的鲁平是个玩世不恭的人，他不满贫富不均的社会，痛恨人与人之间的欺诈、虚伪。因而，对维护富人的“法律”嗤之以鼻。“法律者也，那只是某些聪明人在某种尴尬局势之下所制造成的一种类似符箓那样的东西。符箓也许可以吓吓笨鬼，但是却绝不能吓退那些凶横而又狡猾的恶鬼。非但不能吓退，甚至，有好多的恶鬼，却也专门躲藏于符箓之后，在扮演他们的鬼把戏的。法律这种东西，其最大的效用，比之符箓也正差不多。因此，要他代表法律，谢谢，他却决

① 孙了红. 蓝色响尾蛇[M]. 北京：中国国际广播出版社，2013：11.

② 孙了红. 蓝色响尾蛇[M]. 北京：中国国际广播出版社，2013：23.

没有这样好的胃口。”[①]抗战胜利后，国民党的“接受大员”满天飞，借惩治汉奸疯狂地“敛产”，“劫收”以自肥。孙了红对此深恶痛绝，在作品中三番五次地嘲弄、鞭笞。“天亮了！只有势力，没有黑白；只有条子，没有是非。哼！”[②]“只见圣诞老人站在会场中心，向大众报告说：‘现在请看曹丞相的后代曹志宪先生表演魔术，他今天荣任接收大员，表演接收魔术，请诸位多多捧场，多多送些汽车洋房给他。’”[③]黑暗腐败的现实给了侦探小说讽刺的机会。中华人民共和国成立初期，新政权刚刚建立，万象更新，华东地区侦探小说已无讽刺的必要，只是充满打击犯罪的凛然正气，这也从侧面歌颂了新政权的合理性，体现了人民民主专政政权的牢不可破。

中华人民共和国成立初期，侦探小说表现出一定的地方特色，比如以福建沿海地区作为小说背景的反特小说。由于国民党退守台湾，福建处于战斗最前哨，提高广大人民群众的政治觉悟已属当务之急。中华人民共和国成立初期，文学遵循“文艺为政治服务，文艺为工农兵服务”的方针，作为增强意识形态的武器之一的小说也肩负起这一责任，反特斗匪题材成为福建小说聚焦的热点之一。由于福建独特的地理条件，反特斗匪小说蒙上了浓郁的地方色彩，具有一定的审美特征。

自然环境和反特斗匪互相映衬。临海环境成了渔民对敌斗争的舞台，渔民们利用大海和敌人周旋。在刻画敌人凶残贪婪时，小说设计的情节也在富有地方色彩的环境中展开。大海之上，追赶上老金汉的渔船，搜查后，“国民党匪官走回电船，忽然，他停住脚，看见舱板上满满的一大网鱼，歪着眼睛笑了起来。‘来人，’国民党匪官向电船上叫着：‘把这网鱼拿过去。’”[④]面对手无寸铁的老渔夫的哀求，敌军官无动于衷，反而加倍地欺凌他，这暴露了敌军官惨无人道的特性。小说情节发生的环境是大海，小说描写了大海壮阔的景象。临海环境和对敌斗争紧密结合在一起，反特斗匪依托独特的自然环境而展开，地方色彩能提高读者的阅读兴趣。

在反特斗匪的小说中，敌人的形象是扁平的，凶残贪婪、无耻狡猾是他们的标签。对手的简单弱化了斗争过程的曲折性。在简单化描写对手之时，人民群众显得立体多面，许多都是带有缺点的好人。地方色彩为人物形象的刻画做出了极

① 孙了红. 蓝色响尾蛇[M]. 北京：中国国际广播出版社，2013：23.
② 孙了红. 蓝色响尾蛇[M]. 北京：中国国际广播出版社，2013：82.
③ 孙了红. 鬼手[M]. 北京：中国国际广播出版社，2013：188.
④ 何飞. 海上的遭遇[M]//何飞. 我的大姐[M]. 上海：新文艺出版社，1956：45.

大的贡献，环境和人物相辅相成，互相映衬。阮小河和水婴仔相爱，在出海过程中智斗敌人。他们并不完美无缺。水婴仔一味沉浸在爱河里，不断地品味着爱的甜蜜。她甚至不知道周围危机四伏，要求阮小河带她去捉水龟。阮小河也不是绝对的智勇双全，在对敌斗争中，有过失误。他明明知道去岛上捉水龟比较危险，但是他还是带着恋人以身涉险。不仅在对敌最前线的海岛上捉水龟，还带着水婴仔在附近水域捉鱿鱼，最后他们不幸被俘。这些带有缺陷的人物使小说真实地描写出群众的精神状态，小说没有拔高夸大他们的政治意识，人物形象鲜活地站在富有地方色彩的环境里，不显得虚假，可爱可亲。

这些有真实情感的人物正面遭遇敌人时，绝不退缩，以海洋汉子的智慧一次次勇斗敌人，才能在富有地方特色的大海里化险为夷。以陈海荣为首的渔夫被敌人抓住，他们群策群力，分工安排，争取自救。陈海荣躲过巡视的敌军，“咬紧牙，用力挥起斧头，砍断了被蒋贼军舰系着的粗绳。阿焕从桅杆边跑了过来，大风吹胀了船篷，在渔船离开蒋贼军舰的、猛地一个大浪上栽下来的一刹那，陈海荣挥起手，咚的一声，把斧头丢在蒋贼军舰并排系住的舢子船的舱板上。陈海荣猛扑向船尾，握住舵；阿焕跟着跑了过来，渔船在大雾中飞快地驶去了……”[①]渔夫们面对险境，英勇不屈，成功自救，而且陈海荣丢向舢子船的斧头，准确地砍断了系在敌人军舰和舢子船之间的绳索，舢子船也脱离危险，顺利返航。渔夫们在反特斗匪的战斗中表现出惊人的勇气，这和他们常年和海洋打交道练就的一身胆量有很大的关系。人物独特的成长背景造就了他们勇于面对困难的气概，面对敌人时，他们机智的反抗就显得自然而然。小说具有海洋气息，地方色彩鲜明。

乡风民俗和防范意识相结合。形势要求必须提高群众对敌的防范意识，小说对此进行了艺术化处理，将政治宣传与福建地方特色融合，描画出了多姿多彩的篇章。福建的反特斗匪小说至今仍有可读性，其秘密就在于它们忠于福建的地方风俗画，在展现风俗画面时自然而然地融入反特斗匪内容。《老盐民和新乡长》将宗族斗争和反特工作有机地结合在一起。中华人民共和国成立前，杨老开所在的村庄宗族斗争比较激烈，西房头和东房头水火不容。“在过去两房是对头冤家。动不动就是动起武来。”[②]中华人民共和国成立后，东房头伪保长宜春叔伥伏法了，两房人也和好了。东房头的渐春当上民兵队长，西房头的“族长公”老开伯忧心忡忡，担心东房头独大，西房头再受他们欺负。此时，阶级敌人富农红眼

① 何飞. 出海[M]//何飞. 我的大姐. 上海：新文艺出版社，1956：33.

② 发喜. 老盐民和新乡长[M]//福建日报编辑部. 警惕. 上海：新文艺出版社，1955：61.

睛得到了可乘之机，在老开叔面前挑拨离间，敌人的阴谋得逞，老开叔对渐春深恶痛绝，平时见面都不和他搭话。最终，红眼睛决堤破坏生产的行动让一切真相大白。在严峻的斗争形势面前，老开叔终于走出宗族势力的阴霾，和渐春握手言和。这篇小说通过刻画老开叔，表现了福建沿海乡村传统的乡风民俗，乡土气息浓郁。同时通过老开叔的误听误信，在貌似不经意之时达到了教育群众的目的，提高了对敌人的防范意识。地方色彩和反特斗匪相互融合，反特斗匪因为地方色彩找到了迥异于其他地区的书写方式，地方色彩也依托反特斗匪更加具有传奇性而增加了可读性。

广阔无垠的大海、峰峦叠嶂的山脉具有无穷的神秘光环。它们一旦进入小说世界，自会增加这个世界的吸引力。现实生活中，反特斗匪有其紧张激烈性，这两个方面在福建小说中相遇，小说的传奇色彩显得更加浓郁。《海上捉匪记》中，在浩瀚的大海上，渔民和敌人狭路相逢，面对枪口，他们只能束手就擒。在敌人返航途中，渔民利用大海和敌人斗智斗勇。多年和海洋打交道的经验使他们熟悉大海，当看到西边出现黑色的云彩时，他们知道海洋上会有大风暴，利用波涛汹涌的大海，顺流而下，勇敢地驾船穿过险流暗礁，不仅自己顺利脱险，还生擒了几个敌人。大海上遇到的敌人、突起的乌云、凶猛的风暴都是不期而至的，脱离了日常生活的轨道，但在小说世界里成为了可能，传奇色彩毕现。

第三章　小说中的女性形象论析

中华人民共和国成立初期，社会各阶层的地位发生了变化，其中最明显的标志是下层民众社会地位的提高。就如卡尔·曼海姆所说的，此时社会处于垂直流动阶段。中华人民共和国成立前，妇女处于社会最底层。中华人民共和国成立后，她们的社会地位发生了翻天覆地的变化。例如，在婚姻家庭关系上，中华人民共和国成立前，妇女常常处于弱势。“据中国纺织建设公司第一纺织厂（解放后改国棉一厂）1947年1月4日至1949年10月15日的工友除名留底簿记载，此期间376名除名女工中，88名已婚女工明显无姓名权，其中，以某氏记名的17人，‘前冠夫姓’的1人，随便取名（某小妹某姑娘）的70人。因此重名众多，王小妹就有16人，只能以工号相区别。解放后，《婚姻法》规定‘夫妻有各自用自己姓名的权利’，女性的姓名权被尊重。妇女在第一次普选和土改时，走出家庭参加社会生产时，陆续恢复自己的姓名甚至重取新名，上海女性终于获得和享用独立的姓名权利。”①华东地区的小说中刻画的许多老年妇女基本上是没有名字的，这也可见妇女在中华人民共和国成立前地位的低下。

有些男性受封建夫权思想的影响，他们从不重视妻子的权利。有的工人已有老婆，还要其他人做老婆赚钱供自己挥霍，妻子稍有不从，动辄以拳脚相加。小说《徐玉桂的翻身》即表现了这种社会现实。1950年5月1日，我国第一部法律——《中华人民共和国婚姻法》公布施行，华东地区随即展开大规模的贯彻婚姻法运动，并鲜明地提出“保障妇女权利”的主题口号。小说对妇女社会地位的变迁也进行了描写。《群妮离婚记》描写了群妮离婚的过程，女主人公“群妮”这个名字显得意味深长，体现了争取婚姻自主的妇女群体之广。据统计，自1950年5月至1951年4月，上海市人民法院共受理婚姻案件13 349万件，“在受理的全部婚姻案件中，由女方提出诉讼的计达10，000件”②。

通过实施各项保护妇女的法律法规，妇女的社会地位得到了显著的提高。这些变化在1949年—1955年的华东地区的小说中得到了一定程度的表现，翻身的妇女成了小说着力描写的对象。

---

①《上海妇女志》编纂委员会. 上海妇女志[M]. 上海：上海社会科学院出版社，2000：540–541.

② 胡焕庸. 中国人口（上海分册）[M]. 北京：中国财政经济出版社，1987：287–288.

第一节　女性身份的重新建构

随着女性地位的提升，华东地区小说中的女性形象出现了新的特征，本节主要就几类女性形象的转型进行分析阐释。

一、弃妇的新出路

弃妇可分为两种类型：一种是指那些被丈夫彻底抛弃的女子；另一种是指虽然婚姻没有破裂，但事实上已被丈夫遗弃的女子，也就是精神上的弃妇。弃妇形象在我国的文学长廊中由来已久，最早可追溯到《诗经》时代。母华敏认为20世纪40年代的弃妇形象主要集中在张爱玲和苏青的笔下。张爱玲小说中的弃妇主要有两类：一类是躲在帘幕之后或闭锁高宅之中与时代潮流隔绝的弃妇；另一类弃妇多了几分抗争的意识，不过她们的抗争只是建立在争取性别平等的浅层次基础上，因而最终也没有改变“笼中鸟”的命运。相比较而言，苏青笔下的弃妇多了几分亮色，她们是受过新式教育具有独立意识的女性，虽然这类女性也曾对压制她们的封建礼教做出过暂时的妥协与让步，但最终还是冲出了封建礼教的樊篱，实现了渴望已久的自由自在的飞翔。

中华人民共和国成立后，华东地区小说中的弃妇形象浓缩了时代的影子。小说家从政治立场出发，对于弃妇，他们所抱的态度也不一样。有些妇女，由于她们和反动势力有关联，当她们被反动势力化身的丈夫抛弃时，小说家对她们往往持罪有应得的态度。周而复的《上海的早晨》，塑造了几位精神弃妇的形象，作者对她们没有丝毫的同情。尤其是徐义德的大太太，作者把她当成反面人物来刻画，因为她的哥哥是无锡乡下恶霸地主朱暮堂，阶级出身决定了作者不会同情这类人物。草明的《婚事》中也描写了弃妇形象。铁路工人刘新胜爱上了表妹莲娇，由于莲娇家境比新胜家强，莲娇母亲——新胜的姨母怕女儿和新胜扯上关系，在莲娇长大后，对她的监视也严起来，只要新胜一到，就把女儿支开。莲娇没有机会爱上新胜，新胜对表妹的爱也只能是单相思。后来，姨母结交了一个国民党营长，莲娇不久就嫁给了这位营长，新胜很伤心。中华人民共和国成立后，下层贫苦百姓翻了身，新胜和同一阶级出身的李五妹结合。就在结婚这一天，他的姨母蓬头散发找到他家。新胜才知道表妹莲娇已经被国民党营长遗弃，成了弃妇，更为不幸的是营长把莲娇卖到了妓院。小说借姨母之口说出莲娇的不幸遭遇。莲娇出嫁一个月后，国民党营长就收回了之前给她的妆奁和首饰，并悄悄把她卖给营口的妓院，自己拿了钱，逃命去了。过了一阵之后，父母才接到莲娇的信，知道了她的情况，莲娇说她好比在地狱里一样，鸨儿不敢公然开设妓院，但是逼她们秘密卖淫，让她们更加痛苦。莲娇的父亲变卖家财，跑到营口去赎女儿，他把钱交给鸨儿后，鸨儿又说还缺少她五十万的饭费和医药费。莲娇父亲一气之下就病倒了。听了莲娇母亲的控诉后，莲娇的悲惨遭遇引起了新胜母亲的同情，也激起其他贺喜的客人的愤怒，大家纷纷帮她出主意。贺客杨主任让莲娇母亲到营口妇联会打听该怎么办，还告诉莲娇母亲可以找政府去告那个鸨儿，因为逼人去做私娼，这是不合法的，鸨儿根本就不应该向莲娇父母要钱。在大家的帮助下，莲娇母亲再次去了营口。小说没有交代莲娇母亲到营口之后的情况，但小说给了读者足够的暗示，中华人民共和国成立后妇女得到了彻底的解放。当女儿小吉问妈妈“表姐死得了死不了”时，新胜母亲说：“共产党来了。受压迫的人都得救哪！受灾受难的女人也能抬头啦。”[①]由此可见，小说家并不关心莲娇被抛弃的情况，只是以此来表现新旧社会两重天的政治主题。不管社会如何变迁，小说里的莲娇成为弃妇的部分原因却又是无关时代的，譬如，莲娇母亲的势利，莲娇自身的无主见，莲娇的懦弱，新胜的贫困等。显然，作者刻意忽略了这些方面，努力把小说带上歌颂新生政权的路子，弃妇莲娇也就成了幸福的李五妹的陪衬人了。

莲娇式弃妇被赋予阶级色彩，这并不是说弃妇就一定和阶级性有关。韩文理的《王志平和他的妻子》就是一篇意味深长的小说。这篇小说直面现实矛盾，大胆描写工农兵的内部矛盾，而且把工农干部刻画成具有消极影响的人，这在当时不可谓不大胆。更为难得的是，作者在描写即将面临弃妇命运的妻子时，并没有仅仅从阶级性、妇女解放等宏大的政治主题上着眼，而是关注身为妻子的女性、母性的一面。现在看来，这篇小说真是一个奇迹，它为女性摆脱弃妇命运指明了一条正确的道路。在此之前，张爱玲也曾写过为了免于弃妇命运而挣扎的女性人物。张爱玲在《亦报》上连载的《十八春》，描写的顾曼璐就是一位弃妇，丈夫祝鸿才经常不回家，为了留住他的心，她想出下策，设计让丈夫奸污自己的妹妹，并生下孩子。尽管这样，仍然未能让祝鸿才回心转意。顾曼璐摆脱弃妇命运的方法令人痛恨，这种方法绝对不是摆脱弃妇命运的出路。

《王志平和他的妻子》讲述了进城干部王志平想和农村妻子离婚的故事。王志平出身农村，后来参加革命，最后进城，他在是否离婚的问题上始终摇摆不定。王志平不是新时代的“陈世美”，他清楚地知道在革命岁月中，妻子所付出

① 草明. 婚事[J]. 小说,1950,3(4):35.

的艰辛。他认同一位老首长说的话，老首长认为庄户人家的孩子撇家舍业出来革命，父母在日夜地盼着，妻子在望星星瞅月亮地等待着：她们舍不得做条新裤子，拿布缝军装送给在外打仗的人；她们咽着糠、菜、地瓜蔓，却把粮食送上前线。老首长认为她们的想法很实际，也很合理：她们是想着革命胜利了，老老少少团圆在一起，过着更幸福的日子。可是革命胜利后，有些同志却不愿去体贴她们的这种苦心，自己刚有一点成就，就把她们从脑子里赶跑了，只顾满足自己的要求，甚至还有意无意地把她们向苦海里推一把。老首长指出这是不公平的，也是不符合“革命良心”的。因此，“革命良心”一直在提醒王志平。但是，进城后，他当上了科长，感到了妻子和自己的差距。他觉得九年前和他结婚的妻子，是一个地地道道的庄户婆娘，不识字，也没有见过什么世面。在“革命良心”和“幸福家庭”的徘徊中，他遇到了工学院毕业生温素琴。温素琴慷慨地给王志平买水果、点心、蜜糖等礼物，又殷勤地送他去火车站，隐隐约约地向他表露了那么多少女真情。王志平感到不管从哪方面说，他们在一起都是幸福的，她完全能够做他的有力助手。最终，王志平决定回乡和妻子离婚，他的妻子即将成为一位新时代的弃妇。

这样的弃妇有其时代因素。随着革命成功，许多干部进入城市，卷起了一股离婚潮。小说真实地表现了中华人民共和国成立初期的一部分进城干部的婚姻状况。王志平和路遇的大嫂谈到这个问题时，大嫂马上提名唤姓地举出一大串例子，证明在干部中间，十之七八都和家里的妻子离了婚。王志平在许多离婚干部面前还算有良心的，他毕竟为是否离婚挣扎过，如果不是温素琴，他有可能一直挣扎下去。

进城干部的妻子为了免于被抛弃的命运，她们用各种方式进行反抗，想留住自己的婚姻。当然，并不是所有妻子都抱着决绝的态度去抗争的，有些妻子只能用消极的方式进行反抗，她们自己没有能力留住丈夫，就希望用外力来维护婚姻。有的人希望丈夫不要高升，只要有一般的官职就行了，这样丈夫就不会生出异心，不会和自己离婚了。王志平路遇的大嫂是村妇女代表，应该有一定的革命觉悟，在目睹无数破裂的婚姻后，她质朴地认为只要丈夫地位不是太高，就不会提出离婚。她很以自己丈夫为豪，谈到自己丈夫，舌上就像涂着蜜，似乎这天底下，没有一个男人有他那样多情、温柔、善于体贴妻子。当王志平认为依据她丈夫的军龄可以当上农场主席时，大嫂说不要丈夫当大官。王志平从男人的角度无法理解妇人说的话，他认为官应该越当越大为好。妇人则认为当饲养员比当司令员强，并且找了一个冠冕堂皇的理由：为革命做什么都一样。王志平追问大嫂既然干什么都一样，为啥不希望自己的丈夫当主要干部。沉默许久，妇人讲出了内心真实的想法，他怕丈夫当了主要干部就和自己、孩子不亲了，他宁愿丈夫当饲养员，也不愿冒险让丈夫当主要干部。她无力驾驭自己的婚姻，只能寄希望于丈夫不要高升。这是她不自信的表现，也是现实无数的破裂婚姻给她的启示。王志平听了妇人的诉说后，不知不觉想象出了这样一幅画面：一个被丈夫遗弃的妻子，悲哀地站在田垄上，两手抱紧锄把，下巴压在锄背上，无言地、绝望地凝视着自己失掉了父亲的孩子，泪珠大颗大颗地滚下来……这幅画面是中华人民共和国成立初期农村弃妇的真实写照。她们含辛茹苦，指望有朝一日丈夫回来，然后脱离苦海，但最终一切希望落空。在这里，小说所展示的弃妇命运本质上和传统的弃妇没有区别。

在中华人民共和国成立初期，华东地区的小说只不过将传统文学中丈夫考取功名换成了进城后当官，表面看来有所变化，实际上仍是喜新厌旧的传统套路。如果《王志平和他的妻子》按此套路写下去，也脱离不了这个模式，但是这篇小说并没有如此，小说情节的发展脱离了传统的模式，读者看到了另一种可能。

王志平不是一个薄情寡义的丈夫，这也是他一直没有抛弃妻子的主要原因。试想，如果王志平是一心只贪图享乐的自私男性，他回家之后，不会有闲情再去观察妻子，而是直截了当提出离婚要求，妻子再多的进步，他也不会知道。王志平的内心处在激烈的交战之中，正是在这犹豫之际，他才有机会发现妻子已经不同往日，妻子在识字进步。在对妻子的欣赏中，王志平打消了离婚的念头。

对王志平的描写，小说主要运用心理刻画的方法。在回家前他有过矛盾，对自己离婚的举动他也深深地知道利害关系。他有革命的良心，但他意志薄弱，无法忽视自己内心的召唤，他渴求在人生道路上遇到一位心心相印的伴侣，温素琴让他找到了这种感觉。他下决心离婚，但他还没有被“罗曼蒂克”的激情彻底地冲昏头脑。这份冷静可以说是来自于他的出身，他是农民的儿子，他知道农村妇女的艰辛，更能预料到农村妇女婚姻破裂后艰难的生存境遇。他同情这些妇女，但又不断地说服自己不要同情她们，同情她们就等于同情自己的妻子，他就会无法迈出离婚这一步。正是这样的矛盾心理，才导致他到家后无法张口向妻子提出离婚，这是王志平善良的本性决定的。

就在他犹豫之际，妻子不断给王志平惊喜。事实上，王志平自己都不知道自己的真实想法，他可能在潜意识里也希望妻子给自己惊喜，让自己不要离婚，这样他在革命良心面前就无需忏悔，在革命良心与家庭幸福两方面都得到满足，而不是和妻子离婚后去另寻爱人，譬如温素琴。如果离婚他就会生活在愧疚当中，这是出生农家，生性淳朴善良的王志平所无法忍受的。

妻子不断要求进步，随女儿学习识字，还记了日记。她把日记本拿出来给王志平看，像虚心的小学生一样，恳切地希望王志平帮她改一改日记。她还是生产队的队长，积极带领大家开展农业生产，整天忙得不亦乐乎。王志平看到了妻子的进步，他的心理也在不断地发生变化。刚到家时，他觉得无法面对妻子，他的身子进了这个家庭，心却离开了它。他不断地说服自己要克服心软的毛病，不要受感情的支配。第二天晚上，当他和妻子单独相处时，他告诉自己必须跟她谈明，以便确定离婚事宜。但他偷着望了望熟睡的孩子，马上感到这样做是不妥当的。他情急生智，说自己头痛，躲过了第二夜。在第三天早上，妻子请他修改日记，这是她学文化后写的。王志平看到了一个不一样的妻子，感到一团热乎乎的东西，在胸口内膨胀开来。王志平不再和昨天一样，他热切地看到了妻子身上的大方、文雅以及质朴的美。王志平和妻子渡过了他们的婚姻危机。

妻子胡玉兰在小说中由于受到叙述视角的限制，没有多少直接描写，小说基本上是从王志平的听觉、视觉等方面对她加以刻画。尽管如此，这个人物形象仍然塑造得很丰满。她是一位能干的农村领导干部，她带领大伙制订计划搞生产；她更是一位贤妻良母，对丈夫温柔体贴，对孩子爱护有加。多年的辛劳使她的容颜发生了变化，“她变得苍老了，面容上已彻底消失了那种少女独有的诱人的细腻；她的眼睛，虽然仍像过去那样明亮，闪耀着聪明和强烈的感情，但却增添了一种中年妇女的深沉和庄重，眼角也刻上了一簇细致的皱纹；她的丰满的红油油的面孔，也像她那粗壮的身体一样，使人联想到伫立在风雨里的橡树；她的手特别引人注意，王志平好像一直未见过一双这样的女人的手，它比他记忆中的抚摸过的手大不相同了，它除了粗大，布满了裂纹以外，还结了无数硬朗放光的茧。变了！多年的操劳使她一切都变了！”[①]虽然岁月不饶人，但她积极要求上进，努力识字，以求丰富自己。她在处理婚姻危机时充满了智慧。她不是不知道丈夫的变化，小说中的细节描写为读者提供了这方面的信息。当王志平假装生病，胡玉兰要为他请医生遭拒后，她犹豫了一下，似乎掂量着能不能说服他。但是当她看清了他那种执拗的表情后，只好轻轻地嘘了一口气，就走出去了。如果说这里还有一层妻子尊重丈夫的意思，并不能完全表现出妻子知道丈夫的所思所想，那么，在小说描写胡玉兰和孩子们聊天那一段中，她的神态则完全暴露出她是知道丈夫想法的。“‘娘，我跟俺爹到城里上学去吧？’翠花提出要求了。‘我也去。

① 韩文理. 王志平和他的妻子[J]. 文艺月报，1954(12)：25.

跟俺爹上工厂造火车头!’‘都去，都去，只要你爹答应。’妻子的话音很低，但却说得阴沉沉的。‘一想到那样日子我就喜，’沉默了一霎，妻子又愉快地说，‘放学回来，翠花和柱子帮我拾掇饭，扫院子，到门口去迎您爹，晚黑咱一块学习……’”①

王志平听到妻儿聊天的内容后，走出屋子看到这幅画面：“母子三人坐在一个蒲团上，偎得很紧。温暖的阳光包围着他们。翠花仰卧在母亲怀里，头搁在母亲的臂腕上；柱子调皮地抱住母亲的脖子，苹果似的小脸，亲热地贴紧母亲的右腮。母亲呢，轻轻地抚摸着女儿的头发，尽情地享受着儿子的触摸，凝视着远空，在冥想什么。”②

“妻子的话音很低，但却说得阴沉沉的”，“凝视着远空，在冥想什么”，这些描写都表明胡玉兰已经知道她和丈夫的婚姻出现了危机。孩子热情万丈，她因为不想伤害孩子而和孩子一起憧憬渺不可及的未来。她的“阴沉沉的”“凝视着远空”的表情和孩子的欢乐形成了对照，她内心的凄苦与不安也在这些表情里表露殆尽。但她没有和丈夫挑明这件事，她在为自己的婚姻打保卫战，她想用自己的进步挽回丈夫的心，她把失落、苦闷都深藏在自己心里，她是一位坚强的农村妇女。本地区的干部十之八九都离了婚，胡玉兰肯定有所耳闻，但是，她没有像王志平路遇的那位大嫂那样希望丈夫仅仅当个饲养员，以求自己婚姻稳定，而是以自己的进步来跟上丈夫前进的步伐，以达到维护婚姻的目的。事实上，通过胡玉兰的作为，小说向读者透露出这样的信息：妻子必须要自强，然后才能获得丈夫的尊重，获得美满的婚姻，最终才不会成为弃妇。

胡玉兰最终没有成为弃妇，还得益于她和王志平之间深厚的感情基础。小说没有交代王志平和胡玉兰婚前的交往，但是有一段描写了他们夫妻情深的段落。在战争岁月里，因为思念丈夫，胡玉兰参加邻村的青妇队赴前线慰劳丈夫。王志平一直记得当时的情景，记得夫妻之间的一往情深。当他们的婚姻遇到触礁的危险时，感情也起到了一定的缓冲作用。

所以说，《王志平和他的妻子》是一篇难得的好小说，作者从时代变化的角度切入，为新时代的弃妇指明了出路。但是在小说发表不久后，有评论者对这篇小说持反对意见。譬如，海仪认为这篇小说的矛盾并没有真正得到解决，他认为“作者发现了这样一个值得注意的问题，并且表示了自己对这些不合理的事情的反对态度，在作品中提到了这个矛盾，也作了一定程度的暴露，这个出发点是好

① 韩文理.王志平和他的妻子[J].文艺月报,1954(12):29.

② 韩文理.王志平和他的妻子[J].文艺月报,1954(12):29.

的。可是作品中不能把这个矛盾的本质——共产主义的道德观念与资产阶级道德观念的斗争，予以深刻的揭露，不能对腐朽的个人主义思想作无情的批判。作品产生了这一连串的缺点，却是和作者还不能站在高度的思想水平上去分析和对待这个矛盾离不开的。”[①]这种评论充满了阶级分析气息，没有看到丈夫与妻子的关系并不仅仅是阶级关系，他们更多的是人情、人性的纠葛，海仪的评论显得有些草率、武断了。

中华人民共和国成立初期，小说为读者留下过渡时代弃妇形象，她们不同于20世纪40年代的弃妇形象，也不同于21世纪商品经济时代下的弃妇形象，她们自有其时代意义。

二、寡妇的新生

寡妇是指结婚后丈夫过世或下落不明而寡居的女子。中华人民共和国成立前小说中的寡妇，她们的遭遇都令人同情。祥林嫂（鲁迅《祝福》）、单四嫂子（鲁迅《明天》）、汪大嫂（台静农《拜堂》）、二姑姑（《吴组缃《菉竹山房》）、文嫂（柔石《二月》）、曹七巧（张爱玲《金锁记》）等寡妇形象无不如此。

她们凄苦的命运令人难忘。张爱玲对大家族里寡妇的描写非常独到，《金锁记》中的曹七巧即是如此。曹七巧的丈夫是一个残疾人，但曹七巧毕竟还有一个名义上的丈夫，在家族中她还是有一定依靠的，尽管这个依靠力量并不强大。当她丈夫死后，曹七巧就成了寡妇，孤儿寡母在大家族中受尽欺凌。分家时，主持分家的九老太爷偏袒三爷姜季泽，曹七巧为了尽可能多地争取份额，撒泼哭闹，最终仍无济于事。“七巧道：‘亲兄弟，明算账，大哥大嫂不言语，我可不能不老着脸开口说句话。我须比不得大哥大嫂——我们死掉的那个若是有能耐出去做两任官，手头活便些，我也乐得放大方些，哪怕把从前的旧账一笔勾销呢？可怜我们那一个病病哼哼一辈子，何尝有过一文半文进账，丢下我们孤儿寡妇，就指着这两个死钱过活。我是个没脚蟹，长白还不满十四岁，往后苦日子有得过呢！’说着，流下眼泪。九老太爷道：‘依你便怎样？’七巧呜咽道：‘哪儿由得我出主意呢？只求九老太爷替我们做主！’季泽冷着脸只不做声，满屋子的人都觉不便开口。九老太爷按捺不住一肚子的火，哼了一声道：‘我倒想替你出主意呢，只怕你不爱听！二房里有田地没人照管，三房里有人没有地，我待要叫三爷替你照管，你多少贴他些，又怕你不要他！’七巧冷笑道：‘我倒想依你呢，只怕死掉的

① 海仪. 矛盾并没有解决——也谈《王志平和他的妻子》[J]. 文艺月报，1955(5):67.

那个不依！来人哪！祥云你把白哥儿给我找来！长白，你爹好苦呀！一下地就是一身的病，为人一场，一天舒坦日子也没过着，临了丢下你这点骨血，人家还看不得你，千方百计图谋你的东西！长白谁叫你爹拖着一身病，活着人家欺负他，死了人家欺负他的孤儿寡妇！我还不打紧，我还能活个几十年么？至多我到老太太灵前把话说明白了，把这条命跟人拼了。长白你可是年纪小着呢，就是喝西北风你也得活下去呀！'……维持了几天的僵局，到底还是无声无臭照原定计划分了家。孤儿寡妇还是被欺负了。"[①]

曹七巧看重金钱，一方面源自其出身，另一方面是由于婚后没有丈夫依靠的恐惧。为此，她把金钱当成了自己的救命稻草，正因为金钱来之不易，曹七巧更加看守得紧。最终，她守着金钱，牺牲自己，心理日渐扭曲，她自己不幸福，也容不得别人幸福，哪怕自己的儿女，她也见不得他们走向幸福。曹七巧这个寡妇形象被张爱玲刻画得非常成功。其人物心理刻画之深，中华人民共和国成立初期的华东地区的小说是难以与其匹敌的。

中华人民共和国成立初期的华东地区的小说中的寡妇形象大多有一个转变过程，也可以将之称为塑造模式。《铁道游击队》里的芳林嫂是一个寡妇，她从一个平常的农妇成长为游击队的得力帮手。冯老头向大队长老洪和政委李正介绍芳林嫂的情况时说："这是个苦命的妇女啊！她丈夫在临城车站当铁路工人，她也在那里住了好几年，小日子过得不错。可是鬼子来了，她丈夫没有跑得及，被鬼子杀了，只撇下一个五岁的小女孩，老婆婆吓病了，又加上想儿子，整年躺在病床上。因为临城驻了鬼子，她就经常带着小孩来娘家住，娘家也只有一个老娘，也常有病。所以她除了伤心她丈夫的死，还得在临城、苗庄两头来回的跑，照顾两位老妈妈……"[②]在老洪这帮铁道游击队员的带动下，芳林嫂积极投身战斗，尽管在最艰难的关头，面临被活埋的危险，她都没有向鬼子低头。芳林嫂的成长经历体现了革命大熔炉对人的锻炼作用。《滨海新纪事》描述了寡妇王春喜在时代变迁之际的转变过程。春喜在丈夫死后，为了还债，被当地恶霸李霸霸占，也因为没有了丈夫，许多男人都想占她的便宜。为了孩子，也为了自己能生存下去，她周旋在男人中间，以获得生存必需的钱财。"我是妇道人家，那里应付得过这些煞神。再说，伢子也要添补添补，受寒受热抓点药都要花钱，我有什么法

① 张爱玲. 金锁记[M]//江苏省中国现代文学学会. 中国现代文学名作选. 南京：南京大学出版社，1994：640–641.

② 刘知侠. 铁道游击队[M]. 太原：北岳文艺出版社，2001：169.

啊……”[①]李同志作为女干部，到了堆角这个地方，遇到王春喜，通过谈心，知道了王春喜的难处，经过教育帮助，妇女会将王春喜从李霸手中解救出来，王春喜和贫苦出身的阿林结婚，他们生活得很幸福。小说通过王春喜人生之路的改变，表明了只有在共产党建立的新政权的领导下寡妇才能得到真正的解放，达到歌颂新政权的目的。

寡妇改嫁在小说中也进行了艺术性呈现。中华人民共和国成立前，小说家对寡妇改嫁的描写让读者看到社会下层百姓的不同风貌。许多人认为中国的寡妇都深受贞洁观念的束缚，一人独老终身。事实上，统治者的言论和民间的言论是有区别的，民间自有其对人、对事的评价方式。生活在民间的寡妇们也有她们自己处理婚姻问题的办法，并不是所有的寡妇都像祥林嫂那么深深恐惧于死后被劈成两半的命运，生活压力已让她们没有闲暇去考虑虚无抽象的东西。在生活困境面前，寡妇也可以不守贞节，重新嫁人。底层社会的人们对此也大多抱同情的态度。这点在现代文学中也有过描写，譬如台静农的《拜堂》，汪大嫂在丈夫死后与小叔子结婚，周围的人也多表示理解认同。田大娘在知道汪大嫂有改嫁心意后说：“嗳，汪大嫂你怎么这样说！小家小户守什么？况且又没有个牵头；就是大家的少奶奶，又有几个能守得住的？”[②]后来请赵二嫂帮忙牵亲，赵二嫂没有鄙视这件事，而是热心帮忙。底层百姓在生活中形成了他们豁达通脱的人生态度，他们不“以理杀人”，而是从生活实际出发去理解别人的难处，进而同情更加弱势的人群。寡妇改嫁在底层历尽生活困顿的人看来，没有多少可指责的。当然，这种想法是易于被士大夫阶层遮蔽的。

寡妇改嫁在中华人民共和国成立初期的华东地区的小说中也有过描写。这里已经剔除了中华人民共和国成立前的小说中寡妇改嫁时凄苦无奈的描绘，中华人民共和国成立后的寡妇都是为了和心上人长相厮守而自愿改嫁的。小说中的寡妇，在中华人民共和国成立前迫于社会舆论，不再改嫁，或是迫于生活，不再守节，并不幸福。中华人民共和国成立后，她们都获得了新生。王安友的《李二嫂改嫁》描写了年轻寡妇李二嫂改嫁的故事。李二嫂在追求幸福的过程中受到习惯势力的嘲讽，包括婆婆“天不怕”及部分村民的阻挠。经妇女会主任等人的支持，李二嫂冲破习惯势力阻挠，终于改嫁，与小六结为终身伴侣。《滨海新纪事》中，王春喜不知道自己的出路，只能靠迎来送往过日子，忍受地痞李霸的欺

① 方膺. 滨海新纪事[J]. 小说,1950,4(1):88.

② 台静农. 拜堂[M]//江苏省中国现代文学学会. 中国现代文学名作选. 南京:南京大学出版社,1994:191.

压。李同志的到来让王春喜知道还有另外一条生路。在李同志的帮助下，王春喜自强自立，获得了新生。从政治意义上说，这体现出新旧社会的不同。从女性自身解放看，这是女子的福音。《徐玉桂的翻身》描写了女工徐玉桂的婚姻经历。早年在乡下，由于地主欺压，她的丈夫丁长根被国民党抓了壮丁，生死不明，她无法在乡下生活下去，让女儿去做人家童养媳，自己孤身一人逃难到上海，无奈之下和张阿虎同居，张阿虎待她不好。中华人民共和国成立后，徐玉桂无意路遇丁长根，才知道丈夫没死，而且加入了解放军的行列。在工会副主席方美英的帮助下，由法院判决，徐玉桂和张阿虎解除了同居关系。李二嫂、王春喜和徐玉桂都是被压在社会最底层的寡妇，在旧社会受尽压迫，中华人民共和国成立后在众人帮助下，她们都获得了自己的幸福。

王春喜、徐玉桂的新生带有外界启蒙性质：没有李同志到堆角蹲点，王春喜的生活窘状就不会被发现；没有工会副主席方美英和其他女工的开导，徐玉桂就不可能坚定地拿起法律武器与张阿虎解除同居关系。因此，她们的解放更大一部分是得力于外力的推动。

相比而言，《牛栏旁》中的寡妇柳三奶奶的爱情就带有自主性了。柳三奶奶在牛被并入合作社后，她心中不舍，害怕退伍军人何独膀不能善待她的牛，由此而产生一系列的误会，最终她知道何独膀对牛照顾有加，她对何独膀的看法也发生了改变。这篇小说主要是歌颂农村生产合作社的，但是柳三奶奶和何独膀的交往却成了小说的亮点。小说运用语言、动作表现了柳三奶奶和何独膀的独特爱情。何独膀看上孀居的柳三奶奶，有事没事总往她家跑，柳三奶奶一直没有正面回应。牛进了合作社后，柳三奶奶怕何独膀照顾不好她的牛，请何独膀到她家吃饭，何独膀含蓄示爱，夸赞柳三奶奶能干，认为谁要娶到柳三奶奶，就是谁的好福气。柳三奶奶这才知道对方的心意，听到何独膀的话，觉得他在引逗她，忙把话岔开。此时，柳三奶奶并不是出于妇女贞洁观顾左右而言他，从小说后续发展看，柳三奶奶还是接受了何独膀，此时的婉拒只是在突然知道对方心意时的一种正常表现。当亲眼目睹了何独膀对所有牛都尽心尽力照顾之后，她从内心接纳了他，觉得何独膀的扁鼻子、大嘴巴也不难看了，并且她对何独膀充满了信任感。柳三奶奶对何独膀的爱情可以说已经瓜熟蒂落了。

柳三奶奶不同于中华人民共和国成立前小说中凄苦的寡妇形象，她年轻有活力。“柳三奶奶是个寡妇，今年三十七岁了，看上去却只像三十岁刚出头。瓜子脸儿，一双眼睛黑白分明，笑的时候，眼梢弯成一个钩。”[①]她敢爱敢恨，个性鲜明，她与何独膀的爱情是在交往过程中形成的。刚开始，柳三奶奶甚至瞧不上何独膀，嫌他脾气粗暴，有一次争吵之后，柳三奶奶气得咬紧牙齿，认为何独膀哪样都不如她过世的丈夫，只有瞎了眼才会嫁给何独膀。但是，在矛盾消除的过程中，她渐渐了解了何独膀的为人，最后从心里接纳了他。小说中的柳三奶奶还被描写得很有风情，当何独膀应柳三奶奶之邀到她家吃饭时，柳三奶奶看到他，显得特别和气，这都让何独膀陷入遐想：“我对她有意思，她对我也有意思吗？两边都有意思，只要一撮合不就成了吗？”[②]柳三奶奶以明亮的色彩立于读者眼前。

除了柳三奶奶，《滨海新纪事》中的王春喜在获得新生后也充满了活力，“我瞧春喜，穿一身簇新的天蓝色褂裤，发髻上斜插一朵红花，笑嘻嘻站在我面前。”[③]这些人物和中华人民共和国成立前的祥林嫂、单四嫂子、汪大嫂、二姑姑、文嫂、曹七巧都不一样。因此，在中华人民共和国成立后，华东地区的小说中的寡妇形象已经发生了转变。

三、姑娘和年轻媳妇们的蓬勃朝气

中华人民共和国成立初期，姑娘和年轻媳妇们成为小说刻画的绝对主角，她们积极和各种落后思想作斗争，是新生力量的代表，起到教育和引导人民的作用。

小说家顺应时代要求，努力塑造切合时代需求的新人物。“描写成长和发展中的新人物，创造新人物的英雄形象，已被今日的文艺工作者逐渐重视了起来，这是完全必要和应该的。”[④]新人物必须是工农兵代表，有蓬勃的生命力。所以，年轻人当之无愧地成为小说家的首选目标，再加之妇女地位的提升也能作为歌颂新时代的一个理由，以年轻妇女作为描写对象可谓一举两得，更能达到教育和引导读者的目的，小说家的这种选择也就找到了其合理的现实依据。

姑娘和年轻媳妇们出身贫寒，中华人民共和国成立后，她们获得了新生。周而复的《上海的早晨》塑造了年轻媳妇汤阿英这个人物形象。在无锡农村，她家受到恶霸地主朱暮堂的压迫。五岁的时候，逢上了荒年，田里没有收成，她爹爹汤富海拖欠朱暮堂两石租子。第二年收成还是不好，没法还上地主的欠租，欠租加了一倍，变成了四石。再过一年，庄稼还是不好，欠租又加了一倍。到了第八

① 鲍雨. 牛栏旁[J]. 文艺月报, 1955(1):45.
② 鲍雨. 牛栏旁[J]. 文艺月报, 1955(1):47.
③ 方膺. 滨海新纪事[J]. 小说, 1950, 4(1):94.
④ 曰木. 描写成长和发展中的新人物[J]. 小说, 1950, 4(2):87.

个年头，汤富海已欠了朱暮堂一百一十多石租子了。朱暮堂占了汤富海的田，又扣了他的押板，全年的收成全部被朱暮堂占有，变卖了家产后还是不够交租的钱，朱暮堂又要汤阿英去抵债，否则将把汤富海抓进“人房”。汤阿英忍受不了地主的刁难，从地主家逃回来，父亲忍痛送她和母亲到上海寻求活路。母亲死去后，她进入纱厂工作，受尽资本家的压榨。中华人民共和国成立后，汤阿英的生活发生了翻天覆地的变化。她积极努力参加生产劳动，为祖国建设服务，还参加团日活动，她的丈夫张学海在家料理家务、带孩子、写信，她感到妇女真是获得了解放。《群妮离婚记》中的女主人公群妮是一个贫农家庭的女儿，十岁时随母亲出外逃荒，被大王庄的恶霸地主吴仁义相中，吴仁义用两块银洋做聘礼，替自己的哑巴儿子娶了老婆。在吴仁义家，群妮受尽虐待。最后，政府主持公道，群妮和哑巴丈夫离了婚，分得了三亩地和三百斤粮食。从此，群妮跳出了火坑，过上了幸福的生活。汤阿英、群妮这些姑娘和年轻媳妇们因为中华人民共和国的成立从而扬眉吐气，过上了正常人的生活。

为了强调姑娘们的独立自强，小说在设计矛盾时，常常把男性作为她们的对立面。年轻姑娘要求进步，男朋友拖她们后腿，阻碍姑娘们进步。《两个青年人》刻画了陈常德和徐淑芳这两个年轻人的形象。徐淑芳积极要求进步，热爱学习新知识，而陈常德刚好相反，他最关心的事就是和徐淑芳结婚。他也不支持徐淑芳学习新知识，甚至因为忙于结婚，连自己的干部培训也不去了。最后在徐淑芳的促进和帮助下，陈常德也跟上姑娘的步伐，一起要求上进，达到比翼双飞的目的。当然，有的男子不像陈常德那样，他们是自私自利的，最终还是不思悔改。对于这样的男性，积极上进的姑娘都会和他们斩断恋爱关系，自己一个人不断向前进步。《东去列车》的女主人公赵凤英是一名列车播音员，她热爱本职工作，而他的男朋友周一杰自私自利，极力怂恿赵凤英到城里去工作，因为他是乘务主任，完全有能力把赵凤英调动好。面对生病的乘客，周一杰显得很冷漠，这给赵凤英非常大的震动，她终于看清周一杰自私的灵魂，和周一杰分了手，并且爱上了热爱本职工作、一心为人民服务的小刘。在小说中，陈常德、周一杰都是作为年轻姑娘的对立面而存在的，他们的自私更加衬托出姑娘们的美好品格。

年轻媳妇们积极接收新思想，和各种落后思想作斗争，这成为小说推动情节发展的主要动力。在中华人民共和国成立初期，很多小说通过婚姻恋爱来表现新旧思想的斗争。《解约》写了农村女子张翠兰反对包办婚姻一事，展示了包办婚姻和自由恋爱这两种婚恋观的冲突。《追肥》这篇小说很有民俗特色，一家之主李洪陆早年死了妻子，他一个人非常艰难地把几个孩子养大，而且还给两个儿子娶了媳妇。老人按照传统做法，认为自己是一家之主，什么事情都要经过他做主才行，就连家中的早饭、中饭都要请示他，完全是封建家长制作风。在这种情况下，儿子、儿媳妇们的劳动积极性受到了打击，消极对待生产。在农作物需要追肥而老人自己没钱的时候，他想向两位儿媳妇借钱，儿媳妇们借此机会向老人发难，后经过村委会调解，老人认识到自己的错误，大家一致决定以后有事要通过家庭会议来解决，而不是老人独断专行。小说借助追肥这件事，描写了年轻媳妇们争取家庭权利的经过，批判了封建家长制对年轻人的压制。

姑娘和年轻媳妇们在挣脱旧枷锁的过程中，常常会失去“度”的把握。一些小说也犯了这方面的错误。姑娘和年轻媳妇们为了显示自己在社会中不可或缺的作用，她们往往会走极端，抢占男性才能胜任的工作领域。此时，他们显示出男性化倾向，女性之美尽失。《女车间主任》就存在这一问题。年轻姑娘陆菊英工作积极认真，担任造船厂第六车间车间主任。新造成的船在试航第一天的晚上主机出了毛病，最后发现是气缸方气门的垫片太厚，将垫片变薄的任务落到第六车间。当陆菊英等人打开气缸时，热气扑得人透不过气来。过了一会儿，大家试试温度，勉强可以下去了。这时，陆菊英发现站在身边的都是几个上了年纪的老师傅，她便决定自己下去修理故障。于是，趁大家不注意，抓起工具来就跳了下去。大家非常着急，“陆菊英拆下了垫片，大家七手八脚的把她拉上来。她的脸被蒸得血红，两个眼珠子象要跳出来，衣裳被外边的蒸汽和在里边出的汗水弄得都贴在身上，好象从水里跳出来的。她四肢软软地站都站不稳，大家赶紧把她扶在旁边坐下来，她才喘喘气。”①这段描写显示出“拆垫片”工作已经超出陆菊英的承受能力。虽说周师傅批评了陆菊英，但是小说家在描写过程中，对这种现象充满了赞赏之情，周师傅佩服她勇敢，又称赞她敬老的精神，一时不知说什么好。问题在于，女性的解放不是以丧失自己的性别意识为代价的。如果女性的解放就是要泯灭自己的性别意识，那么，女性争取解放还有什么价值？这些问题，在中华人民共和国成立初期的一部分华东地区的小说家眼中是不存在的，这不能不说是一个遗憾。当然，这并不等于说女性就不要获得解放，女性是需要解放的，但在解放的道路上，完全没必要从一个极端跳到另一个极端。而应该在承认性别的前提下提倡女性的解放，不然，女性有可能在失去一重枷锁时，又被套上另一重镣铐。《汽车进庄来了》也展现了女性强势的一面，年轻媳妇张玉洁和男青年顺子打赌，一口气要达到两千次扬场农活，别人看不下去，劝她不要再坚持

① 徐俊杰. 女车间主任[M]//上海十年文学选集编辑委员会. 上海十年文学选集·短篇小说选(1949—1959)(上册). 上海:上海文艺出版社,1959:351-352.

了，她还是要强不停手。她终于成功了，孩子却被饿得哇哇大哭。正因为小说的前面一部分把张玉洁写得太强势了，所以，当她在后半部分见到丈夫的那份腼腆反而显得不太真实，人物性格不能很好地统一起来。这些都是过于强调女子能力造成的。

妇女的解放之路是艰难坎坷的，这一时期的小说描写了许多反面形象，他们以各种言论阻挠妇女走向解放之路。有的人认为妇女天生就应该生孩子、做家务，有的人认为妇女不应该参加社会事务，也有的人认为妇女就应该有个女人样，等等。总之，小说形象地描写了时代转折之际有关妇女解放的舆论形态。

四、老年妇女的“落后”

小说家可能受到某种思想的影响，认为年轻人总比老年人强。在中华人民共和国成立初期，小说里的老年妇女常常是被小说家善意批判的对象，小说家的着力点并不在她们身上，然而，这些人物形象却被刻画得非常成功。

老年妇女有时显得比较“落后”。老年妇女都很爱自己的孩子，在天下大势与家庭生活之间，她们可爱地固守着自己的天空。她们在政治上不反动，但她们以自己质朴的人生经验来对待人事。《云芝娘和云芝》中，云芝要求上进，得到乡长、社长和乡指导员表扬，云芝娘很高兴，但是一听到别人的“闲话”，她就不开心了，用自己的经验来衡量女儿的行为，觉得女儿要做的事应该让男人去做，女孩就应该做女孩该做的事，和娘心贴心。云芝要学耕地，云芝娘阻拦，怕被别人笑话，认为在新社会做事还是应该注意风俗习惯的。云芝娘觉得人言可畏，希望女儿安分守己。主任明光说服了她，但她仍旧感到忐忑不安，生怕女儿有个闪失。云芝试耕地那一天，叫她也去看看学习结果。这一天早上，云芝娘的心里老是跳着、激动着，仿佛女儿的成败，就要决定她一生命运似的。一会儿想起这个，一会儿又忘记那个，急于出去，又有点怕，最后她终于鼓足勇气从前坊上走了出来。云芝娘的慌乱源自对云芝的爱，她怕女儿失败，也怕别人议论自己的女儿。这些表现无关政治，虽然明光主任、女儿云芝都曾从大道理上开导过她，但从她的表现看，出于保护女儿的心理，她仍然希望女儿成功，这与女模范、妇女解放是不搭界的。云芝成功后，云芝娘激动得发抖，让女儿好好做事，为女儿的成功而觉得高兴，没有任何关乎政治需求的话语。再有，徐大娘在知道女儿要去学习时，出于对女儿终身大事的考虑，她耐心劝说女儿不要去学习，“你今天已经不是小孩了呀，看，人家常德有多么好呀！论年纪，和你同年，论人才，你就是周身也找不出人家半点毛病来。我不信你去学习会子，终身也不出嫁了吗?”[①]在徐大娘心中，女儿的终身大事比学习更重要，将女儿和准女婿比较时，她的着眼点也不是政治素质，而是年龄相当，人品周正。从时代要求看，云芝娘、徐大娘都是落伍者，但是从母亲的角度看，她们的言行又是无可厚非的。

老年妇女有时还比较迷信，虔诚得令人不忍责备她们。这种迷信是无关大局的，但却能显示出老年妇女原始质朴的人生观、世界观。蕙子妈妈就是这样。黄豆地里生了土蚕蛹，长林和蕙子讨论怎么消灭蚕蛹，蕙子娘也夹在他们中间，接起话来:“小长林子呀，你吃饭没有事做，就去抄手‘卖卖菩萨’，别横想心事。土蚕蛹，它也是个命呀！天老爷生了它，就有它一份口粮；它真是要糟害庄稼，天老爷会收它回去的!”[②]老人认同万物有灵、众生有命的观念。孩子的婚姻也有讲究，陈常德相中了徐淑芳，常德妈妈心中不踏实，遗憾没能找个算命先生算一下儿子的婚配问题。常德妈妈把孩子的婚姻决定权交给了不可知的神秘力量。

老年妇女在时代转折的夹缝中生存，在时代大潮面前，她们只能无奈地做出让步。她们信奉养儿防老的观念，但是儿女响应时代号召，为了工作学习，纷纷离她们而去，她们只能忍受着内心的孤独、凄凉。百祥嫂不愿意独生儿子金山到外地念书，她想给儿子订一门亲，让儿子居家过日子，但是金山向往外面的世界。金山嫂子为此伤透脑筋，丈夫百祥转变想法后，劝百祥嫂说:“他能到那里去？不在家就得去为人民服务。这会是众人托一家呀，不能光看见自己的鼻子尖！你忘啦？在咱家住过的工作团的王同志，人家也是单根独苗，要不来领导咱们翻身，咱也来不到这个福地上。”[③]此时，儿子已不仅仅是血缘关系上的儿子，他已经变成政治意义上人民的儿子。为了人民的利益，母亲应该放弃“养儿防老，积谷防饥”的旧观念。再有，徐大娘儿子离开她在外面工作，随着小女儿的长大，徐大娘又面临着女儿离开的痛苦。年轻一代兴高采烈，他们没有想到母亲的不舍与孤苦。最后，在儿女的坚持下，母亲都选择了放手，她们无法和时代大潮进行斗争。母亲的不舍和是否落后无关，这是她们深爱儿女的表现。

她们的身上积淀着传统的因素，由于她们不谙时代风云，她们的身体进入了新时代，但是她们的思维习惯仍然还处于旧时代之中，在与他们的儿女交往的过程中，常常会出现错位。她们的身份是母亲，面对儿女，她们以本色出现在儿女面前，根本不需要把自己的语言进行政治性修饰。因此，在一片充满时代氛围的语言之中（包括叙述语言以及人物语言），她们的语言就显得很有个性。也正因

① 王安友. 两个青年人[J]. 文艺月报,1954(4):6.
② 曹玉模. 两朵红花[J]. 文艺月报,1953(1):42.
③ 刘艺亭. 今天明天[J]. 小说,1951,5(5):51.

为她们的言行缺少时代气息，不随着时代的变迁而改变，不管在什么年代，不同的读者都能读懂她们的语言，她们对儿女的爱也是能深深打动读者的原因。

她们是一群无名字的女性形象，但她们淳朴善良的形象在中华人民共和国成立初期的小说中却熠熠生辉，令人难忘。

第二节 “男女都一样”的乌托邦想象

“男女都一样”是中国妇女在争取解放过程中出现的口号。参加生产劳动是走向解放的重要一步，20世纪50年代初的小说对此进行了描述，其中裹挟着伪女性化书写方式。伪女性化书写是指小说表面以描写女性为主，主张男女平等，事实上有悖男女平等要义，男性作为女性的对立面而存在，在主张女性权利话语之时，实施女性压迫。其描写的女性在侵占男性生产劳动领域时，表现出趋于男性的特征，女性特征仅是生理表象，其内在以男性价值作为追求标杆。这是压迫女性的隐蔽描写方式，是值得研究者注意的现象。

无论是伪女性化书写的具体表现方法，还是隐藏在其背后的思维模式，它们对于今天的女性创作都有一定的现实意义。然而学术界对此一直缺少研究，研究这一现象具有一定的价值。

一、妇女解放的路径

马克思主义者对生产劳动之于妇女解放的重要性做过阐释。恩格斯指出：“从前保证妇女在家中占统治地位的同一原因——妇女只限于从事家务劳动，——现在却保证男子在家中占统治地位：妇女的家务劳动现在同男子谋取生活资料的劳动比较起来已经相形见绌；男子的劳动就是一切，妇女的劳动是无足轻重的附属品。在这里就已经表明，只要妇女仍然被排除于社会的生产劳动之外而只限于从事家庭的私人劳动，那么妇女的解放，妇女同男子的平等，现在和将来都是不可能的。妇女的解放，只有在妇女可以大量地、社会规模地参加生产，而家务劳动只占她们极少的工夫的时候，才有可能。”[①]德国的社会主义运动者蔡特金认为：“同工人受资本家压迫一样，妇女受男人压迫；而只要她们没有达到经济独立，她们将继续受压迫，而她们获得经济独立的必不可少的条件就是劳

① 中共中央马克思恩格斯列宁斯大林著作编译局. 马克思恩格斯选集(第四卷)[M]. 北京：人民出版社，1995：162.

动。"[①]上述论者都指出生产劳动对于妇女解放的重要性。在社会主义建设时期，毛泽东明确指出："为了建设伟大的社会主义社会，发动广大的妇女群众参加生产活动，具有极大的意义。"[②]因为"中国的妇女是一种伟大的人力资源。必须发掘这种资源，为了建设一个伟大的社会主义国家而奋斗。"[③]中国妇女第一次、第二次全国代表大会也确立了以生产劳动为中心的方针。由此可见，社会上下都认识到女性参加生产劳动的重要性。20世纪50年代初，在大环境的激励下，遭受四重压迫的中国女性，深受鼓舞，纷纷走出家门，积极参加生产劳动。小说对此进行了形象的描写，伪女性化书写也随之出现在小说中。

伪女性化书写常常和生产劳动场景紧密相关，作者意图在劳动中展现中华人民共和国女性的英姿。乡村、城市的女性都进入了小说写作的范畴，她们或是普通群众，或是领导干部，都无一例外地热爱生产劳动，是生产的行家里手。小说对此进行了细致的描绘。为了能进行技术革新，更快更多地纺纱，纺织女工古小菊不断努力，用新的办法试验了两天，第三天就把看台能力提高到每人看四十八台。一个女工看四十八台机器，这需要超强的工作能力，因为这不仅是对体力的挑战，更是对意志的考验。在农村，妇女也是劳动能手，且看她们的劳动场景："九月天气，棉花吐絮了，雪白一片，跟天上飘动的白云一样。地里，有许多许多年青妇女，筐挂到手腕上，用另一只手摘棉花。怪马溜的，手一伸，一大团棉花絮就络到手里了，向筐里一扔，动作可真熟练。"[④]妇女们热爱劳动，在劳动中得到了快乐。女性走出家门，与男性一样参加生产劳动。在与男性享有平等的社会劳动权时，广大的女性重拾了自信。她们昂扬的精神风貌在小说中一览无遗。女列车员赵凤英是农民家庭的女儿，她热爱自己的工作，在工作中感到幸福愉悦。小说描写她看到旅客出站时幸福的心情，"赵凤英默默地看着这些从她窗下走过的人群：工人、农民、军人、工作干部、老太太、年青姑娘……心里激荡着一种说不出的兴奋。她今天的心情特别愉快，她觉得她周围的事物似乎比平时更加美好，而每一个走过她窗下的旅客都使她有一种亲切之感，似乎每一个人都在向她点头微笑，而她的嘴角上的一对酒涡，也因微笑而显得更深了：幸福的愉快在包围着她。……"[⑤]女性在生产劳动中获得了幸福感，挖掘了自身存在的价值。

---

① 《国际共产主义运动史文献》编辑委员会. 第二国际第一次代表大会文件(1889年7月)[M]. 北京:中国人民大学出版社,1989:152.

② 中共中央文献研究室. 毛泽东文集(第六卷)[M]. 北京:人民出版社,1999:452-453.

③ 中共中央文献研究室. 毛泽东文集(第六卷)[M]. 北京:人民出版社,1999:458.

④ 阿红. 长命和清明[M]. 上海:新文艺出版社,1952:19.

⑤ 峻青. 东去列车[J]. 文艺月报,1954(9):5.

二、“男女都一样”的书写悖论

随着阶级斗争的展开，并不是所有女性都是被解放的对象。在马克思主义妇女观的指引下，女性解放运动和阶级斗争相结合，从属于阶级斗争。在斗争过程中，人们首先关注的是阶级属性，其次才是性别归属，作为敌对阵营的女性，她们没有被解放的权利，只能是专政的对象。尽管她们也是女性，但是她们由于自己的阶级属性而丧失了自己的性别特权。小说中出现的地主婆子都是生产劳动的破坏者，仇视共产党政权。对地主婆子的处理方式表明了在阶级斗争旗帜下的妇女解放很大程度上是泯灭性别差别的行动，只有是先进阶级的女性成员，才能获得劳动的权力。同时，不容怀疑的事实是：一旦被归入先进阶级阵营，这些女性都是这一阵营的一分子，她们的识别标志是同志而不是性别，男女在这层意义上得到了平等。问题是，在男女平等参与生产劳动之后，性别差异就毫不客气地显现了出来。小说刻画了女性在“男女都一样”口号下的积极行动，当然这要归功于小说家带有倾向性的叙述，他们让女性和男性站在同一起跑线上，为了显示阶级解放而带来的女性解放，他们不惜想办法让男性退场，由女性来承担原来由男性负责的生产劳动任务。年轻姑娘云芝主动要求学习耕地，因为她的父亲参加革命牺牲了，家里只有弱母孤女，参加合作社后，她就是撑门立户的角色。作者将她身边可能出现的男性人为地清理干净，为她进入男性生产领域做好准备。耕地是一种重体力活，在农村一般都是男性承担，或许正因为这样，小说家才会把这种农活写入小说中，让云芝学习耕地，以此显示男女平等，提升女性的社会地位。小说这样描写云芝第一次独立耕地的情形：“耧，总是不定的，像在生谁的气，在她手里跳动着，颠簸着，她手心开始震得麻木，手臂也在发酸，眼前转动着金花，一圈一圈的愈来愈大，额角上的汗珠，开始冒出来，像露珠，像大豆，并且滴下了！”[①]这种劳动显然超出了云芝的承受能力，但小说家在描写过程中，对这种现象充满了赞赏之情。《汽车进庄来了》《女车间主任》等小说在塑造女性形象时都存在这种伪女性化书写倾向。

在伪女性化书写中，女性的成功以男性退场为前提。此时，男性成了女性的潜在对手，女性成功的标志在于侵占男性专有的生产劳动领域，而且只有占有这一领域才能形象地显示女性解放。这是在平等旗帜掩盖下的不平等，这种不平等是双向的。为了给女性提供表现的机会，她们身边的男性只能处于失语状态，比如云芝的父亲已经死亡，张玉洁的丈夫在镇上合作社工作，她们只能独立支撑家

① 彦周.云芝娘和云芝[J].文艺月报,1954(6):54.

庭，这才能给她们超强劳动的机会。在争取超强生产劳动的过程中，女性貌似是成功者，但是，这种成功背后可怜的一面很令人无奈。她们拼命侵占男性生产劳动领域，无外乎表明女性也可以在这里成功，读者可以看到这些女性都以男性的价值标准在寻求自己的价值。

这种泯灭了性别差别的平等让女性在20世纪50年代的小说中显得意气风发，然而，细读这类小说，伪女性化的描写让人对女性解放不由变得警惕起来，张玉洁在和顺子逞强比赛扬场后，她觉得腰麻生生的有些发酸，甚至差一点仰倒了。作者描写了女性在劳动后的身体反应，不禁令人感到这种劳动强度对于女性的超负荷性。在20世纪50年代初及后续的时间里，由于“片面理解‘巾帼不让须眉’、‘男人能做的事，妇女同样能做到’，许多妇女凭一时的热情，在工作中特别是在体力劳动中，不顾自身的生理特点，大量消耗体力，有的落下了终生的病痛，甚至出现一些伤亡事故”①。小说家在运用伪女性化书写方式时不仅对此没有反思，反而借此起了推波助澜的作用。

正是在小说家秉持的“男女都一样”的视野中，男性成了女性的对立面，男女之间是一方压倒另一方的斗争。在小说世界里，女性都能成功地颠覆男性——公公、父亲、丈夫、恋人等——的话语。在生产中、恋爱中、婚姻家庭生活中，为了显示女性的强势，小说家常常用男性来对她们加以衬托，肆意雕琢男性自私、落后等恶劣品质，从精神上贬低男性的存在价值。陈常德不求上进，一心只想过自己的小日子，不断催徐淑芳结婚，徐淑芳以分手威吓他。小说结尾处暗示陈常德有了上进的表现，这是对男性还算客气的描写。有的小说为了丑化男性，人物的外貌、言行都具有漫画色彩。小说中对周一杰、许清廉等人物形象的描绘都有此特征。很显然，小说家想以此为女性解放壮大声势。

幸运的是，许多小说家在迎合“男女都一样”这一话题时，他们的创作不自觉地忠于了生活的样貌，描写出代际更迭之时女性的生存风景。在许多伪女性化书写中，女性解放已成事实，读者可以看到她们在虚构的世界里雷厉风行地按自己的意愿行事。然而，对她们迎头阻击的力量，小说仍然进行过描写。尽管这种描写是以反面力量予以呈现的，但读者仍然可以感受到这种力量的强大。《草村的秋天》中，石玉珍积极参加生产劳动，石大娘骂女儿：“你是七老还是八十，这样怕闹呀！让你一个人浪到东浪到西你称心么？”②石大娘用带有贬义的方言“浪”字表达了她对石玉珍积极参加农业生产合作社抗旱劳动的不满。云芝积极

① 仝华、康沛竹. 马克思主义妇女理论发展史[M]. 北京：北京大学出版社，2004：125.

② 刘溪. 草村的秋天[M]. 上海：新文艺出版社，1954：17.

参加生产劳动，学习耕地，周围的人议论不断，“‘云芝那闺女，哪有个闺女的样子……’‘不像话！这还成什么话嘛！哪有闺女去学耕地的。’‘想挣分嘛！充男人，黄狗咬月亮，影子没有。我看只是出出洋相。’‘没有教养……’”[①]这些话语形象地描写出20世纪50年代初轻视女性的社会风气。当然，小说并不是想把这些言论作为批判对象，它的关注点在于展现女性在生产领域中敢和男性一比高下的英姿。伪女性化书写下的人物时常给人拔高的嫌疑，因为社会舆论对她们是毫无影响力的，小说家人为地替她们铲除了前进的障碍，这使人物失去了感染力。这种现象和当时片面理解文艺为政治服务不无关系。

在表现男女平等时，读者在有些小说中也会发现基于男女平等之时的差异，女性在与男性争强时，男女之间的差别已然泯灭。但是，当她们退出这种争强时，男女差异便不自觉地显现出来。张玉洁在看到多日不见的丈夫时，生产劳动中显示的要强、能干就不见了踪影，“她也不好意思和王春雨说什么。挨过她丈夫身前的时候，两口子只是对看着笑了笑”[②]。临近分手时，张玉洁悄悄地问丈夫和自己组签合同之事，王春雨眼中的张玉洁是这样的：“她长得结实，很强壮，她的温柔的性格似乎与她的外形并不相称，甚至她很容易害羞。”[③]此时，小说对女性的描写基本符合男性对女性审美规范的要求，男性话语对伪女性人物刻画形成牵制作用。女主人公的男性化行为与女性化外貌描写形成无法调和的矛盾，这也是政治话语和传统男权话语的摩擦，它表明过渡时期对女性评价标准尚未确立之时而出现的言语矛盾。因此，小说中的女性给人既割裂又真实的感觉。这种创作时的矛盾，或许也是过渡时期作家的创作特征。

三、伪女性化书写的当下面相

在文学作品中，女性在生产劳动中获得了尊严。为了体现她们这份尊严来之不易，小说家将男性设计成她们前进路上的绊脚石。

在男女对峙之时，女性都是一副真理在握的姿态，她们在生产劳动中以强者的面貌出现，男性处于二等公民的地位。对男性打压的过程，也是女性不断超负荷付出的过程。直到20世纪90年代前后，随着性别差异日渐被研究者关注，部分学者发现20世纪50年代的女性被“男女都一样”的光环忽悠了，林丹娅写道：“类似于‘时代不同了，男女都一样’‘妇女半边天’的这么一种表征男女绝对平等意识的社会性口号，不但不能起着解放女性的作用，反而成了女性在此名

① 彦周．云芝娘和云芝[J]．文艺月报，1954(6):51.
② 于良志，林音频．汽车进庄来了[J]．文艺月报，1953(2):45.
③ 于良志，林音频．汽车进庄来了[J]．文艺月报，1953(2):46.

义下生存必须格外付出的无言的牺牲；而女性在此名义下只能无言的忍辱负重，却又支持了中国'妇女半边天'论断式口号。……它带来的实际效应与其口号的浮夸同出一辙，它并没有真正落实到包括男性与女性的所有国民意识深处，这使中国女性的解放似乎只进行到某一个组织表层：她们以主人的新角色集体参与了社会活动，但在个体关系中，她们又必须笼罩在从属于男性的阴影之中。"①林丹娅对这一现象进行了分析。这样的反思也只有在跳出阶级话语体系、性别差异再次回归到人们的视野中时才有可能。这并不是等于说性别差异思维就能带来一劳永逸的效果。作者也应该防止性别差异带来误区，如果绝对地对待性别差异，那就有可能仅仅关注女性自身的特质，尤其是生理特质。从现今盛行的"身体写作"即可见这种危险，再加之商品消费的诱惑，有些女性解放书写已成了女性身体空壳展示的舞台，它同样也成了伪女性化书写。从表象看，20世纪90年代以来的女性"身体书写"是对20世纪50年代初期及以后一段时间文学忽视性别差异的反拨，但这两者的想象方式却有着惊人的一致性，都是把两性关系推向极端的文学书写，在当代文学的起始阶段，小说对女性解放的想象方式即为当今的小说书写埋下了伏笔。现在，小说对性别差异的强调未尝不是对过去性别平等的反弹，秉持这种反弹，再加上经济利益的诱惑，它一不小心就可能使创作成了伪女性化书写。20世纪50年代初期的小说被重新提及的意义由此凸显。

追昔思今，当年小说家及其作品的得失对今天的文学创作具有一定的警醒意义。就伪女性化书写看，今日的有些女性创作进入了性别差异绝对化的书写，这类女性书写危险之处在于，它们已经被市场彻底绑架，与市场一起狂欢，女性书写已经成为消费的对象。它貌似表现女性，为女性张目，实际上，这里的女性是失去灵魂的，根本不能承载女性解放的追求。这和20世纪50年代初期小说创作一样，女性解放在小说领域里已走向歧途。然而，文学实践表明，文学不能仅仅关注某一方面，它还应该关注人的其他诸多面相，更应重视自身审美价值追求。从这点来看，20世纪50年代初期的伪女性化书写为今天的这类写作敲响了警钟。

平等和差异一直是女性解放过程中无法回避的重要命题。这也是20世纪50年代初期和20世纪90年代以来伪女性化书写得以产生的原因之一，只不过一方紧抓平等，一方关注差异。尤其是20世纪90年代以来，高举"身体写作"大旗的写手们，他们将女性身体空壳和消费娱乐结合，别有用心地执着于女性书写，美其名曰关注女性自身，这样的言论也只有他们自己相信。事实上，自20世纪80

① 林丹娅.当代中国女性文学史论[M].厦门:厦门大学出版社,1995:155.

年代以来，有论者就将后现代理论引进女性主义研究，在此理论映照下，身体书写的弊端早已显露端倪。这些论者指出，“女权主义者之间关于‘平等与差异的对立’的争论就是在政治上弄巧成拙的方式表达出的意义的一个恰当的实例。这里，一个二元对立体被创造出来以供女权主义者做出选择，她们要么支持‘平等’，要么支持它的假设对立面‘差异’。事实上，这个对立面本身遮蔽了这两个概念的相互依赖性，因为平等并不是把差异消灭干净，而差异也不排斥平等。”①这些主张给文学创作以极大的启示，伪女性化书写也有了消失的理由。男性和女性不再绝对讲求平等和差异，不再为了突出女性与男性的平等而不断人为地拔高女性，也不再因为强调男女的差异去刻意突出两性的不同。男女两性不是二元对立面，它们的内涵都处于不断的变化之中，而不是静止不变的。在此观点的洞照下，女性书写或许能找到新的方向，这也让读者看到伪女性化书写消失的可能。

中国女性在追求解放的过程中，质疑反对之声不绝如缕。对此现象，董之林在阐释当代女性主义批评现状时曾指出：“当代女性主义批评作为一种边缘话语出现的时候，并没得到学术界普遍承认，至少对这种话语的学术性还有种种疑虑。比如在一些十分正规的学术讨论中，只要涉及这个话题，就少不了听到这种议论：现在女人的权利究竟太多，还是太少；女人的天性与她们的社会角色，还有她们希望获得的权利之间的关系也许从根本上就是无法调和的；更难听的说法是女性主义批评给男性生活带来灾难，使女人变得不像女人，甚至家将不家，国将不国了。总之，把女性主义批评狭隘地理解为两性之战的产物，把它从当今学术语境中分离出去，无视这一份富于生产性的理论资源，是将有关女性主义批评的讨论庸俗化的常见做法。”②针对这种现状，关心女性解放的人必须对此予以足够的警惕。作为传播媒介之一，小说理应承担起相应的责任，运用文学语言书写女性解放的应然状态。可惜的是，目前有些小说不仅不能起到这样的作用，它们反而不断地授人以柄，它的末流者已经将女性身体与商业消费捆绑在一起，为女性解放留下了予人诋毁的证词。面对这种创作局面，重回中国当代小说的起始阶段，也许才能找到它的某些病因，其中之一就是伪女性化书写。笔者即在做这方面的努力，力求触摸20世纪50年代初期关于妇女解放的诸多文学想象方式之一的伪女性化书写，尽可能找到今天和当时这种书写方式易为人忽略的联系，以有利于当今妇女解放的小说书写。

① 史蒂文·塞德曼. 后现代转向[M]. 吴世雄，等译. 沈阳：辽宁教育出版社，2001：386.

② 董之林. 女性主义批评：并不奢侈的今日话题[J]. 东南学术，2001(6)：153.

第四章　短篇小说的结构及其转型

1949年—1955年华东地区的短篇小说兴盛。在中华人民共和国成立前，尤其是20世纪40年代后期，小说创作除了短篇小说以外，中长篇小说的数量也很多。中华人民共和国成立初期，政府从文艺政策等方面影响着小说创作。同时，时代的巨变也产生了一定的作用，罗洪的话也道出了其中的原委，“1949年5月迎来上海解放，大家心情激动，精神振奋，在新的时代里，我认为创作一定会活跃起来，所以信心又增强了。但是新时代带来的巨大变化，在思想意识上须有一个逐渐认识的过程。我可以写一篇散文或抒情记事，来表达我对时代的感受，对新社会的歌颂，但是要写小说，可不是那么简单，那么容易，所以解放后我的第一件事便是要认真学习，深入生活，不轻易动笔，不草率从事。”①罗洪认为小说创作不容易，并不是因为小说创作技巧难以把握，而是因为在时代巨变面前，她对这种变化感到陌生，难以进行小说创作。如此看来，长篇小说创作更是难上加难了。

为了尽快跟上时代变化，小说家积极深入生活，努力响应政府号召，描写工农兵生活。在中华人民共和国成立初期，小说要写工农兵生活，但有许多作家不了解工农兵生活，为了弥补不足，他们需要经常到农村、工厂、部队去体验生活，寻找创作素材。但仓促之间，他们无法深入了解创作对象，难以创作出长篇小说纯属正常。长篇小说需要作者对素材有一定的驾驭能力，不仅要在横向上能加以把握，在纵向上也要能深入。这对于小说家来说，有一定的难度，他们常常只能看到眼前工人、农民和士兵的生活状态，至于造成他们现状的原因，小说家常常觉得很茫然。罗洪的感受具有一定的代表性，“这样短时期到火热的斗争生活里去，也有好处，多少可以增加一点认识，但要全部理解，还需要一个过程。譬如说，在那里接触到的干部和农民是不少的，差不多天天可以见面，常常可以交谈。有时也见到他们情感的变化，但到底为了什么，我并不清楚。只看到现象，没摸到底细。我跟一个贫农人家母女两人，天天有机会交谈，隔个灶间就是她们的住房。她们在这一场斗争中到底有什么喜怒哀乐，思想上有些什么活动，我自问是知之甚少。他们的思想一定有变化、有波动，可是我没法在平时交谈

① 罗洪.往事如烟[M].上海:上海古籍出版社,1999:226.

中，在察言观色中，觉察出来。有些农民，跟村上地主有沾亲带故的关系，他们又是个怎么个心态，我很想知道，却没法知道。了解一个人的思想感情，本来很不容易，何况跟自己生活不同的人们！过去我写过短篇小说《稻穗还在田里的时候》，那时候穷苦农民的思想感情，他们的处境和苦难，我有所体会也能理解。现在这些人则处在全新的环境中间，过着全新的生活，他们的心态就不是很快能够了解的了。"①在中华人民共和国成立初期，能写出真正意义上的长篇小说者，他们大多曾在过往生活中与笔下的对象近距离接触过。吴强是部队出身，他熟悉军队生活，写出了《他高高举起雪亮的小马枪》；师陀熟悉乡村小镇生活，写出了《历史无情》；周而复年轻时就在上海读大学，后来又在上海搞过地下工作，中华人民共和国成立后，他负责过统战工作，对各行各业的资本家有一定的了解，写出了《上海的早晨》；方纪熟悉农村生活，写出了《老桑树底下的故事》；等等。这些都体现了创作对象对小说家的反作用力。

当然，这并不是说中华人民共和国成立初期的小说家就安于现状，创作上不思进取，他们仍然在努力。对许多小说家来说，他们缺少工农兵生活的经历，尽管勉为其难，但仍想写出长篇小说。因为单位要求，小说家都制订了各自的创作计划，不少小说家都打算创作长篇小说。华东作家协会在1953年11月向会员发出《一九五四年创作活动调查表》，部分会员制订了自己的创作计划，其中也包括小说家。王希坚计划一月到四月完成一个十五万字的中篇初稿，题未定，内容是写一个村的农业生产合作社；白危将以一九五三年的生活为基础，就其所熟悉的国营黄泛区农场的生长过程为题材，写一部十五到十八万字的长篇小说；孙峻青准备完成一个题为《不能毁灭的村庄》（暂名）的长篇小说，内容是描写昌潍地区人民在敌后的武装斗争，字数在十五万字左右。另外，吴强、李俊民、王安友、王西彦、郑伯永等小说家都计划创作中长篇小说。计划是好的，但从现实情况看，这些计划真正得以落实的并不多。由此可见，对许多小说家而言，中长篇小说的创作困难重重。虽然《中庸》有言：人一能之，己百之；人十能之，己千之。这些言论高度概括了君子应该有所作为的品格，但是在小说创作上，强力而为并不是一个优秀的品格，它可能白白地浪费了小说家的才华。巴金出身传统大家庭，曾留学法国，深受无政府主义影响。年轻人的激情、抗争，知识分子的生存世相，他都有过切身体会，这些过往的一切都是他熟悉的素材，已化入他的血肉中，他写出的"激流三部曲""爱情三部曲"等小说无不体现了他的经历。巴

① 罗洪.往事如烟[M].上海:上海古籍出版社,1999:228.

金并不太熟悉工人、农民和士兵的生活，他基本没有体验过他们的情感世界，难以在短时间内真正走进这些人的内心，也就难以深入细致地描写这些人的生活。在中华人民共和国成立初期，巴金也曾奔赴朝鲜战场，非常认真地深入部队，积极寻找创作素材，但他只是即景式地写出一些短篇小说，长篇小说在他笔下消失了。王西彦在中华人民共和国成立初期没有生活在上海，他在上海报刊上发表的，基本上也是短篇小说，一直到20世纪60年代，他才写出描写农村生活的长篇小说《春回地暖》。

长篇小说数量激减之时，短篇小说登上了文学舞台。出版单位因势而动，推出各种丛书，以短篇小说集出版，譬如“工厂文艺习作丛书”“劳动文艺丛书”“新中国文艺丛书”“工农文艺习作丛书”“晨光文学丛书”“上海文艺丛书”等。同时，《小说》月刊、《文艺月报》、《文汇报·文学界》、《解放日报》等杂志报纸也在不断刊发短篇小说。综观这些短篇小说，就结构看来，也有可道之处。

第一节　短篇小说的结构

在小说内容上，许多小说家不一定熟悉工农兵生活，但在小说的结构安排上，他们却有不少经验。如何将小说的内容和结构有机地统一起来，这是新时期的小说家面临的挑战。小说结构在吸收中华人民共和国成立前的经验之时也在与时俱进，出现了转型的态势。

一、场景式小说的结构

小说家运用场景切换的方法来构建的小说，可称为“场景式小说”。在这种结构的小说中，场景通过情节的有机联系而相互照应，成为一体。刘知侠的短篇小说《铺草》共分为六个场景：（1）王老头和张立中吵架；（2）战士们批评张立中不关心军民团结；（3）王老头被老伴、女儿和儿子批评；（4）打仗前，张立中准备向王老头赔礼，恰好王老头不在家，没有遇到王老头；（5）战后，王老头到部队向张立中赔礼道歉，张立中已在战斗中牺牲；（6）王老头在村民大会上主动检讨自己的错误，报名参加担架队随军打仗。这六个场景用“军民关系一家亲”这根主线贯穿起来，小说拓展了空间范围，刻画了王老头、张立中这两个人物形象，叙述视角随着场景的转换而切换，小说和传统说书人的腔调十分相似，运用全知全能的角度叙述故事。小说开头写道：“这是蒋匪向我鲁中山区疯狂进攻的时节，我恰巧在前线作支前工作，一天，在一个山村里，碰到这个关于铺草的故事。”[①]小说情节展开后，中间的六个场景的描写着力点在人物身上。第一个场景主要写了王老头和张立中之间矛盾的缘起。对王老头“好讲死理”的特征描写得很到位，张立中因为劳累而脾气失控合乎常理。这样的矛盾主要是误解产生的，军民矛盾不是敌我矛盾。第二个和第三个场景从时间上看，它们是同时发生的，由于运用了场景式结构，它们被有效地并置于小说中，增强了小说的表现力。这是一次成功的尝试。现代短篇小说以不同的场景来构建作品的现象也时有发生，鲁迅的《药》、孙犁的《荷花淀》等小说都是这样。当然，中华人民共和国成立后，这种小说结构已在原有的基础上发生了转型，主要关注能推动小说情节发展的部分，甚少关注情节之外的其他小说要素。刘知侠的《铺草》主要叙述了老汉和士兵之间的矛盾，由开端、高潮直到结束，主题很鲜明。再看孙犁《荷花淀》，小说也有情节线索，但是这篇小说更注重诗情画意氛围的营造，整个小说文质兼美，环境描写、人物刻画都很成功。再看鲁迅的《药》，在几个场景中运用复线结构布局谋篇，华、夏两家的悲剧也就获得了多层解读。中华人民共和国成立初期的场景小说有目的地吸取了古代小说和现代小说的结构方法，在转型过程中，渐渐走向重视情节、主题的方向，情节发展脉络一清二楚，有头有尾，主题鲜明。这与当时的政策有极大的关系。文艺要为政治服务，为工农兵服务，文艺应该肩负起普及的责任。这些反映在短篇小说创作中就成为作品要为工农兵服务，具体体现在作品要写工农兵，作品要让工农兵看得懂，以达到教育群众、提高群众政治意识的目的。在这种思想的指导下，小说家尽管努力探索小说结构，但在转型过程中，他们反而将古代、现代短篇小说中一些优秀经验抛弃了，小说的可读性、感染力也随之有所下降，但通俗性得到了强化，有利于小说的普及。这种小说结构丰富了中华人民共和国成立初期的小说世界。

二、孤胆冒险式小说的结构

在中华人民共和国成立初期的小说中，孤胆冒险式小说也为小说家所喜爱。冒险小说以各种不寻常的冒险事件为中心线索，主人公往往有不平凡的经历、遭遇和挫折，情节紧张、冲突尖锐、场面惊险、内容离奇。广义的冒险小说一般可分为两类：一类指人与环境、人与自然的冲突，另一类指人与人、人与社会势力的冲突。狭义的冒险小说专指前一类，巴金的《坚强战士》就是这一类型，写了一位志愿军战士在孤立无援的情况下，与环境、自我作斗争，爬回阵地的故事。这篇小说刊登在1953年第1期的《文艺月报》上，小说结构明显和小说的内容不

① 知侠．铺草[M]//上海十年文学选集编辑委员会．上海十年文学选集·短篇小说选(1949—1959)(上册)．上海：上海文艺出版社，1959：3.

太合拍。人物的过往经历、坚强品格大多是通过他的心理描写体现出来的。此时的心理描写已经和中华人民共和国成立前的心理分析小说中的描写相去甚远。它们各自秉承的创作理论不一样。中华人民共和国成立前的心理分析小说主要是以弗洛伊德的心理分析理论作为创作指导，施蛰存的心理分析小说就是如此。《梅雨之夕》的心理分析立足于弗洛伊德的精神分析理论，作品注重描写主人公的潜意识，尤其注重揭示人物人格中的“本我”与“自我”的冲突。在“怦然心动”阶段，小说开始涉猎人物的潜意识。“我”被婚外的异性吸引，并把她当做“美的对象”。主人公的心理活动和“本能”有很大关系；在欣赏异性时，“我”自认为对异性绝对没有“依恋的意识”，且不由自主地想到家中翘首以待的妻子。因此，“我”必须要寻找晚回家的借口，这些心理活动展示了主人公的“自我”与“本我”的对话，“本我”要遵循“快乐原则”，而“自我”既要对“本我”进行规范和抑制，又要掩饰“本我”的越轨冲动。小说关注人物内心隐秘的需求，这种需求是偏个人化的，心理分析的结构形式有利于表现人物的内心世界。因此，在《梅雨之夕》中，小说的结构有利于表现它的内容。《坚强战士》所要表现的内容不是个人化的自我世界，而是人物“超我”的一面，战士是在强大的精神力量的感召下，克服自己内心的软弱，在与自己不断的战斗中，最后才成功归队。显然，小说中的心理描写已不同于《梅雨之夕》中的心理描写。因为《坚强战士》写的是“超我”，只能以第三人称间接心理刻画方法结构全篇，心理分析小说惯用的意识流、内心独白的手法在《坚强战士》中都被舍弃了。因为运用了许多间接心理描写，小说的节奏明显变得迟缓，这和冒险小说所需要的快节奏显然是不合拍的。或许正是在此意义上，《坚强战士》受到了人们的质疑。有论者在1953年第2期的《文艺月报》上对《坚强战士》进行过批评。罗洛读了《坚强战士》后觉得烦琐。欧阳文彬认为大家对巴金的作品期望很高，看了《坚强战士》，觉得作品改变了。过去他的作品容易看下去，而这一篇有些不令人满意的地方，感到看起来吃力。除了结尾外，整个故事很简单，如果穿插一些环境描写或遭遇，就会更好。罗洛讲的“烦琐”、欧阳文彬说的“简单”，都指出了这篇小说结构和内容不合拍的缺点，但从中华人民共和国成立初期的社会情况看，孤胆冒险式小说是有其存在理由的。

三、对话式小说的结构

对话式短篇小说在中华人民共和国成立初期的华东地区小说中也有一定的市场。对话式小说是指以人物对话为基本结构方式和表现形式而写成的一种小说类型。这类小说主要是在作品人物的对话中叙述事件、展开情节、交代环境和刻画人物性格。对话的内容可以是对话人亲身经历的叙述和感受心理的自白，也可以是转述别人的生活见闻；可以是两人对话，也可以是一人自白或多人从不同角度对同一事件的叙述和评价。单纯的对话式小说不是太多。中华人民共和国成立初期，上海的对话式小说是指整篇小说以人物对话结构全篇，其中某个人物是主讲者，次要人物是为主讲者服务的。有的小说，在主讲者言说的过程中，会不时插入其他人的问话、评价语。有些小说，当主讲者进入言说情境后，再无其他人物的对话，只是一讲到底，结尾处再象征性地由其他人插入对话，以表示整篇小说结束。小说的结构方式，令读者容易产生阅读疲劳，尤其是一个人主讲的小说。1953年第1期的《文艺月报》发表了海笑的《师徒合同》，这篇小说写了老工人带徒弟的事。整篇小说除了开头和结尾外，中间都是老工人在讲述他自己在新旧社会的不同遭遇，表明他思想转变的经过。最后，工会主席插话，小说结束。读这类小说时，有一个问题是不容回避的：小说家为什么不直接把主讲人讲述的内容截取出来直接写成一篇小说，而非要用对话体形式来结构小说？细读之下，即可发现端倪。小说的主讲人无一例外都是被压迫者，这一现象值得玩味。小说家显然是想让作品中的被压迫者现身说法，叙事人退居幕后，以被压迫者自身来叙述被压迫的经历，这样一方面可以增加小说的真实性，另一方面，也可以使小说的语言显示出被压迫者——工农兵的腔调，这体现了小说向工农兵靠拢的努力。1954年第4期的《文艺月报》发表了王西彦的《悬崖》，这篇小说运用人物大段独白进行叙事，开头还是有一定的吸引力的，一个人全身烧伤，这种罕见的情况具有一定的传奇性，可以引起读者的好奇心。但在接下来的叙述中，小说家的情节安排出了问题，他让女护士长秦克讲述这位被烧伤者李恭顺的英雄传奇故事，这篇小说大多数篇幅都是这位护士长的转述内容。作者运用这种对话式结构，可能是想增强小说的现场感、真实性。护士长在转述时，事情的发生经过也不是一波三折的，这使得小说的可读性有所减弱。直到1955年，小说还存在对话式结构，不过略有改进，在人物的大段讲述中，作者会有意识地插入了一些全知全能的叙述，但总体读来，仍是挥之不去的阅读疲劳感。晓鹰的《最后的一个岩洞》通过“我”和阿宝的对话展开叙述，主要讲述了国民党残余军队在沿海岛屿上祸害百姓，最后，解放军拯救了贫苦百姓的故事。在讲述过程中，作者插入景物描写，“这时，因为石头还没露出水面，不能下去，连洞口也望不见，因此，我们就在山岩上，高高的地方，选了一块大石头，一起坐下来。太阳西斜，金色的海面上闪灼着强烈的光芒，移动着浓黑的云影。遥远的海天线上，蒙着一层淡淡的蓝雾。”[①]除了景物描写，还插入了人物描写，“阿宝说到这里突然不说了。我回过头来，发觉那个翻坡上来的女人，快要走到我们的跟前了，我才看清楚这个女人是结实丰满的中等身材，穿着枣红色的上衣，苹果绿的袴子，眉毛弯弯的，鹅蛋一般的脸型，棕红色的。她挑着两只空箩筐，灵活的眼睛，好像很羞涩，无可避免的来到我们的面前。”[②]小说可能为了减少叙述的沉闷感，插入了类似的描写，但相比于这些描写，主讲人的话还是成片成段的，挥之不去的还有叙述的单调感。

综观这种类型的小说，不能不说它们是有缺陷的。最主要的是它们缺少可读性，主讲人长篇大论的讲述已经超出了现实中人们讲话的限度，破坏了小说的真实感，读者会在阅读疲劳之余质疑小说的真实性，小说努力营造的真实感会有所减弱。

这种类型的小说反映了中华人民共和国成立初期华东地区小说的过渡性痕迹。20世纪50年代中期以后，这种小说在华东地区的短篇小说中基本消失。事实上，这也是小说家在社会转型期就小说结构的可能性所做的一种可贵的探索，虽然今天的读者可能感到这种对话式小说非常幼稚，但小说家的努力仍有一定的价值，他们尝试了另一种可能。不管怎样，小说家们留下的先行者的足迹是具有文学史意义的。

四、抒情式小说的结构

除了上述小说类型之外，抒情式小说也应引起研究者的注意。抒情式小说是诗与小说、散文与小说的有机结合体。周作人在20世纪20年代初译介外国文学作品时，首次运用了“抒情诗的小说”的概念。

现代抒情小说开端于“五四”时期，“五四”新文化运动以人的觉醒为标志，文学革命的先驱者们以个性主义和人道主义的精神去革新传统文学观念，提出“人的文学”，推动新文学的发展。同时，现代小说的开拓者们已经不满足于传统小说既成的“清规戒律”，他们要求创造出新的审美方式来表达日益复杂、瞬息万变的社会生活和人物心理。“五四”作家多以开放的眼光，接纳知识，大大增强了新文学接受外来文化的容量。在短短几年时间里，新文学引入了西方几百年来的文学思潮，如写实主义、浪漫主义、自然主义、新浪漫主义、象征主义、唯美主义和未来主义等。“五四”新文学呈现蓬勃发展的势头。中国小说从内容到形式发生了根本的变化，不但作品的内容具有现代性质，而且形式上完成

① 晓鹰.最后的一个岩洞[J].文艺月报,1955(12):19.

② 晓鹰.最后的一个岩洞[J].文艺月报,1955(12):19.

了从文言到白话的彻底革新，即便在小说形象和结构形式方面，也完成了从传统到现代的转变，在这种变化中现代抒情小说应运而生。

中华人民共和国成立初期，抒情式小说的作者大多具有诗人气质，或者他们有些人本身就是诗人，譬如公刘。他们在行文过程中不知不觉就超越了小说描写现实人生的界限，直接对作品中的人物进行带有情感色彩的评价，或是作品中某一人物用充满诗意的语言评价其他人物。在中华人民共和国成立前，这类小说也时有出现，鲁迅的《孤独者》、废名的《竹林的故事》、沈从文的《边城》、萧红的《呼兰河传》等都充满了抒情特质。鲁迅在《孤独者》中塑造了魏连殳这一人物形象，作者对他笔下的人物充满了感同身受的同情，用诗化的语言写出了魏连殳在内外交困中孤独的心境，这使小说增添了感人肺腑的悲剧力量。无名氏的小说也具有很强的抒情色彩，他的《野兽、野兽、野兽》满怀激情地塑造了印蒂这个人物形象，诗情浓郁。

在中华人民共和国成立初期，华东地区小说继承和发展了这一小说类型。作者将写作重心放在抒发感情上，小说的结构以情感为脉络，不再把情节作为小说的结构支撑。处于转型期的抒情式小说也显示出自身的特点。这类小说的抒情基调是积极昂扬的，它不似鲁迅小说的沉郁、沈从文小说的清丽、无名氏作品的激愤，比如菡子的小说就突出地体现了这类诗化小说的风格，《不屈的手指》叙述了八路军哑子的事迹。作者对人物进行了毫无保留的礼赞，诗化色彩增强，情节相对弱化。当主力部队开赴前线时，哑子正在发疟疾，而且他是哑巴，不方便随大部队作战，最后留在了洪泽湖边。哑子四处讨饭，他经常伸出大拇指和食指，比划着。小说用诗一般的语言写道："这令人兴奋的无言的喜剧，在洪泽湖边上穷苦的农民的家庭里上演着。大家像对待亲人似地欢迎哑子。哑子按户拜访，在大寒天里，他走得脚板裂了口，血迹印在铺大路的青石板上，自有白雪轻轻地替他掩盖那神秘的足迹。"①哑子勇敢坚强，百姓对他喜爱有加，作者用诗般的语言将之表现了出来。在送师长白骨时，"哑子在白骨旁边流着泪，人们默默地看着他。过了一会，他沉静地向大家伸出了大拇指和食指，大家围拢过来，他迅速而有力地把人们熟悉和喜爱的手势做了一遍，人们的眼睛有光彩了，大家握紧了拳头。"②诗化的语言刻画出哑子的坚强。在哑子牺牲时，"人们也似乎看见一只从麻袋里伸出的手，一连数次比划着'八'字，又挺着那不屈的大拇指，这就是人们听到的他的最后的言语；人们并没有看见他沉下去，大家仿佛觉得他已飘向湖

① 菡子.不屈的手指[J].文艺月报,1954(3):19.

② 菡子.不屈的手指[J].文艺月报,1954(3):20.

面上红霞所在的地方，走进太阳里去了。”①语言充满抒情色彩。小说弘扬了哑子的革命精神，情节已处于次要地位了。同一时期，峻青的小说也体现了这一特点。

抒情诗小说的出现和中华人民共和国成立初期的时代氛围有关，面对新生政权，人们充满了期待，回望过去的峥嵘岁月，人们不禁要放声礼赞新社会。再加之政策的引导，文艺应该重在歌颂，而不是暴露。对于代表先进力量的工农大众，小说家要以满腔热情去讴歌他们，小说家运用抒情式结构是有其现实基础的。

在此之后，茹志鹃的小说创作将这类小说又向前推进了一步。尽管茹志鹃的作品在主观抒情性上比菡子有所减弱，但她更注重经营情节、刻画人物。她的小说除基调外，似乎又在向20世纪40年代末之前的抒情小说靠拢，譬如她的《百合花》。

五、长篇短制现象

短篇小说结构中还出现了长篇短制现象。此处的长篇短制和鲁迅先生的长篇短制不是一个意思，鲁迅先生在论及《儒林外史》时，曾就它的结构说："虽云长篇，颇同短制”，这是指长篇由短篇小说连缀而成。在中华人民共和国成立初期，小说结构的长篇短制是指，从小说的内容看，完全应该用长篇小说形式，但小说家将长篇小说的内容压缩为短篇小说。这类小说常常按时间先后来叙事，在返乡式素材中最为常见。作者惯用的手法是先用全知全能的叙述方式将人物的过去叙述一遍，接着开始写人物返乡后的所见所闻。如果有些内容无法归入全知全能的叙述过程中，作者会在人物返乡后运用倒叙插入叙事过程中，这类插叙也是使用叙事人的口吻加以叙述。周洁夫的《老红军回来了》写了老红军返乡。小说起因是唐老太太寻找儿子唐凯，找到儿子后，母子一同回梅店，最后唐凯离开，继续南下打仗。在唐老太太寻找儿子的过程中，小说交代了唐家苦难的家庭史。作者用叙述代替了细致的描写，事实上是对唐家家庭史的概括，将长篇的内容压缩到短篇小说之中。“唐老太太那时不住在蔡店，是在蔡店以南的梅店住。唐姓在蔡店是独家小姓，在梅店是客家穷户。她家既无田地，又无房屋，租了大地主梅鼎家两间房子住。她生过六个孩子，倒有五个没有养大，他们是得了传染病，请不起医生，眼睁睁看着死去的。她丈夫是个厨子，虽是个好手艺人，也曾开过几年饭馆，但终因生性忠厚，不会经营逢迎，一生穷困潦倒，在唐凯十三岁上，

① 菡子.不屈的手指[J].文艺月报,1954(3):21.

也得了横病不治而死。奶奶（唐凯的祖母）和小叔（唐凯的叔叔）也碰上飞来横祸，奶奶活活气死；小叔被抓进黄陂县的大狱。唐凯参加红军黄安独立师后，就剩下她一个人，无依无靠，那些日子呀，真是苦比黄莲。”①这一段中，作者述及了几件重大的事情，有贫穷搬家、夫死子亡、奶奶气死、小叔坐牢、唐凯参军等。每一件事都可以展开描写，但是小说没有这样做，只是在唐凯回到梅庄后采用插叙略有记述。对“唐凯父亲病逝”，小说插叙如下：“……父亲躺在床上。桌上放着一盏油灯。父亲的脸上落了肉，哼着，喘着气。母亲站在床前，发抖的手捧着个药碗。父亲微微摇头，眼角滚下一滴泪水。一个月前，父亲因为家里没柴烧，在一处倒塌的房址上捡来几根房梁格子，准备劈了当柴烧，劈时一脚踩在一枚锈钉子上，就此中了毒，脚底心溃烂了。母亲变卖了家里的蒸笼锅瓢，还是没治好，病势反而一天天见重。母亲不知流了多少眼泪。父亲的哼声低了，父亲睡着了。母亲坐在床上，用衣角揩着眼泪。煤油灯的光在暗下去，暗下去，他也朦朦胧胧地睡过去。一种响声把他惊醒，那是母的号哭声。父亲死了！”②小说没有描写父亲病逝前的详细生活情节，只是笼统地叙述了父亲病逝的情况。事实上，对于父亲，小说完全可以展开描写，但是小说运用了短篇小说体裁，限制了作品内容的表达空间。

小说在描写贫穷搬家、夫死子亡、奶奶气死、小叔坐牢、唐凯参军等方面时比较吝啬，但是，它对唐凯回村的情景却用尽笔墨去描写。“天正下着细雨，给雨水一洗，红土路显得更红，路旁的杨柳显得更绿，曲折盘旋的小沙河显得更清。他一路上左看右望，满心畅朗。”③人物放眼看到的景色显得非常清新明快，甚至小说还突兀地出现了一位老大娘——任大婶娘。“进来一个年岁跟唐老太太相仿的老妇人，她对唐凯同志说：‘盛文，还认得我吗?’唐凯同志一眼就认出来了，站起来说：‘任大婶娘！’老妇人笑起来：‘还没忘记我呀！’唐凯同志也笑起来：‘小时候的事情哪能忘呵！’”④这些看似旁逸斜出的叙述，都与作者要表现的主题有关。景物的清新，与新社会欢快的气氛相呼应。任大婶娘的出现，体现出军民一家亲，得了天下不忘本，都和歌颂新生政权有关。

小说中的人物，有的在过去受尽欺凌，被迫离开家乡，另寻出路，而今回来了，发现了家乡已经今非昔比，突出今天生活的美好。有的是为了推翻国民党反

① 周洁夫. 老红军回来了[J]. 小说,1950,3(4):42–43.
② 周洁夫. 老红军回来了[J]. 小说,1950,3(4):51.
③ 周洁夫. 老红军回来了[J]. 小说,1950,3(4):49.
④ 周洁夫. 老红军回来了[J]. 小说,1950,3(4):48.

动统治而离开家乡，去为正义而战，而今英雄凯旋。小说对人物舍家为国的精神进行礼赞，同时透过人物的眼睛将家乡的变化展现出来，以此对新生的共和国进行礼赞。回到梅庄后，老红军唐凯激动地对乡亲们说："各位乡亲们，在共产党和毛主席的领导下，革命出头了。过去的痛苦再也不会来了！今天我跟母亲的会面，跟大家的会面，也全靠共产党和毛主席的领导。"[①]小说的主要目的是为了赞美新政权。

这些小说素材应该用长篇小说的形式来结构全篇比较好，小说家采用长篇短制的结构可能和当时上海文坛过于行政化有关系。中华人民共和国成立后，小说家被纳入国家机构体系中，都有自己的单位。当时，小说家必须要完成一定的创作任务。由于时间紧，任务重，他们只能赶任务。另外，有些小说家对于要叙述的东西，比如行军打仗等比较陌生，无力驾驭，只好用笼统的叙述带过。所以，这一时期的作品大多以短篇小说的形式出现。

当然，并不是说，小说创作一定以长篇为佳，短篇小说也可写出上乘之作。然而将长篇小说的内容概括成短篇小说却是不可取的。在中华人民共和国成立初期，长篇短制的结构基本上是失败的。

第二节　短篇小说结构的转型

20世纪50年代初期的短篇小说属于过渡型小说，是"十七年文学"乃至整个当代小说的重要源头之一。从这个角度看，如果要研究当代小说，这一时期的短篇小说是必经的一个领域。然而之前的研究者几乎忽略了它们。

苏联评论家索斯金在《谈短篇小说体裁的运用》中指出："短篇的情节，也就跟任何一种作品的情节一样，完全不是什么'奢侈品'，不是一个作家为了图方便或引人入胜才随便采用的布置插曲的公式。"[②]情节结构对于小说的重要性由此可见一斑，它的变化可以导致小说的其他因素发生改变，可以说，情节结构的转型直接影响小说的创作面貌。

20世纪50年代初期，短篇小说情节结构应时而动，它的变化主要表现在情节结构的地位、时空安排、发展走向等方面，短篇小说出现了新的特色。

一、情节结构的强化

情节结构在小说中的地位出现变化。中华人民共和国成立后，有些小说将主

① 周洁夫. 老红军回来了[J]. 小说,1950,3(4):47.

② 索斯金. 谈短篇小说体裁的运用[M]. 蔡时济,译. 上海:新文艺出版社,1954:44.

要精力放在情节上，为了让情节合乎作者的需求，出现人物迁就情节的情况。场景式小说突出地体现了这种变化。它们主要关注能推动小说情节发展的部分，不重视情节之外的小说因素。刘知侠的《铺草》、程造之的《芒种前后》大致如此。《芒种前后》主要叙述了赵家鼎和以赵日茂为首的贫雇农之间的矛盾，由开端、高潮直到结束，主题很鲜明，歌颂合作化道路的正确性。地点分别在田里、赵家鼎家、会场、场地、育才公公院子里，其中田里、赵家鼎家、会场等地点不止出现一次。小说共有八个场景。场景一，在田里，丁老祝、褚盘脚通知赵日茂开会，并托他通知赵家鼎。场景二，赵日茂女儿小角到赵家鼎家通知开会。场景三，会场上，区委动员农民加入合作化运动，赵家鼎内心抗拒。场景四，赵家鼎家里，雇农高杏生不满赵家鼎的剥削，不再帮赵家鼎家做短工，参加了红军，到赵家鼎家里辞工。场景五，在会场上，主要讨论抢收和打水机集体灌溉。因为连日下雨，麦子必须要抢收进屋里晾起来，政委陈平做讲话，告诉大家到时会调来一小队弟兄来帮忙。在讨论集体灌溉时，汤春桥、田冬瓜提出赵家鼎有意刁难。场景六，在田里，抢收麦子。赵家鼎对帮忙的士兵产生误解。场景七，在打麦的场地上，将集体合作社的打麦场地的欢乐景象和赵家鼎家的打麦场地的艰难景象进行对比。场景八，育才公公的院子里，赵家鼎想加入合作社，走集体化道路。小说用赵家鼎思想转变过程这根主线将这八个场景贯穿起来，叙述视角随着场景的转换而切换。为了农民必须走合作化道路的主题，小说先叙述了赵家鼎和赵日茂的矛盾，交代了赵家鼎心情不好的原因：赵日茂等贫雇农分了他的田地；接着写赵家鼎不走合作化道路，要单干，并且和走合作化道路的贫雇农处处为难；最后，赵家鼎处处失败，决定走合作化道路。情节的走向也直接奔向主旨，赵家鼎倔强的性格也是为了情节发展设定的，只有这种性格才能导致赵家鼎和赵日茂为首的贫雇农的矛盾冲突，赵家鼎的性格单一扁平，以赵日茂为首的贫雇农的性格显得模糊不清，仅是一个集体符号，就连政委陈平也是一个抽象的存在物。反观中华人民共和国成立前的小说，鲁迅的《药》、孙犁的《荷花淀》等小说并不如此。中华人民共和国成立初期的场景小说有目的地吸取了之前的小说结构方法，在转型过程中，过度重视情节、主题。这不能不说是转型过程中的失误之一，情节结构在小说中的地位过分提高了。

当然，这也和20世纪50年代初期的文艺导向有关，文艺必须为工农兵服务，工农兵的文化水平并不高，比较关注故事情节，为了迁就他们的阅读习惯，小说家抬高情节结构在作品中的地位也可以理解。

二、时空安排的变化

短篇小说的时空安排出现变化。在中华人民共和国成立前，短篇小说在有限的时空中大多能截取有限的点展开叙事。鲁迅、冰心、许地山、鲁彦、施蛰存等人的短篇小说都是这样，他们没有宏大的创作野心，没有准备在有限的时空中囊括诸多内容。巴金、茅盾、老舍、沈从文、萧红、张爱玲等人都有中长篇小说问世，都能驾驭宽广的时空范畴。可是当面对短篇小说时，他们都能调整笔下的时空，尽可能使之与短篇小说文体相当，不破坏它的形态。在中华人民共和国成立初期，有些小说则不然，选取的时空范围广阔，而且在这广阔的时空中，作者描写了很多生活的点，但由于短篇小说体裁的限制，这些点不可能在作品中得到充分的展开，这样就导致了短篇小说的情节结构出现长篇短制现象。比如斯民的《选举》《老红军回来了》《何开泉》等小说都是如此。《何开泉》叙述了革命战士何开泉的成长经历。小说开头写何开泉糊涂地当了国民党三年兵，后被共产党军队俘虏，经过教育认识到国民党是穷人的死对头，决定留在解放军中。至于如何被抓、如何接受教育、如何幡然醒悟等内容小说都没有加以展开，仅是概述。接着何开泉开始回忆自己被抓当兵的经过，到东北国民党军队吃的苦头，给老婆写信讲述生活艰难，这些需要展开的内容也还是概述。回忆结束后，小说突兀地回到现实，现实生活仍然是概述，何开泉由东北到关内，然后到唐山，接着至天津、北平，最后追击敌人到白云山石碑。这一路走来，均用概述。这篇小说应该采用长篇的形式，但是作者用短篇的形式来进行写作，每一件事都可以展开描写，但是小说没有这样做，只是在写何开泉想入党、白云山之战时才略有记述。小说时空跨度大，而且截取了许多点，但短篇小说无法容纳这么多的内容，导致小说结构走形，出现尴尬的长篇短制的现象。

长篇短制结构力图表现“故园八千里，风云三十年”的时空，在中华人民共和国成立初期，由于主客观原因，没能达到这个目标。直到20世纪70年代末，80年代初，有能力的作家才找到了突破长篇短制结构的尴尬局面。王蒙等人的意识流小说可以说是一个成功的尝试。

三、美好的结局

小说情节结构的发展出现新动向。情节趋势由逆到顺，小说出现光明的结局。风云变幻的时代致使中华人民共和国成立前的小说以批判讽刺为主，情节结构发展的结局常常不尽如人意。譬如，鲁迅的许多短篇小说悲剧色彩浓郁，这与他对小说发展趋势的处理方式有极大的关系。中华人民共和国成立初期，局势出现变化，文学创作以歌颂为主，小说的情节结构也发生变化，由逆到顺，即无论过程多么曲折，最终正义都会战胜邪恶。

为了形象地描写出由逆到顺的美好变化，作者比较乐于使用象征手法进行创作。该手法的运用主要在于以自然景象来预示光明的未来。《边寨一年》的结尾通过象征手法增强了小说的表现力，小说写了国民党士兵摆恩投诚一事，结尾写道："第二天清早，天空更加晴朗。太阳把边疆翠绿的山野，镶上一层金黄。摆恩正在寨外小河里洗着他脸上从外国带来的积尘，呵木果要把她的牛送到山上去吃草了，她从河边走过，摆恩正要同她说什么，恰巧不知是一粒砂尘、还是一只小蚊虫钻进她的眼里来，她揉了一下眼睛，并没停下来，直望着山顶的阳光走去"①。显然，此处"直望着山顶的阳光走去"象征了呵木果向幸福光明的未来奔去。这些美好的生活都是由于新政权的建立才获得的，小说家运用象征的手法表达了对新政权的颂扬之情。

苏联美学家卡冈对过渡性文化有过论述，"一种历史类型的文化被另一种排挤掉的过程，每次总产生过渡型文化，在过渡型文化中，过去文化和未来文化的特性处在活动的平衡中，或则相互矛盾地冲突和对抗，或则相互趋向协调。"②"在某些方面，过渡型文化的信息容量和内在丰富性大于'纯'文化……它的内容的特征是把已经成为过去的某种文化类型逐渐变革为新型的、不过还没有占统治地位的文化，这种过渡过程出现在过去和未来相互结合的许多不同的方案中。"③卡冈阐释了过渡性文化的价值，这对笔者的研究具有很大的启发性。

中华人民共和国成立初期的华东短篇小说即如卡冈所言，上承之前创作的影响，同时适应新时代的变化，形成不同过往的创作面貌。虽然它们并未定型，处于过渡的起始阶段，但是其影响力不容小觑，未来许多方案的胚胎就在此发芽生长。事实证明，在拓荒阶段摸索出来的许多创作经验对其后的小说走向起到了引领作用。短篇小说的情节结构的转型只是其中的一个方面，其他方面还有待资料挖掘之后的深入研究。对短篇小说情节结构的转型进行细部研究，就是试图梳理出它在中华人民共和国成立初期转型的隐秘路径，分析其得与失，以期为当今转型期短篇小说创作提供某些借鉴与警醒。当计划经济向市场经济、纸媒阅读向电子阅读转型之际，短篇小说创作再次受到了时代变迁的冲击，有些作品为增加销

① 柯岗. 边寨一年[J]. 文艺月报,1954(3):30.

② 莫伊谢依·法莫伊洛维奇·卡冈. 美学和系统方法[M]. 凌继尧,译. 北京:中国文联出版公司,1985:308.

③ 莫伊谢依·法莫伊洛维奇·卡冈. 美学和系统方法[M]. 凌继尧,译. 北京:中国文联出版公司,1985:313.

售量、点击率，情节结构或惊悚诡异，如鬼怪小说等；或奇闻怪谈，如穿越小说等。阅读这些作品之后，读者在觅奇之余，所获甚少。虽然中华人民共和国成立初期与当下处于不同的时段，但这类短篇小说情节设计的驱动力却有惊人的相似度，它们都被文学之外的力量“绑架”了，这是值得当今某些短篇小说家思索的问题。

第五章　小说的审美特征

小说美感是指某一时代、某一民族、某一地域或某一小说家的小说在思想内容和艺术表达形式上所呈现出的特点的总和。小说的美感根植于作品的内容而表现于作品的形式，是具有相对稳定性的、独特的小说美学风貌，是小说家的创作个性在他的作品中的具体体现。它具体体现在小说家处理素材、提炼主题、塑造人物、安排情节结构和使用语言的特色等方面。中华人民共和国成立初期的华东地区小说在以上方面都不同于20世纪40年代华东地区小说的处理方式，它的整体审美特征出现了一定的变化，体现出明朗、稚拙、幽默以及沉雄悲凉等特征。

第一节　明朗的审美特征

20世纪40年代中后期，华东地区动荡不安，许多小说对社会的阴暗面都进行过暴露性描写，小说呈现出悲愤、忧怨的色彩。中华人民共和国成立后，华东地区的小说日渐转变为明朗的特征。“文变染乎世情，兴废系乎时序”。[①]华东地区小说美感特征的转变贴切地印证了这一论断。

审美特征和小说的风格有一定的关系，威克纳格认为风格是由主观、客观两方面所决定的，他写道：“假如‘风格’一词更为明确地特别规定为语言的表现，那么，我们就可以这样说：风格是语言的表现形态，一部分被表现者的心理特征所决定，一部分则被表现的内容和意图所决定。……我们在前面所提出的定义，倘加以进一步阐述，就可以看出是最为确切的。我们在上述定义中曾说，表现形态一部分被表现者的心理特征所决定，一部分被表现的内容和意图所决定；倘用更简明的话来说，就是风格具有主观的方面和客观的方面。”[②]在威克纳格眼中，影响风格的客观方面是指表现的内容和意图，对于华东地区小说风格的变化，表现的内容和意图发生了改变可谓是主要因素。

一、由暴露到歌颂

表现内容和意图的改变，源自于时代的巨变。此处以上海为例进行阐释。

20世纪40年代末，由于战乱影响，物价飞涨，为钳制舆论，封锁消息，1947

① 刘勰. 文心雕龙义证[M]. 詹锳，义证. 上海：上海古籍出版社，1989：1713.

② 歌德，等. 文学风格论[M]. 王元化，译. 上海：上海译文出版社，1982：17-18.

年10月31日，国民党政府公布《出版法修正草案》，规定报刊等出版物违法，均按《刑法》规定惩处。1947年12月25日，国民党政府公布《戡乱时期危害国家紧急治罪条例》，规定：以文字、图片或演讲为匪徒宣传者，处3年以上7年以下有期徒刑。虽然国民党作此规定，但由于忙于内战，客观上对文学等宣传品的控制已力不从心，文学获得了相对宽松的氛围。这一时期的上海小说以暴露为主。

“从1946年下半年起，特别是1947年间和1948年上半年，上海文学作品的题材，逐渐转向更多表现国民党政府官员的贪污腐败，和国民党政权发动内战给中国人民造成的新的深重苦难。国民党政府各级官员在‘接收’名义下的种种‘劫搜’恶行，国民党政权为发动内战以苛捐杂税鱼肉民众，以强征‘壮丁’造成老百姓的又一次妻离子散、家园荒芜，以及国民党政权内部军政人员对内战的反对等等，成为这阶段上海文学作品的主要题材。悲愤、忧怨和浓重的失望，成为这阶段上海文学作品的情绪基调。”[①]面对现实，上海小说对此进行暴露性描写。就连当时的侦探小说也会在叙事中讽刺社会现实，冷嘲热讽的文字出现在孙了红的作品中。对那些囤积居奇的投机奸商，他也是不遗余力地加以嘲弄挖苦，借小说中人物鲁平之手向“药蛀虫”“米蛀虫”之类的奸商进行“敲诈勒索”，这也都是有感而发的。这些暴露社会黑暗的内容使得孙了红的作品具有一定的社会积极意义。再如巴金的《寒夜》、钱钟书的《围城》等小说也对社会现实进行了暴露。随着中华人民共和国的成立，上海小说的审美特征发生了变化，逐渐由暴露转向歌颂。这种转变深受时代巨变的影响，新时代对小说的表现内容和意图等方面有了新的要求。

上海市军管会文艺处文学室在“接管计划”中明确提出文艺方针为“向解放区文艺学习”。解放区文艺以《在延安文艺座谈会上的讲话》作为方向，提倡歌颂光明面，整体风格呈现出歌颂的特征。毛泽东在《在延安文艺座谈会上的讲话》中提出：“态度问题。随着立场，就发生我们对于各种具体事物所采取的具体态度。譬如说，歌颂呢？还是暴露呢？这就是态度问题。究竟那种态度是我们需要的？我说两种都需要，问题是在对什么人。有三种人，一种是敌人，一种是朋友，还有一种是自己，这就是无产阶级及其先锋队。对于这三种人需要有三种态度。……至于对人民群众，对人民的劳动和斗争，对人民的军队，人民的政党，我们当然应该赞扬。人民也有缺点的，无产阶级中还有许多人保留着小资产阶级的思想，农民与小资产阶级都有落后的思想，这些就是他们在斗争中的负

① 陈青生. 年轮——四十年代后半期的上海文学[M]. 上海：上海人民出版社，2002：21.

担，我们应该长期地耐心地教育他们，帮助他们摆脱其背上的包袱，使他们能够大踏步前进。他们在斗争中已经改造或正在改造自己，我们的文艺应该描写他们的这个改造过程，而不应该只看到片面就去错误地讥笑他们，甚至敌视他们。我们所写的东西，应该是使他们团结，使他们进步，使他们同心同德，向前奋斗，去掉落后的东西，发扬革命的东西，而决不是相反。”①对人民群众的革命斗争，作家要去歌颂它，“只有真正革命的文艺家才能正确地解决歌颂与暴露的问题。一切危害人民群众的黑暗势力必须暴露之，一切人民群众的革命斗争必须歌颂之，这就是革命文艺家的基本任务。”②换言之，解放区的文艺是以歌颂为主要特征的。

随着解放区日益扩大，国统区逐渐缩小，解放区文学的规范也在日渐扩大其影响力。解放区文学作为标杆也在各解放区日渐产生出它们的方向性作用：文艺的作用主要在于歌颂而不在于暴露。1949年7月，中华人民共和国即将成立之际，第一次文代会（中华全国文学艺术工作者第一次代表大会）在北京召开。毛泽东光临会场，发表了简短的欢迎词。周恩来在大会上发言，周扬、郭沫若、茅盾等文艺界领导都作了报告，在报告中他们都鲜明地主张文艺要为政治服务，文艺要为工农兵服务。1953年，周扬在第二次文代会（中国文学艺术界联合会第二次代表大会）上明确提出社会主义现实主义的创作方法。这一创作方法要求文学创作要起到教育和引导人民群众的作用，必须要以正面的新人、新事来积极地引导群众。上海文坛对此做出了积极的响应。冯雪峰、唐弢等人都撰文对上海文学创作给出一定的指导，主张对新时代加以赞颂。要而言之，新的时代要求小说家歌颂新人、新事，而不是暴露社会的不足。

当然，任何政策方针总有一个实施过程。解放区文艺政策对于上海大多数小说家来说都是陌生的。因为上海过去长期处于国民党统治之下，虽然在中华人民共和国成立前，毛泽东文艺思想在上海也有所传播，但毕竟影响范围不广，仅限于进步文学作家之中。譬如，王任叔因为秘密阅读《新民主主义论》的片段而获得宝贵的启示，其主要成果反映在《文学读本》一书的第七章“文学的诸问题”中。又如，毛泽东的《在延安文艺座谈会上的讲话》里的重要内容也从不同渠道流到上海；周建人主编的《新文化》自创刊号起以“重庆航讯”的形式，连载《革命文艺的正确发展》，其实是转载毛泽东《在延安文艺座谈会上的讲话》的内容。但这种影响毕竟都是小范围的，并不是所有的上海作家都了解它。夏衍回忆

① 毛泽东. 在延安文艺座谈会上的讲话[M]. 上海：解放社，1949:3–4.

② 毛泽东. 在延安文艺座谈会上的讲话[M]. 上海：解放社，1949:37–38.

说："地下党干部则只知道延安是革命圣地，连延安文艺座谈会是哪一年开的，毛泽东讲话的主要内容是什么也讲不清楚，……"[①]国统区的作家对解放区的文艺思想是有隔膜的，因为他们面对的是上海的都市社会，突然要他们去写自己不熟悉的农民、士兵等人物，对他们而言，其困难是很巨大的。

因此，中华人民共和国成立初期的上海小说并不是一边倒地呈现出歌颂之风。师陀的《历史无情》就是一个例子，这篇小说并没有像解放区小说那样对新政权、工农兵进行毫无保留的歌颂。相反，小说里一些被压迫的人并不自知，更不能主动积极地反抗。烧烟丫头秋香在残酷的压迫下，性格阴郁扭曲，她不仅不奋起反抗，反而在可能的情况下对被欺侮的人施以要挟和报复。当她无意中发现冯嫂偷主人家东西时，她便对冯嫂语带威胁，当然最后她被同为佣人的冯嫂设计扫地出门。阴差阳错，她做了魏仲达的烧烟丫头，为日本人效劳。当昔日的主人母女落难时，她毫无同情，出言讥讽。在这一类劳动人民的身上读者根本不能感受到革命的力量，教师胡恩反而成了革命的代言人，担任启蒙者的角色。按照当时的文艺方针，秋香、冯嫂等人是被压迫阶级，她们应该是被歌颂的对象，但在师陀的笔下看不到她们的革命性。当然，《历史无情》也不是无视主流意识形态，一意孤行的作品。在小说中，作者对张家父子进行了描写，尽管这种描写显得浮泛。这种过渡期的特征在方纪、路翎等人的小说中都有体现，譬如方纪的《老桑树底下的故事》、路翎的《女工赵梅英》等小说。这令赞美之声总显得有些不太纯粹。

这些是否就能体现出上海作家独立不倚的创作品格呢？事实并非如此，作家们并不全是有意坚持各自的创作特色，很大程度上是因为许多人不知道如何去应对新生政权的要求。有一位老作家向当时上海文艺领导之一的夏衍提出了一个很难回答的问题：除工农兵之外，文艺可不可以为小资产阶级服务？夏衍在《懒寻旧梦录》中回忆说："由于我过去一直在蒋管区工作，写的剧本也都是给小市民看的，所以满不在乎地回答说：'可以'，还拿出一本毛主席《在延安文艺座谈会上的讲话》，指着其中的一段说：毛主席明确地讲，文艺的服务对象有四种人，第一是工人，第二是农民，第三是士兵，'第四是为城市的小资产阶级劳动群众和知识分子'，他不是还说，'他们也是革命的同盟者，他们是能够长期地和我们合作的'吗？这位作家安心了，高兴地说，这样，我就可以写我要写和能写的东西了。"[②]可以说，问题的提出即反映了上海作家靠拢新生政权的努力。事实也是

① 夏衍. 懒寻旧梦录(增补本)[M]. 北京：生活·读书·新知三联书店，2000：437.

② 夏衍. 懒寻旧梦录(增补本)[M]. 北京：生活·读书·新知三联书店，2000：416.

如此，一旦找到切合新政权的创作路径，许多上海小说家会毫不犹豫地走进去。中华人民共和国成立之前，张爱玲的作品风格和解放区文学可谓相去甚远，在她的小说中几乎找不出一丝与解放区小说观念相吻合的影子。然而，中华人民共和国成立初期，孤傲的张爱玲也力求转型。1949年，张爱玲在小报《亦报》上连载长篇小说《十八春》，这篇小说以婚恋为题材，写尽了人生的苍凉。张爱玲在小说中插入了新时代所需要的元素，虽然不是主要内容，但读者仍能感到张爱玲在追随时代的需求。“《十八春》连载时，张爱玲主动靠拢主流话语，但两者之间的对话，方式较为简单，程度较为浅显。原文中，解放前的叔惠、世钧和曼桢政治意识浓厚，政党认同明确。三人在学生时代曾是共产主义者，立志去边区服务，后来叔惠身体力行。张爱玲潜心安插了许多具有政治意味的对话，来呈现解放前叔惠等人的政治意识。这些对话多是些佯装无意实则有心的表态式对话，其中关于‘下乡工作’、‘去边区服务’的对话最富有代表性。张爱玲对这些政治关键词的理解和书写只是停留在词语表层上滑动，并未深入或坐实这些观念，她只是将它们如同标签般插入人物对话中，比如‘从前我们在学校里的时候不都是共产主义者?’‘我们成天嚷嚷着，说要下乡去工作’，‘从前我们三个人都说要去(解放区）的，只有你一个人真去了。’‘将来有机会我一定去。’插入这些只言片语并非出于对话的需要，而意在向读者表白。它们在上下文中并不具有推动作用，处于可有可无的位置，删除它们并不影响对话的展开。这些语句是插入式的，显然是针对一个潜在的听众，即主流话语。文中对话双方都有向这个潜在的听众表态、靠拢的嫌疑。他们意在‘报道’自己的立场而并未深入讨论之。”①《十八春》对主流话语的靠拢，表明了小说家的选择。

随着时间的推移，《文艺报》对上海《文汇报》“小资产阶级讨论”发起批判，加之思想改造，《武训传》批判等运动的发生，中华人民共和国成立前就生活在上海的小说创作者日益清楚应该写什么。有人果断向新政权靠拢，写出歌颂工农兵的小说，如巴金写了《坚强战士》《王文元同志》等作品；有人感到无法融入新生的上海文坛，比如张爱玲、徐訏等人，他们都在中华人民共和国成立初期相继离开上海；有人从此不再创作小说，转而去做文学研究，施蛰存可算这一类的代表，20世纪三四十年代的上海小说中，施蛰存的心理小说可谓独树一帜，但在中华人民共和国成立后，他不再从事小说创作，这也是小说家的一种选择。不管这些小说家的选择如何，真正在中华人民共和国成立初期的小说创作上留下

① 杜英.从《十八春》的修订看解放初期的张爱玲[J].中国现代文学研究丛刊,2006(1):206-207.

印记的大多是第一类人，他们为后人留下了可供研究的作品。正是这些小说家的作品体现出对新政权、对工农兵热情颂扬的歌声。

随着解放军进驻上海，部分解放区的小说家也随之进入上海，随着上海文协、华东作家协会、中国作家协会上海分会的建立，小说家就不仅仅是上海一地的小说家，而应是华东地区的小说家。中华人民共和国成立初期的华东地区小说家包括了上海、安徽、浙江、福建、江苏、山东等地区的小说家，这些小说家一起为文坛高唱颂歌增添力度，周而复、刘知侠、柯蓝、吴强、陈登科等小说家至今仍为人所知。正因为小说创作者的选择，华东地区小说在中华人民共和国成立初期才日益走上歌颂之路，呈现出明朗的色彩。

二、明朗的色彩

除了文艺政策、小说创作者的努力以外，创作对象的改变也使小说美学特征发生转变。作家所要描写的对象是工农兵，工农兵在中华人民共和国成立初期的华东地区小说创作者的笔下已发生变化，他们不再是中华人民共和国成立前许多小说中描写的那样，是被启蒙的对象；他们不再是闰土、祥林嫂式的人物，时代要求作家不能对他们报以“哀其不幸，怒其不争”的愤激心态。作家应该深入他们的生活，主动了解他们，主动表现他们，更要讴歌他们的先进事迹。以群在《表现新事物》中写道：“发见新事物，表现新事物却是今天进步作家的主要任务。不能掌握这任务，就不可能完成最有价值的表现时代真实的作品。”①臼木认为，“描写成长和发展中的新人物，创造新人物的英雄形象，已被今日的文艺工作者逐渐重视了起来，这是完全必要和应该的。”②小说要通过树立新的时代典型人物来帮助教育广大人民群众，让后进人物从时代新人身上感受到上进的力量。这些新人产生的现实基础在于他们获得了解放，他们无不洋溢着乐观积极的风貌，无比热忱地感谢共产党，感谢毛主席。这些感激之情有的直接借主人公之口表达出来，有的借作品的叙述语言表达出来，小说呈现出明朗的特色。

小说呈现出明朗的特色，这有赖于代际更迭、小说创作观念的转变、小说写人叙事的转型。除此之外，作品中运用的叙事方法也起到了必不可少的作用。

作品运用对比的手法，通过先进与落后、奴隶和主人、革命与反革命等方面的矛盾冲突，对代表先进力量的人物进行礼赞。《淮河边上的儿女》描写了以李振刚为代表的先进力量和以严锡侯为代表的反动势力的斗争的过程，最终翻身做主人的劳苦大众击败反革命势力。《老桑树底下的故事》叙述了赵大山带领贫苦

① 以群. 表现新事物[J]. 小说,1949,3(2):44.

② 臼木. 描写成长和发展中的新人物[J]. 小说,1950,4(2):87.

农民和地主黑恶势力的斗争过程。这些作品高度弘扬了农民不屈不挠的斗争力量。李振刚、赵大山等人体现出一种大公无私、立场鲜明的特征；敌对势力严锡侯、何恩元则阴险毒辣、自私自利，两方面人物对比鲜明。

对比的手法写出了代表社会进步的阶级是合乎历史潮流的，而敌对势力则应被扫进历史的垃圾堆。这种对比手法使作品刻意丑化阶级敌人，美化无产阶级代表。小说从开头到结尾，人物的性格几乎是不变的，这导致人物性格没有任何发展。不仅如此，在使用鲜明对比手法的小说中，人物品行是黑白分明的，没有中间地带。革命力量化身的人物品行优良，长相出众。譬如，赵大山出场时，“你看，从雪地里远远跑来一个青年。看样子不过十七八岁，穿一身黑粗布棉衣，胳膊肘上露絮子，头上戴顶古铜色的旧毡帽，两个帽耳朵一掮一掮的。高个子，宽肩膀，两手一甩一晃大步跑着。走近了，可以看出他的黑红脸膛，粗眉大眼，高鼻梁，宽嘴巴，跑得满头大汗，嘴里喷着白气”①；反革命分子不仅品行低劣，常常连外表也猥琐不堪。《淮河边上的儿女》里的反面人物吉二花子被描写成泼妇式的粗野女人，“西庄吉二花子来了，人人都叫她‘活妖精’的，她头上梳的油光光，滑得苍蝇都停不住，浑身花闹闹的，挤到人空子里，抱住她的膀子，假惺惺的摸摸李二嫂怀里小虎子的脸，水红的手帕，不住的在眼上擦来擦去，把鼻子翘起来……”②。人物的复杂性在这里已经被净化，正面人物被英雄化，反面人物被妖魔化，人物性格鲜明之余，也失掉了人之为人的特性，带有很强的传奇色彩，缺少了必要的地气，小说艺术真实性受到挑战，影响了接受主体的认可度。这种特征在表现敌我矛盾的小说中表现得尤为明显。

在运用对比手法时，小说家有时用反衬，也就是用反面人物烘托出正面人物的高大英勇。有时用正面对比的方法，用正面人物来烘托出另一个正面人物的某一方面的优点。《铁道游击队》中就是用刘洪的冲动来烘托李正的冷静，用鲁汉的急躁、莽撞来烘托林忠的冷静、细致，人物性格能这样鲜明，人物的对比起到了一定的作用。对先进人物而言，其鲜明的性格都是为人所称道的品格。在正反对比、正面烘托中凸显人物的优良特征，小说明朗的色彩得到进一步加强。

小说家不仅运用人物对比，在行文中他们还喜欢将过去和现在进行对比。他们在创作时会将主人公在新旧社会的不同生活状态两相比较，得出新社会无比美好的结论。小说家有时先写人物的幸福现状，接着倒叙人物在旧社会牛马不如的生活，通过人物在新旧社会的不同生活状态的对比达到歌颂新生活的目的。例

① 方纪. 老桑树底下的故事[J]. 小说,1949,3(3):112.

② 陈登科. 淮河边上的儿女[M]. 南京:江苏人民出版社,1979:6.

如，《新的生活在等着》写上海育婴堂的变化，“在一块空地上。现在是已经长满碧绿的小草，也栽种了鲜花了。但是记忆使你想起了过去。以前的这块空地，是一片荒野的乱石和瓦砾。”[①]这些对比手法的运用有利于作者表达自己对新社会的赞美之情，对于小说富有明朗的色彩无疑起到了一定的作用。

在运用对比手法的同时，华东地区的小说创作者还比较乐于使用象征手法进行创作。象征手法在小说中的运用主要在于以自然景象来预示光明的未来。《搬家》塑造了一位自私顽固的张老头形象，张老头不听身为副乡长的儿子赵立法的工作安排，在山洪冲垮房屋前，不愿意将家搬到安全的地方，最后，山洪将他和何老头围住，在乡长王文照和儿子的帮助下脱离险境。小说结尾富含象征意味，“这时候，天开始晴朗了。白云压过山顶，早晨的阳光通过层层的云，赶走了雾，金光灿烂的，洒在水面上。迎着雨后的日出，小船平稳的朝张老头的新家摇去。”[②]雨过天晴含蓄地象征了张老头新生活的开始。新政权的建立使得这些美好的生活成为可能，对新世界的颂扬之情在象征手法中得以体现。

象征句大多出现在短篇小说的结尾，一方面它能使小说意味无穷，让小说的时空限制被打破，增加小说的容量，同时也让读者立足在小说的时空结束处继续想象小说情节的未来走向。斯民的《风雨》充分体现了这一特色。“风雨”在小说中已不再是自然现象，它们象征了落后的思想。老周和老绵羊的矛盾由来已久，老周工作态度粗暴，老绵羊不服老周领导，在工会主席陈富林的帮助下，老绵羊积极上进地投入了工作。老周想改掉自己的缺点，想去找老绵羊谈心，但又犹豫不决，小说写道：“他开了门，风雨向他迎面打来，堵住门和他斗争。他毫不畏缩，只是拉了拉领口，就跨出门来。风雨仿佛在弄里、在巷口埋伏着，竭力想擒住他，把他带走。但他已经更镇定地、以反扑的姿态向老绵羊家走来。”[③]最后，老周和老绵羊在风雨之夜的护厂行动中化解了隔阂。小说结尾为：“风再也吹不倒他们了，雨，再也浸不到他们的心窝里去了。”[④]老周和老绵羊未来的生活在小说中并没有描写，但象征性结尾给读者留下了想象空间。在长篇小说中，小说家常根据需要使用象征手法，以增加作品的艺术感染力。周而复的《燕宿崖》、方纪的《老桑树底下的故事》、陈登科的《淮河边上的儿女》、刘知侠的《铁道游击队》、郑秀章的《海上英雄传》等小说中都运用了象征手法。这种手法

---

① 木可.新的生活在等着[J].文艺杂志,1954(10):24.

② 晓鹰.搬家[J].文艺月报,1955(2):41.

③ 斯民.风雨[J].文艺月报,1954(5):9.

④ 斯民.风雨[J].文艺月报,1954(5):13.

能带动读者的情绪，增强作品的艺术感染力。

小说家使用象征手法时，选用的词汇是有讲究的。他们会用太阳、云霞等给人以温暖感的词汇，会用红色、金色等暖色调的色彩，来象征美好的未来，人们读了作品后会感到欢愉、喜庆，比如上文中提到的《搬家》的结尾就是如此。在描写苦大仇深的佃户、贫雇农深受压迫时，小说常常会出现黑夜、冬天、雪天、寒风等词汇，以此象征黑恶势力的猖獗，反映人民的疾苦，凸显被压迫者饥寒交迫、苦大仇深的现实困境。随着情节发展，革命力量救民众于水火，此时人民欢欣鼓舞。因此，前面象征的语句越是阴冷、凄惨，越能表现出后面人物翻身做主人的那份扬眉吐气之情，从中也就更能反映出小说对新生力量的赞美之情。在这点上，《淮河边上的儿女》可算是代表之一。当革命陷于低谷，反革命势力为了逼迫穷苦百姓说出李振刚的下落，他们把无辜的百姓赶入冰冷刺骨的河水中。在马厂打败严锡侯之后，作者选用了天亮、太阳、云彩、红旗、金亮、通红等词汇表达了对革命力量的赞美之情，小说体现出明朗的色彩。

象征在作品中常常和环境描写联系在一起。环境描写可以体现时代风貌，也可以推动情节发展、刻画人物性格，等等。就象征手法来看，小说中的环境描写主要作用在于暗示社会氛围、烘托人物的性格，比如《老桑树底下的故事》里的雪景描写，对于剥削者的残酷起到了象征作用，同时也烘托出革命者勇于反抗压迫、不畏艰难险阻的品格。这些环境描写富含象征意味，小说创作者以有限之言表达了无穷赞美之意。

小说中象征手法的运用可以说是化用了传统诗歌的表现手法，将意象、意境引入小说，这平添了小说的诗意，增强了小说的美感。象征可以看成是中国古代白话小说在当代小说中的一个延续。由此小说的抒情意味有所增强，小说创作者在颂扬新生力量时又找到了一个语言依托的路径，小说显示出明朗的审美特征。

第二节　稚拙的审美特征

由梁启超主张的“小说界革命”到1917年开始的“文学革命”及至今日，近现代小说的发展已历经一个世纪有余，从内容到形式，都有了长足的进步。从“为人生”小说、“为艺术”小说、社会剖析派小说，到新浪漫主义小说、新感觉派小说，还有鸳鸯蝴蝶派小说、武侠小说、公案小说、市民小说等，不一而足。中华人民共和国成立前，中国现代小说无论从内容还是从写法上都显示出日渐成熟的趋势。

20世纪40年代，许多作家的代表作已经出炉。例如，巴金的《寒夜》、张爱玲的《金锁记》、钱钟书的《围城》、师陀的《果园城记》等。不管在形式上，还是内容上，他们的小说都自成风格，老到成熟，为现代文坛贡献了一批成功的人物形象：汪文宣、曾树生、曹七巧、方鸿渐等。

中华人民共和国成立后，华东地区的小说日渐丧失了已成形的风格。巴金、张爱玲等人都在创作，但都没有达到之前的高度。巴金只写了一些短篇小说，其整体格调也已不再是《寒夜》式的老到成熟。中华人民共和国成立初期华东地区的小说呈现出一种稚拙之美。

小说的稚拙是指小说在思想内容和艺术表达形式上所呈现出稚嫩不成熟的特点，主要通过人物的塑造方式、故事情节的设计安排等方面反映出来。它受时代背景、描写内容、描写方式等因素制约。

一、人物形象的塑造方式

小说创作者在中华人民共和国成立后的创作表现经常让读者感到他们的艺术思维方式在日渐孩童化。他们笔下的人物经常像儿童眼中的人物一样，只分为好、坏两种，在儿童理解能力范围之内，他们无力体会人的复杂性，成年人常把这种评判人的方法看成是一种稚气的表现。身为小说创作者，他们应该有洞察复杂人性的本领，而不应该用简单的眼光看待人事，更何况人性本来就是复杂多变的。在小说中，他们笔下的人物时常是两极对立的，非好即坏，不存在中间状态，尤其在涉及阶级斗争题材时，阶级敌人大多穷凶极恶，革命群众皆真理在握。比如陈登科的《活人塘》和《淮河边上的儿女》、柯蓝的《不死的王孝和》、郑秀章的《海上英雄传》、方纪的《老桑树底下的故事》、刘知侠的《铁道游击队》、周而复的《上海的早晨》等长篇小说都是这样来刻画人物的。

在塑造人物的方法上，小说创作者也显得比较稚拙。小说创作者擅长运用动作描写、语言描写和外貌描写，心理描写相对有些弱化。他们在使用动作描写时，常常用叙述者的口吻进行描述，常会用有力度的词描写人物，以显示正面人物的大义凛然，反面人物的飞扬跋扈。《暗害》中写了田雨雨和赵锡因为田中中是否是富农、能否开除出社的问题而吵架，“赵锡一听这话，脸上严肃起来了，可他还是坚决的说：‘雨雨，他就是个富农，我也不赞成把他开除出社。’田雨雨放下碗站了起来，正对着赵锡的脸说：‘我想到首先来反对的就是你，因为你被他的酒肉灌迷糊啦。你是一个党员，你是一个副社长，你站在党的立场上想一想吧！’”[①]上述文中没有心理描写，其中动作描写“正对着”表现出田雨雨为了集体利益绝不后退的决心，显示出田雨雨一心为公的优良品质，小说塑造人物的方法简单明了，显出稚拙的美感特征。

另外，人物的语言描写也显得类型化，尤其对新人、反面人物的描写更能反映出这个特点。人物语言直白，没有太多回味的余地，诉求明白，喜怒哀乐溢于言表，心口如一，这就使人物一览无遗。语言的表现力尽管是有限的，但小说创作者应该尽可能挖掘语言的内涵，通过对话表现出人物深邃的内心世界。以孩童式直白的话语来表达人物丰富幽微的内心世界，这显然是难以成功的，它剔除了话语世界诸多言外之意。小说创作者如果想以直白的对话来塑造人物，人物通常会被平面化，缺少丰富的内涵。比如《东去列车》这篇小说，赵凤英和周一杰正在谈恋爱，两个人因为对工作的不同看法闹别扭，赵凤英提出分手，周一杰询问原因，赵凤英讲“你不配”，作者接着描写道：“周一杰的脸霎时变成了苍白，双手微微地颤抖起来，默默地看着赵凤英，忽然把拳头往桌子上一擂，大声地说：‘你怎么敢说这样的话？’‘为什么不敢？’凤英冷笑一声道。‘这还是好的哩。’‘不要讲这些，’周一杰激动地说。‘你只回答我：我有什么对不起你的地方？’‘对不起我是小事，’凤英一字一句地说。‘更重要的是你对不起人民，对不起党。’”[②]两个人的对话就像敌我双方你死我活的斗争，读者只能看到他们的愤怒，不能看到恋人分手之际的情感世界。直白的、大而化之的语言限制了对人物复杂性的刻画。

另外，小说对人物进行外貌描写时，人物的外貌时常是由人物的阶级性决定的，反革命分子的外貌是猥琐丑陋的，革命新人则俊眉朗目，这种人物的外貌描写手法接近于以貌取人的看相术。小说家在对人物进行外貌描写时通常使用这种方法，没出现过卡西姆多式抑或弗比斯式的人物，这种脸谱化的外貌描写方法，只能使小说日趋呈现出稚拙的风格。小说这一体裁是最有利于叙述世态万相的，但小说稚拙的笔法限制了这一优势的有力发挥。

二、情节的人为化痕迹

除了人物形象，小说创作者在情节设计方面也显示出稚拙的特色：对于推动小说情节发展的环节人为化痕迹太过严重。有些环节甚至根本不能担当推动情节发展的重任，以致小说出现情节漏洞。就像童话故事，一旦按常理推敲，不合逻辑的一面就会凸显无疑。董伯超在《牛》中叙述了一个有关牛的故事，地主要借

---

① 杨润身. 暗害[J]. 文艺月报,1955(9):26.

② 峻青. 东去列车[J]. 文艺月报,1954(9):14.

杀害铁生家的耕牛破坏农业生产。刚开始，大家都不知道耕牛生病的原因，远近出名的老兽医施山也医不好耕牛的病，就在大家一筹莫展之时，耕牛的病因终于找到了。作者在此处是这样设计情节的："三元坐着不动，他一口吞个鞋帮——肚里有底，等铁生说完，他慢慢的说：'将才我打李庄回来，听见咱村曩，我从南拐过来，将走到芦炕沿，听见有人小声的说笑……'小萍急着抢插了一句：'说笑啥？''我放低了脚步听了听，一个喘着气说："打起来了，"那一个也冷笑了一下："叫他们窝里烂了就好下手，明天叫五他妈（马步飞的三太太）再给张毛家上上劲，那小子心里没底，脾气躁，一冲就上，不怕弄不烂，越烂越好，那时不怕区里不改选这一群黄嘴娃子！"'"[①]为了使小说情节顺利地发展下去，作者使用"碰巧听到"这个巧合来为故事情节的发展提供动力，这使小说情节显得稚拙。艾明之的《领班陆万古》发表在1949年第3卷第2期《小说》月刊上，描写了陆万古师傅的争强好胜。推动故事情节发展的关键是他"爱面子"，深层次的心理因素没有涉及，外界环境都随着主人公的好恶而定。因此，当人物需要转变时，小说家就设计他碰巧烫伤的情节，让军事联络员有机会感化陆万古，这导致小说情节出现明显的人为痕迹。再如《铁道游击队》，小说开篇时大伙都很贫穷，生活困苦不堪。等到革命需要，老洪发动几个人扒了一次火车，卖掉偷来的日军物资后开起了煤店，开店之举显得轻而易举，读者在此会产生疑问：既然煤店这么容易就能开起来，老洪他们以前为什么没这么做，让大家生活得好一些？这显然是情节安排造成的疑问。立高的《入党》发表在1950年第4卷第1期的《小说》月刊上，刘来子一开始就有思想问题，但班长不做他的思想工作，一直等到刘来子出问题后，班长才来和刘来子谈心，这显然是人为生硬编造的故事情节。因为小说创作者不重视小说情节自身发展的逻辑，这类小说的情节设计显得不太自然，显出稚拙的特色。

三、语言的感情色彩

小说稚拙的美感特征还受到带有感情色彩的词语的影响。小说用爱憎分明的词语表达强烈的情感和鲜明的立场。相对于对同志的爱戴，对敌人憎恨的词语用得比较频繁。

小说经常把敌人比成动物，表达出对敌人的厌恶之情。狗、豺狼、驴子、蝗虫、苍蝇、乌鸦、猪、猴子、老鼠、狗熊等都曾被用来比喻阶级敌人。

在小说中，狗常被用来指称敌人。例如（着重号为笔者所加）：

---

① 董伯超. 牛[J]. 小说,1950,4(5):48.

（1）“新河集一条吃人的狗——孙在涛，他害死我家男人，霸占去我家的田地、房屋十三年，共产党帮我夺回来，仇还未报，他又要回来，我一家的命，还有吗？……”[①]

（2）“……孙在涛这班恶狗跟回来，那罪比死还难挨啊！”[②]

（3）“孙在涛是黑心狗，大嘴狼，吃人无厌的……”[③]

（4）屋后边一条小沟里，冒上一个戴大帽子的黄狗，肩上扛着一把大铁锹，……[④]

（5）金洪生像落水狗似的从水里爬上来，活抖抖的上牙打着下牙跪在大家面前哀求说：“大爷，大爹爹，饶俺这条老狗命吧……俺不再胡说了……”[⑤]

（6）有的区乡，虽曾经过一次民主反霸，可是不很彻底，地主恶霸的气焰没有完全打下去，谣言很多，地主的狗腿子和亲族乘机混进了革命组织。[⑥]

（1）（2）（3）中的“狗”，都是运用比喻写出了敌人的凶残。（4）（5）中的“狗”是对敌人的称呼，写出了老百姓对他们的厌恶。（5）中的“落水狗”体现了地主金洪生嚣张气焰被打压后的狼狈相，“老狗命”表现了金洪生见风使舵的狡猾性格。（6）中的“狗腿子”是对地主阶级帮凶的蔑称，体现出老百姓对他们的不屑。

除了狗之外，还用猪、狼、狗熊等动物来比喻阶级敌人，表达老百姓对他们的仇恨。例如（着重号为笔者所加）：

（1）张老二过去是杨家庄数一数二的地主。……他老婆又白又胖，懒猪似的盘卧在炕上，……[⑦]

（2）正在这时，外边涌过来几个凶头凶脑的蒋匪，带头的脸像猪血似的，嘴唇朝上翘着，两只黄眼珠子瞪着，捧着枪朝老娘吆喝道：“唔，你家有匪军不，快说。”[⑧]

（3）张灵甫重重地放下话筒，脸象一块紫猪肝那样难看。[⑨]

（4）后面一个大胖子，抬起脚上皮鞋，踩住他的肩背，如狗熊一样哇哇地叫

① 陈登科. 活人塘[M]. 3版. 北京：人民文学出版社，1979:7.
② 陈登科. 活人塘[M]. 3版. 北京：人民文学出版社，1979:8.
③ 陈登科. 活人塘[M]. 3版. 北京：人民文学出版社，1979:9.
④ 陈登科. 活人塘[M]. 3版. 北京：人民文学出版社，1979:30–31.
⑤ 刘溪. 大地回春[M]. 上海：新文艺出版社，1952:11.
⑥ 陈学昭. 土地[M]. 北京：人民文学出版社，1953:3.
⑦ 杨润身. 犍子娘告状[J]. 文艺月报，1953(4):46.
⑧ 刘溪. 大地回春[M]. 上海：新文艺出版社，1952:23.
⑨ 吴强. 红日[M]. 太原：北岳文艺出版社，2001:389.

起来……两个兽军，捺下屁股，气噗噗地提起他被打伤的血淋淋的腿，把他拖向新河集南圩门去。[①]

（5）这两个凶狼一样的蒋匪军，……[②]

（6）严锡侯那驴屌子脸，连血丝子也没得了，急的在台上双脚直跺："把家伙抬上来！"[③]

（7）吉二花子，本来是庄上的"死妖精"，现在更成个"活妖怪"了。跟严锡侯跑了一趟南京，把头发烫成个翻毛鸡子，说是"港式"头，额门顶上结下一球子，蜷蜷曲曲的，象绵羊尾巴一样搭在脑门上。嘴上涂得比鸡腚还难看，多远就叫人作呕的。[④]

（8）张国臣临走的时候，猴毛扯的长长的，老鼠眼忽溜忽溜瞧着粮圈："那我今夜里就来弄……嗳，想不到我张国臣今生借利账，我走了。"[⑤]

（1）（2）（3）中用"猪"来比喻敌人，但侧重点不一样，（1）中的"懒猪"刻画出地主的懒惰，剥削人的本质。（2）中的"猪血"写出蒋匪红光满面，和后面的"嘴唇朝上翘着，两只黄眼珠子瞪着"一起组成一幅肖像漫画，突出蒋匪丑陋的面目。（3）中的"紫猪肝"写出张灵甫即将战败之时气急败坏的样子。接下来的"狗熊""凶狼""驴屌子""翻毛鸡子""乌鸦""猴毛""老鼠眼"等分别写出敌人的笨拙、凶残、招摇、狡猾的特性，体现了老百姓对他们的痛恨之情。

小说在描写人物外貌时，词语情感鲜明、淳朴直率，对同志热情赞美，对敌人无情批判。例如（着重号为笔者所加）：

（1）区委书记颜景华是一个大高汉子，平顶头，大眼睛，他那长方形的黑紫脸，总是挂着笑容，当他最烦躁的时候，就把头上帽子抓下来，在腿上掼掼，但脸上还是在笑。他穿一身老蓝布棉袄裤，老是干干净净的，他的盒子枪，从来不挂在外面，老是挂在衣服里边，他又是县委的委员，县里发他一件黑洋布长袍子，他到乡里去检查工作从来不穿的，只有在家才披披。[⑥]

（2）老大娘掀开一个冬天用的厚门帘，把他们让到暗暗的里间屋去了。在一阵紧紧的握手中，老洪才清楚的看到这人不是老人，而是青年，一双微向上挑的细长眼睛，在亲热的望着他，微黄的脸上浮着一种富有毅力的表情，这是老洪过

① 陈登科．活人塘[M]．3版．北京：人民文学出版社，1979：28.
② 陈登科．活人塘[M]．3版．北京：人民文学出版社，1979：29.
③ 陈登科．淮河边上的儿女[M]．南京：江苏人民出版社，1979：91.
④ 陈登科．淮河边上的儿女[M]．南京：江苏人民出版社，1979：157.
⑤ 阿红．长命与清明[M]．上海：新文艺出版社，1952：79.
⑥ 陈登科．淮河边上的儿女[M]．南京：江苏人民出版社，1979：14.

去在山里部队上，常看到的政治工作人员脸上所惯有的那种表情，亲热而严肃。[①]

(3) 他（张灵甫——笔者注）的身材魁梧，生一副大长方脸，嘴巴阔大，肌肤呈着紫檀色。因为是和尚头，有点秃顶，脑袋显得特别大，眼珠发着绿里带黄的颜色，放射着使他的部属不寒而栗的凶光。从他的全身、全相综合起来看，使人觉得他是个骄纵凶悍、愚笨却又奸险又会装腔作势的人。[②]

(4) 他轻轻地摇了摇肥大而沉重的脑袋。[③]

(5) 他把他的肥大的黑手连连地翻了几次，……[④]

(6) 这来的是张广兴的老婆，挺着大肚子，脸上油光水气的，眯缝着小眼，呲着黄牙板，一副讨人嫌的样子。[⑤]

上述例子非常清楚地体现了作者的爱憎情感，(1)(2) 中的加点字都是褒义词，人物的外貌显得周正出挑，写出了革命同志的热情开朗、坚毅勇敢的性格特征。(3)(4)(5)(6) 中的加点字描写了敌人丑陋无比、不堪入目的外貌长相，显示出这些人的恶劣品行。在这种情感鲜明的描写中，人物缺少复杂性，单一扁平，小说呈现出稚拙的特色。

有些词语直接表情达意，不用任何修辞手法，态度、立场非常鲜明。例如（着重号为笔者所加）：

(1) 在苏北农村，提到"蒋委员长"，农民并不知道，一谈起蒋秃头，人人都可说上好几套，……[⑥]

(2) 他的父亲原是个无恶不作的大恶霸，……[⑦]

(3)"问我为啥做保长么？告诉侬，是我自家，是我格内眷，是那班股户，还有乡长阎罗王，顶重要是那个白无常，是伊害了我。……"[⑧]

(4) 长虹穿条黑布裤头子，光着上身，赤着脚，带八个人八支长枪，埋伏在小贾庄面前横沟里，一见百十个保安队，弯下腰，漫田踏荒，直向西跑，跳上沟喊："打哟，狗杂种，跑啦！"一个丁字步跪下，端起枪，砰砰两枪，把胸口一

① 刘知侠. 铁道游击队[M]. 太原：北岳文艺出版社，2001：62.
② 吴强. 红日[M]. 太原：北岳文艺出版社，2001：371-372.
③ 吴强. 红日[M]. 太原：北岳文艺出版社，2001：376.
④ 吴强. 红日[M]. 太原：北岳文艺出版社，2001：377.
⑤ 阿红. 长命与清明[M]. 上海：新文艺出版社，1952：85.
⑥ 陈登科. 活人塘[M]. 3版. 北京：人民文学出版社，1979：2.
⑦ 陈登科. 活人塘[M]. 3版. 北京：人民文学出版社，1979：3.
⑧ 魏金枝. 活路[J]. 小说，1949，3(2)：67.

拍，招呼着大家，冲上去，拦头截住。①

（5）“高胖子真是活吃人的豺狼呀！”②

（6）有的区乡，虽曾经过一次民主反霸，可是不很彻底，地主恶霸的气焰没有完全打下去，谣言很多，地主的狗腿子和亲族乘机混进了革命组织。③

（7）……小龙说：“爸，昨天王班长和我谈，就是这事，这跟刮民党不同，解放军说一是一，说二是二，船钱照付的。”④

上述词语的感情色彩非常鲜明，人物的特征也因此被定性，浅显易于感知，缺少丰富的内涵，叙述手法简单，显出一定的稚气。

四、创作主体的局限

中华人民共和国成立后，虽然有些小说家不再从事文学创作，但仍有许多小说家笔耕不辍。譬如，巴金在中华人民共和国成立前就已创作出《寒夜》这样的经典作品，中华人民共和国成立后，历经时代的沧桑巨变，他应该能在小说创作上迈上一个更高的台阶，事实却不尽然。他的小说创作同样也显示出一定程度的稚拙特色。1953年第1期的《文艺月报》发表的《坚强战士》即是如此，罗洛、欧阳文彬分别在《文艺月报》座谈会上对这篇小说提出过批评。同年发表的《黄文元同志》也是这样，其情节设计毫无吸引力，读者看了开头就可能预知结尾。许多作家无法跟上时代，只能勉为其难。他们对工农兵生活并不熟悉，不了解工农兵的生活方式、思维习惯、语言特色等内容，只能进行浮泛的描写，这种学步式的创作状态导致了小说稚拙的特色。

中华人民共和国成立初期，许多小说家对工农兵题材、人物等方面不太熟悉。尽管政府部门不断提倡作家要深入生活，体验工农兵的情感，但在短时间里，小说家不可能真正熟悉工农兵的内心世界、处事逻辑。如果此时有关部门能给作家一个从容的创作环境，不给他们摊派创作任务，小说家在水到渠成的情况下，也有可能创作出优秀的作品，但是当时情况恰好相反，有关部门不断催促小说家要根据时代需要创作作品，小说家也要填写创作计划，表明自己在规定的时间内要完成多少作品，多少字数。小说必须描写工农兵，歌颂工农兵，不能丑化、低估他们，要体现出他们是新生力量的代表，这是立场问题。为了表明自己鲜明的阶级立场，作品应该歌颂工农兵，批判落后分子，等等。这些限制使得不

① 陈登科.淮河边上的儿女[M].南京:江苏人民出版社,1979:231.

② 刘知侠.铁道游击队[M].太原:北岳文艺出版社,2001:271.

③ 陈学昭.土地[M].北京:人民文学出版社,1953:3.

④ 郑秀章.海上英雄传[M].上海:劳动出版社,1951:8.

熟悉工农兵生活的小说家只能用生硬的情节编写小说，小说整体上体现出稚拙的特色。

当然，这也和新出现的工农兵小说家有一定的关系。中华人民共和国成立后，由于政府号召，华东文坛着力培养工农兵作者。工农兵中的文学爱好者在老作家、老编辑的帮助下，有的开始创作小说。他们和部分老作家刚好相反，他们或者有工厂，或者有农村，或者有部队的生活经历，更有人是兼而有之，但是缺乏必备的文字表达能力。魏金枝说过："他们都生长在解放以前，他们的青少年是在食不能饱、衣不能暖的旧时代里度过的。他们里面，绝大部分都没有受完小学的教育，有的只读了两、三年的书，多的也不过四、五年而已。……所以当临近解放时，他们大多都还处于文盲和半文盲的状态之下，因为他们已经把早先学到的少得可怜的一点文化，也几乎完全荒废了。然而正在这时，中国解放了，他们都在共产党和人民政府的领导下翻了身，成为国家民族的主人，这才使他们有机会在工余之暇，学习一点文化，也才有机会倾诉一下自己过去的苦难，表达一下自己将来的抱负。于是他们就在工人群众的怂恿、《劳动报》和人民电台记者们的引导下，颤巍巍地拙笨地举起笔来，来抒写工厂的变化，以及工人群众在生活和精神上的变化。"[①]魏金枝接着写道："他们在写作上会遇到许多困难。生字太多，语法不熟，首先就拦住了他们的去路；至于怎样写，怎样才能写得生动，那就更加摸不到边沿了。然而他们还是写了，写个三四百字的短短的通讯，只写一个人，或者写一件事。虽然文稿上还有好些错别字，甚至连字音也写不出，只好留着空白，让编辑先生去代为填上。"[②]这一类作家的小说不仅在人物塑造、故事情节编排上显得幼稚，而且小说的语言也是这样。他们常用短句，少修辞，实录成分增多。比如在上海红青工人文学创作竞赛中得二等奖的小说《老潘脑筋给汽油汰过了》，人物描写、情节构成、语言应用等方面都显得稚拙，小说将老潘的转变和捉特务小周搅在一起，人物的心理描写不够细致，人物刻画浮于表面。再如另一篇获奖小说《史文良立功》同样也是如此。

华东地区小说稚拙的美感特征源于时代的巨变。虽然它使小说显得青涩，但它为小说增添了一道独特的风景，这在以往的小说中是不太能遇到的，这也是处于时代转折点上华东地区小说的收获之一了。

小说的稚拙之美是指人物情感爱憎分明，立场坚定，以单纯、明朗的眼光观察世界，人物塑造非白即黑，情节设计单线巧合。由此，小说呈现出简单青涩的

① 魏金枝. 编余丛谈[M]. 北京：作家出版社，1962：202-203.

② 魏金枝. 编余丛谈[M]. 北京：作家出版社，1962：203.

特点，它受时代背景、人物刻画、情节安排、创作主体、语言运用等多方面的影响。钱理群先生在一篇序言中曾简约地论及这个问题，他认为，“无论是对党的歌颂，还是对党之‘礼’的服膺，对当年的工人作家来说，都是从自身的经历与成长中引发出的自然选择，是所谓‘朴素的阶级感情’。因此，我们今天重读他们那时所唱的颂歌，在感慨其幼稚与简单时，又不能不被其中的真诚、清纯之气所感动：那样的共和国幼年时代的文学，是再也不可能重复了。”①钱理群先生的言论并非言过其实，留存下来的中华人民共和国成立初期的小说就是有力的证明。然而，它们已有被人遗忘的危险，这些小说文本大多已经纸质发黄，静静地立在图书馆的书架上，不太被研究者关注。稚拙之美因此难以得人鉴赏，这也是颇为无奈的事情了。

第三节　幽默的审美特征

中华人民共和国成立初期，小说富有一定的幽默色彩。这和中国广大老百姓的行事方式、表达形式有极大的关系。

一、幽默的表达方式

幽默有许多种表达方式，中华人民共和国成立初期华东地区小说中主要运用小题大做、出乎人物意料、以性开玩笑、正词反用、以牙还牙、善意的谎言、情境反差、外貌和动作描写、避重就轻、反常现象等方式来体现幽默的审美特征。

小题大做是表达幽默的方法之一。小说人物自认为自己的事情非常重要，急切地找人解决这个问题，他找的人有更重要的事情要办，急于脱身，但是他还在絮絮叨叨强调他的事情的重要性。事实上，读者一目了然，他的事情并不重要，他越是发自内心强调事情的重要，读者越是觉得滑稽，幽默感便随之而生。再加上急迫的语言神态、被他视为救命稻草的人的无可奈何的情状，幽默的意味就更加浓厚了。周金榜是“翘嘴巴奶奶”找到的能帮她解决问题的人，周金榜是个复员荣誉军人，一身兼任着好几个职务：乡调解员、公安员、民兵队军事教员。最近民兵队长到县里受训，他又临时代管民兵队的工作，事多人忙，天天要出席会议。某天，他刚从乡里回来，扛了把铁锹准备下地放水，半路上被来宝截住，他铁锹没落地就到来宝家调解家庭纠纷，足足劝说了三个钟头，才算把来宝老婆劝起床。来宝老婆是因为吃醋整来宝卧床不起的。周金榜劝好来宝老婆，接着就遇

① 谢保杰. 主体、想象与表达——1949—1966年工农兵写作的历史考察[M]. 北京：北京大学出版社，2015：3.

到了“翘嘴巴奶奶”拦路告状，“拦路告状”的案子应该是很大的事情，然而并不如此。“翘嘴巴奶奶”的绰号已经具有了些许的幽默风味，与“拦路告状”并不等称的案子更增加了作品的幽默感，原来翘嘴巴奶奶家在河边上丢了一只鸭子，读到此处不禁令人莞尔。至此，事情还没完结，身为公安员，周金榜只好从头到尾听老奶奶把失鸭经过讲了一遍，读者可以想象出老奶奶认真叙述的情态，在她看来天大的事，在周金榜负责的事务中显得不值一提，在紧张激烈的阶级斗争时刻，老奶奶只关注自家的鸭子，而且显得煞有介事，人物滑稽可爱的特质尽显无遗，更为风趣的是，周金榜把那鸭子的特征、鸭毛的颜色问清楚，答应明天替她找鸭，才把她打发走。如果周金榜不问她，不答应她帮忙找鸭子，老奶奶就可能不放周金榜离开。翘嘴巴奶奶将小事情过分夸大的言行，显得滑稽可笑，小说也有了一股幽默之风。

小说通过描写出乎人物意料的事情展现人物的手足无措，显示出幽默的特征。农民王大宏不愿加入农业生产合作社，想入社的儿子王冬生和他闹别扭，吵了一架，王大宏心中憋闷，就到很久没有走动的已出嫁的女儿家散心。偏巧这一天是小外孙阿明的周岁，事情出乎王大宏的预料。“‘今天请客，为啥?’他狐疑着，不安起来。女婿是个四十开外的老实人，非常客气地招待他，并且向大家介绍：‘孩子的外公来了。’显然因为他底到来而感到意外的快乐。直到女儿抱着穿得花花绿绿的小外孙来给他看，才完全明白。‘喊呀，喊外公。’女儿逗孩子。‘我们阿明今天周岁，外公来看我们了，外公给我们带些啥东西来了？……’”[①]这种情境把王大宏推入了尴尬的境地，他仅仅给孩子们带了三包寸管糖，根本忘记了外孙的周岁生日，没有带任何贺喜的东西。王大宏的外部神态、内心描写在突如其来的尴尬面前显出了幽默的色彩。“老头子隔着衣服摸摸袋里的三包寸管糖，觉得太不像样，不好意思拿出来。这时，几个女客也围拢来，好像就是来看外公底‘礼物’的。他越发狼狈，笑着，心里却埋怨自己：‘见鬼不是?鬼叫你今天跑来的!’两个大外孙也来了，喊他，又望着他。他只能‘唔唔’地回答。他感到，两个大外孙、看热闹的女客们、女儿、甚至女儿怀里的小婴孩，都很扫兴：外公什么礼物也没有带来哩！然而，又不愿意说明自己忘记了外孙底周岁生日，怕女儿听了更不高兴，怕客人听了背地骂他糊涂。”[②]王大宏爱面子又无法给自己撑面子的窘态尽显无遗，他的狼狈情态使小说充满幽默色彩。

人物以性开玩笑，调节气氛。在中国乡村拿性开玩笑是常有的事，不过，这

① 冀汸.这里没有冬天[M].上海:新文艺出版社,1954:112.
② 冀汸.这里没有冬天[M].上海:新文艺出版社,1954:112-113.

只是熟人之间才会开的玩笑。这一时期的小说的幽默也在这点上体现了出来，对男女之间不检点行为戏谑地进行批评。青山乡人民政府就“民主建政”召开干部会议，干部们用闲谈打发会前这段时间。大家谈到了在“民主建政”过程中汪家墩农会主任戚阿牛被整下来的事，“‘汪家墩农会主任，戚阿牛，不还是党员吗？’‘党员怎样？党员可不是金字招牌、铁饭碗，犯了错误，比群众还要办得严！’轻蔑地笑了一声：‘恐怕他党员也当不成啰！’‘为了啥事体？’‘还不是那些乌七八糟的事体：贪污，和军属胡搞。用他那根造孽的小管子，把人家底肚皮吹肿啦！’”[①]戚阿牛被整下来就是因为男女不正当关系，但在农村对于这种关系往往是不会直言其事的，而是用农民式的幽默表达出来，这体现出村干部对戚阿牛所犯错误的不屑之情，以幽默风趣的方式加以批评。同样蒋全也以性开玩笑，一方面调节气氛，一方面批评王大嫂的落后行为。王大嫂的丈夫王友祥、小姑王友贞都积极参加革命，王大嫂当个妇女委员也是挂名，没有实际行动。她和公公听信谣言，认为王永祥所在的县训练班要调到东北去，王大嫂不愿让丈夫去东北，来找乡长蒋全了解情况，蒋全批评了王大嫂的落后行为后，开玩笑说：“‘我说大嫂子，你也不要为私人心急，这几天还熬不住吗？到底年纪轻轻的，哈哈哈！’‘伤德的，你总没有好话说，拿人家老实人开心。’王友贞也笑着说。她做一个要打蒋全一巴掌的姿势，蒋全笑着让开了一步。”[②]通过以性开玩笑，蒋全和群众亲密无间的关系体现了出来，同时也调节之前批评王大嫂的严肃气氛，分散了王大嫂因担忧丈夫的忧郁情绪。这些玩笑无伤大雅，体现出老百姓质朴、粗犷但又心思细腻的情感特征。因为性在中国传统文化中是比较私密的事，不太在公众场合提及，一旦涉及也多是以隐晦的方式来谈论它。人们因为不习惯在大庭广众之下成为被谈论的对象，被论及的人多会现出不自然之态，旁观者就可能从他们的忸怩之态里获得喜感，有同样文化背景的读者也会在心照不宣间感受到小说的幽默。当然，如果对中华传统文化比较陌生的读者，他们很可能会笑不起来。如此看来，幽默的具体载体还是具有一定民族特色的。

小说以正词反用的方式达到幽默的效果，用褒义词来描写带有负面意义的行为，在词语和人物行为之间产生反差，显现出幽默特色。郑又林要给海伯伯犁板田，但是互助组没有空闲的耕牛，他就到第二互助组王冬生家借牛，刚好王冬生不在家，遇到了王冬生的父亲王大宏，王大宏坚决拒绝借牛。郑又林看他在扫地，便想法让他同意借牛，“郑又林懂得他底脾气，知道一下子说不通的，便放

---

① 冀汸. 这里没有冬天[M]. 上海：新文艺出版社，1954：33.

② 夏阳. 在斗争的路上[M]. 上海：华东人民出版社，1951：12-13.

下犁和轭，很体贴地叫老头子息一息，让他来扫。这一下老头子倒很慷慨，立刻把扫帚交给郑又林，自己呵一呵手，蹲到门槛上去吸旱菸了。”[①]“慷慨”就是正词反用，它将王大宏落后、爱贪小便宜、倚老卖老的情态形象地表现出来，在反讽的幽默中刻画出王大宏自私的特征。

小说还运用以牙还牙的方式增添幽默风味。小说人物对做错事毫不在乎，其他人物以犯同样错误的形式让这个满不在乎的人物尝到同样的苦头，那个满不在乎的人物的窘态增添了小说的幽默意味。老农民王大宏爱牛如命，郑又林向他借牛，经过痛苦的内心挣扎，他同意将牛借给郑又林，郑又林到牛栏里牵牛，老头子也跟了去，“他怕小伙子太鲁莽。果然，郑又林把牛拉得急了一些，走出牛栏的时候，它底后腿在栏柱上碰了一下。‘当心一点，腿碰坏了！’老头急得叫了起来。‘这样容易，又不是玻璃做的！’老头子闷声不响，抡起旱菸管，对准郑又林底膝盖骨重重敲了一记。‘哎哟！’郑又林痛得叫喊。‘叫喊什么，又不是玻璃做的！’老头子冷冷地说。郑又林差点发火，但终于忍住了，对老头子‘嚇嚇’笑着，表示无所谓。”[②]老头子用旱烟管敲郑又林的膝盖骨，报复了郑又林让他的牛腿撞在牛栏上的仇，表现了老人对牛的爱护之情，反应机敏，天真的报复方式令人忍俊不禁。

善意的谎言也能使作品显得幽默。人物以善意的谎言来让听者显出异于常态的样子，从中获得乐趣。浅野三郎是被俘的日本士兵，敌军部对他进行教育，希望把他变为反战成员。被俘之初，浅野三郎拒绝配合。敌军部科长王明一直与浅野三郎斗智斗勇，希望他能为日人反战同盟工作。某天，王明又带领敌军部全班人马带来了两个日本俘虏，他一进门就握住战友张雪红的手，忙问：“‘浅野有进步了吗？’‘浅野想妻子想得自杀了！’张雪红用腕碰李正炎一下说。‘什么？’王明眉毛竖起了问。‘听她的鬼话，她寻你开心哩！’”[③]张雪红的打趣是战友之间特殊的情感表达方式，紧张的战争环境因为这些玩笑而显得松弛了一些，王明对工作的认真态度也在玩笑中体现出来。开玩笑使小说显出幽默的特色。

情境反差的方式构成幽默的底色，原本应该带有排斥情绪但是因为机缘巧合排斥情绪转为迎合的情绪，从人物角度看，他们的身份决定他们不应该将排斥情绪转为迎合情绪，然而他们却这样做了，这样的错位使画面显得很可笑。更可笑处是当外来因素将他们拉进现实情境之后的惊愕状。情绪的起落令人物忽悲忽

① 冀汸.这里没有冬天[M].上海:新文艺出版社,1954:26.

② 冀汸.这里没有冬天[M].上海:新文艺出版社,1954:29.

③ 哈华.浅野三郎[M].上海:新文艺出版社,1953:69.

喜，形之于色后显出幽默色彩。在将日军完全压缩在村庄教堂里之后，为了劝降日军，旅长决定调用日人反战同盟的人员，王明、张雪红等人带领浅野、德田等日本人向教堂里的日军喊话。几经周折，当日军士兵得到满意的回答之后，都不自觉地唱起“步兵本领歌”来了，好像他们打了胜仗一样。正在他们因放松而忘记身份做出令人可笑之事时，他们又被打回原形，露出滑稽的情状。“只有当他们看到王明和指导员带着全副武装的八路军进来时，才一个个都惊得呆了。王明用日语宣布八路军的俘虏政策后，大家才惊惶万状的从教堂里走了出来。”①在幽默的描写中，日人反战同盟发挥了独特的作用，它不是用枪炮，而是用现身说法的方式瓦解了日军的斗志。

小说通过描写人物外貌、动作来展现他们令人发笑的特征。褚老建没有集体观念，经过事实的教育，他感到互助组的好处。儿子二狗在河工工地生病，他趁送粮到工地的机会，把家里在工地上的人聚集起来闲扯，扯了一阵后，褚老建说：“‘王大姐（这是赛金莲的本姓）压这里回去后，也入了纺织组，见天织一匹多，人家称赞她手艺不赖，织的又细又匀。她跟你娘也说话了。你娘在纺花，一纺一织，人家还说，倒像个模范婆媳。而今啥都讲模范，听说你们都模范了，反正不是坏事，做爹做娘的心里也安。就是有一样，咱不放心。’他扣了烟灰，重新装上一锅。缺了门牙的嘴巴好像漏气的风箱，叭叭的吸了半天才吸着。大家急的只好屏着气，静候他说出那一样不放心的事。”②“而今啥都讲模范，听说你们都模范了”这句话反映出老人对时代变化的感受，他想赶上时代的变迁脚步，但是许多新名词他又没有吃透，可他又不想在儿女面前显示自己的落后，就勉为其难地在说话中运用新名词，“听说你们都模范了”，将“模范”生硬地插在谈话中，显得滑稽幽默。老人的情态描写也很可爱，郑重其事的吸烟动作显出他想在儿女面前摆出家长的威严，孩子们静静等待他做完的事就是吸烟，郑重的氛围与无关轻重的小事之间产生落差，而且当事双方都认认真真在做他们自认为该做的事，作为旁观的读者心知肚明，人物的表现因此具有了喜剧效果。

避重就轻的语言策略暗含幽默因素。当人物面临不利于自己的局面时，出于自我保护，他们不得不采用避重就轻的策略。人物也知道自己的严重错误，在强大的外力攻势下，他们用拙劣的言辞为自己开脱，尽量减少罪责，滑稽的言行透露出幽默色彩。人物张祺宝的言行体现了这个特点。乡人民政府在登记反动党、团、特务时，聚集了全乡的敌伪镇长、敌伪乡长、敌伪保长们。黄墩村西头的地

① 哈华. 浅野三郎[M]. 上海:新文艺出版社,1953:206.

② 白危. 渡荒[M]. 上海:新文艺出版社,1951:81.

主张祺宝在登记了自己做过伪保长后，想隐瞒曾做过的其他反动职务。“‘就这个么？还做过别的事情没有？’李明又把笔搁下，问。‘就这个！’张祺宝说，一面眼睛睒了几睒。‘没有了，就这个？再想想看吧！’李明说。”[①]在极端不利于自己的情况下，张祺宝见风使舵，决定再交代一些问题，但他又不想把事情说得太严重，可是情急之下他又没有组织好语言，因此产生笑料。在沈乡长和李明的逼问下，“张祺宝心里捉摸着想：‘他们知道的？说了吧，反正不过做了三个半月。’‘我想我还做过一个……一个……一个叫叫的！’张祺宝结结巴巴地说。‘做过叫叫的！啥个叫叫的呵？’‘叫叫，就是叫叫人啦！’张祺宝说，接着又做了补充：‘喏！做个铁路上叫叫的！’‘什么铁路上叫叫的！’李明说，放下了笔。”[②]张祺宝怕说出自己曾做过的伪官职受到惩罚，他避重就轻，仅说自己叫叫人，但一时又说不清楚，只能在辞令上绕圈，他的方法显示出他是一个狡猾的人。听到张祺宝不断说着“叫叫”，看着他的狼狈相，“民兵里，有人发出了笑声，张祺宝转过头去望了望后边的民兵们，又转过头来望了望前面的沈乡长和李明。这时候林队长立在桌子的旁边，正看着张祺宝呢。”[③]在强大攻势面前，张祺宝才不再耍滑头，直接说出了自己曾做过的事情。“‘东洋人的铁路爱护队长！——三个半月，’张祺宝终于说。”[④]人物在偷奸耍滑中显示出可笑的一面。这一方面反映了敌人的狡猾，另一方面体现了人民政权强大的震慑力。

反常现象营造出幽默风。在某种情境下，人物会有与之相应的行为方式。然而也有人物不这样做，以反常的姿态出现在作品中，作品因此而显现出幽默色彩。战争年代里，敌我双方一旦相遇，正常情况下应该是双方激战。日人反战同盟成员在八路军敌军部的掩护下乘夜色潜行到日军碉堡下喊话，劝解日军放下武器投降。按常理，这两方面是敌对的力量，应该见面就打仗，可是事实却不如此，他们像好朋友一样，在碉堡内外进行交流，双方有说有笑，还唱歌自娱自乐。浅野三郎要求和水源通信，水源没好气地回应说：“我没有那么多的纸。”浅野也不生气，很有耐心地回应：“我送你一些。”两个人在紧张的战争氛围下像两个斗气的孩子一样起了争执，“‘我没有时间。’‘你怎么一点礼貌也没有？’‘我处的地位不同，今天和你说话已经负很大的责任，要中队本部知道了，我要受申斥。’‘那我知道你的处境。’‘不管怎样说，我想你已经变成了我们的敌人。’‘你

① 陈学昭. 土地[M]. 北京:人民文学出版社,1953:30.
② 陈学昭. 土地[M]. 北京:人民文学出版社,1953:30-31.
③ 陈学昭. 土地[M]. 北京:人民文学出版社,1953:31.
④ 陈学昭. 土地[M]. 北京:人民文学出版社,1953:31.

将来会明白，我是你们日军士兵和下级军官的朋友。’‘但愿以后明白。’这时，所有的士兵都笑了。”[1]浅野对水源苦口婆心的教育，水源对浅野推心置腹的谈话，这和他们所处的紧张关系形成了巨大的反差，在水源身边的士兵都被这不可思议的一幕逗得乐不可支，幽默愉快的气氛弥漫在敌我双方之间。日人反战同盟成员的喊话终有结束的时候，浅野充满深情地道别，就像拜访老朋友一样，而事实上这些朋友是敌人，危机四伏，随时都会把子弹向对方射过去，友好的氛围与紧张的气氛之间的反差令人莞尔。日军士兵大田也很有礼貌：“‘多谢！以后再来，我们等着你呵！’大田说。‘等一等，你们带来多少八路军士兵？’伍长水源问。‘起码有一个营！’‘那你们不要动，你明白这意思。’”[2]浅野将兵力往多里说，是为了震慑水源不要轻举妄动；而水源的试探也是为了摸清对方的底细，如果兵力不如他们，水源肯定会立即翻脸，刀兵相见。当听说对方兵力比自己多时，水源也不敢冒险出击，只好做个顺水人情，小说对这个顺水人情的描写充满了幽默色彩，战场上就出现了可笑的一幕，“说着机关枪、步枪都响了，子弹却飞得很高。浅野他们明白日军士兵假如不这样干，藉口把‘敌人袭击击退’了，明天就会遭到中队本部严厉的责罚。”[3]人物的语言、情节的安排都有不合常理的地方，交流的内容、双方的行动都有令人捧腹的一面，幽默尽显。再加之读者知道他们处于敌对状态，他们却若无其事地在战场上聊起了天，双方心照不宣地打假仗。读到这些内容，读者心中的幽默感也可能随之袭上心头。

二、幽默在叙事中的功能

幽默的审美特征对小说叙事能起到一定的作用，它能在刻画人物、布置情节、体现作者情感倾向、展现地方风情等方面产生一定的作用。

幽默的审美特征有利于表达积极的革命乐观主义精神。在艰苦的环境里，人物苦中作乐，不埋怨艰苦的条件，许多时候把艰苦的环境当成磨炼意志的机会，他们藐视困难，以大无畏的气概克服重重困难，向着胜利不断迈进。这点在革命战争题材的小说中体现得尤其明显。连长李祥指挥的连队从山东一路向南进发，走平原，过长江，越过丘陵，向赣南粤北进军，后又甩过头来，向江浙行军，一路历尽艰辛。面对行军的艰难，战士们以革命乐观主义情怀不断克服困难，完成战斗任务。行军过程中，他们相互打趣，调动气氛，体现了积极向上的精神风貌。兵荒马乱的年代，人们时常通过贴条子找人。战士们从中找到了乐子，以此

---

① 哈华. 浅野三郎[M]. 上海：新文艺出版社，1953：96-97.

② 哈华. 浅野三郎[M]. 上海：新文艺出版社，1953：97.

③ 哈华. 浅野三郎[M]. 上海：新文艺出版社，1953：97-98.

来调节单调的行军节奏。“二班李广和向一班大声喊着：‘喂，吴成斌，有人贴条子找你！’‘谁呀？’吴成斌问。广和指着电线杆上的‘寻人启事’，朗读起来：‘琴萍：速到湖州办事处找我。子强手书。’把‘琴萍’读成‘成斌’，引起队列里哄然大笑。”[①]这里的幽默体现出战士们乐观的精神风貌，他们并没有被艰苦的行军条件压垮，而是在困难面前寻找减压的方法，增强战胜困难的勇气。部队接到命令必须马上转移，在雨中的山路上急行军，战士们体力极度透支，教导员想了解一下战士们的情况，他到三班和战士们攀谈起来：“‘怎么样，同志们！大家恐怕扭着秧歌走路的吧！’‘可不，教导员。扭的还不轻哩！’同志们争着说道。小李脱下鞋子，把脚一伸说道；‘教导员你看，脚上打了三个泡，全是‘八二’口径的。’”[②]战士王福江接着说：“你们看咱的全是‘一〇五’口径的。”[③]幽默中透露着乐观的色彩。教导员问战士们以苦为乐的原因，战士仲兆兴兴奋地拍着脚板说道：“我们都知道，就凭着这一对肉宝贝，扭上些日子，国民党的军队又要倒霉了。”[④]幽默风趣的回答表明了战士们乐观主义精神的来源。

幽默的美感还能使情节张弛有度，这点在战争小说中体现得比较明显。幽默能调节战争的紧张气氛，增强小说的节奏感。敌军部乘夜色对日军喊话，希望他们放下武器。经过紧张的喊话之后，敌军部人员回到所驻的村子，张雪红回到敌军工作部的屋子里，歪坐在一张椅子上，立刻眯着眼睛，睡意蒙眬，“‘看你，就困成这样了。别着凉，回屋子里睡吧！’王明走到张雪红跟前，看了她头栽倒胸前，推她说。‘别碰我！’张雪红眼也不睁的说。张雪红坐的是一张老百姓已不用的坏了腿的椅子，当她再耸耸肩头，仍歪在椅子上想睡的时候，椅子就垮下去了。她吃惊的睁大眼睛跳起来，以为谁和她开玩笑，她瞅了王明几眼，从王明脸上看出不是他开的玩笑，只有李正炎伏在桌上睡得呼呼的，以为他开了玩笑再装睡，走过去结结实实的给他几拳头，并说：‘你这老实人，也学捣蛋了！装什么佯呢！’王明和浅野都大笑起来。李正炎吃了几拳头，突然跳起来，怒目而视的喊：‘女将军！你为什么打人？欺负我这老实人。’李正炎是个什么事不大多话，并很少和人开玩笑的沉默寡言的人，真错怪他了，引得大家都笑了。张雪红看看椅子，对李正炎一笑。这场喜剧，使大家赶走睡意，李正炎就说：‘浅野第一次

① 艾煊.战斗在长江三角洲[M].上海:新文艺出版社,1952:132-133.
② 郭凌青.永生[M].上海:新文艺出版社,1953:88.
③ 郭凌青.永生[M].上海:新文艺出版社,1953:88-89.
④ 郭凌青.永生[M].上海:新文艺出版社,1953:89.

出马工作，成绩很好。’”[①]张雪红错怪李正炎的事件描写产生了风趣幽默的效果，在紧张战斗之余达到松弛节奏的目的，读者的阅读体验也处于张弛有度的状态。

幽默的语言能表现出地方风情。带有风情的幽默的民间小调给小说增添了野趣。王二和老李一起削土豆，他批评老李土豆皮削得太厚，老李很不高兴，旁边的谢福生唱起了小调来：“妹坐在船头上看你摇撸，你眼睛不离妹的手把线搓。说什么妹的手藕一般又圆又嫩，你叫我火烧脸红。拼死劲，妹把眼皮抬，恨不得把妹的亲哥儿来一千回端详：亲哥儿英俊又温顺，平地起风波，妹的心又慌又痒。真讨厌吃饭屙屎，叫我俩如何能厮守着一刻也不要分散？”[②]民歌用质朴夸张的语言表达了妹子对心上人的爱意。“拼死劲”把妹子面对心上人时的羞涩大胆都在她的眼角眉梢显现出来，饱含夸张意味的语言富含野趣风情。最为质朴的句子是“真讨厌吃饭屙屎”，讨厌的原因在于“叫我俩如何能厮守着一刻也不要分散？”民歌把“屙屎”和爱情相提并论，在令人错愕的淳朴联想中去表情达意，读者不禁为之一笑。这样的幽默增添了小说的地方色彩，把长江边的民风、民情通过歌声不着痕迹地予以展现。

幽默还能体现出作者的情感倾向。小说不直接发表抒情议论，把作者的情感倾向隐藏在描写之中。含泪的笑能体现出作者对人物的无限同情。抗日战争期间，广大老百姓处于水深火热之中，在大后方重庆也是如此。王二失去工作后，饥寒交迫。一天，他去看师母鄢蓝，同样处于困顿生活中的鄢蓝热情地接待了他。和鄢蓝同住的聚喜做卖牛肉汤生意，她和鄢蓝做了面饼和牛肉汤招待王二，开始王二还很矜持，但饥饿感让他饕餮了一顿大餐，接下来王二遭受了很大的痛苦，小说以幽默的语言进行了描写，读者往往会泪中带笑地读完它。“终于，王二觉得肚子有点饱了。他想挺一挺腰。怎么？腰是硬的，简直扭不动了，他用力一伸，这才发觉他的肚子原来紧澎着像一个鼓。肚子立刻有点胀痛，他赶紧放下腰，推开碗筷。厨房里已经收拾停当，鄢蓝从他面前收去碗筷。聚喜约他进屋里去坐。为了走进屋里去，王二立起身，不觉暗暗叫苦。他简直没有法子直起腰。王二发急了，他想：‘这可丢人，’第一次到人家里就贪食到如此狼狈，可怎么办？他不得不勉强挺起腰，如同喝酒醉了似的蹒跚着揿住壁走进屋去。”[③]小说对王二挺腰时才发现的胀痛感，难以直立行走的蹒跚姿态都进行了刻画，王二吃得

① 哈华. 浅野三郎[M]. 上海：新文艺出版社，1953:99.

② 欧阳凡海. 无辜者[M]. 上海：海燕书店，1950:479-480.

③ 欧阳凡海. 无辜者[M]. 上海：海燕书店，1950:352-353.

过饱之后的狼狈相令人发笑，王二坐立不安的姿态充满了喜感，但是这才是痛苦的开端，不久之后，更大的痛苦席卷而来。“王二最感狼狈的是现在他的面前没有桌子。大家都吊空的坐在从荫篷下搬进来的条凳上，面前没有什么可以扶靠。这样，王二就不得不用点劲挺住腰。他的肚子因此胀痛得更凶了些。刚才他勉强站起，从荫篷下走进屋来的这段路程是相当艰苦的，为什么呢？因为他企图不让别人看出他的肚子胀，假充好汉，真不容易，当他在条凳上坐定时，肚子胀得更凶了。现在他坐位前面又没什么扶靠，所以他难说已经坐定，并不能减轻他肚子的胀痛，反而逐渐加剧。他于是将屁股突出条凳外，让全身压在大腿上，这样，他可以使身子向前倾，减轻一些痛苦。”[①]王二滑稽的坐姿能减轻肚子的胀痛感，故作镇定强压肚子胀痛的尴尬，这些大多能引起读者含泪的笑意。

小说并未就此罢手，在王二万分胀痛的基础上，又进行了更为雪上加霜的描写。“然而，不幸的是聚喜今晚特别兴奋，她虔诚招待王二，形同贵宾。今晚她居然破费到泡了茶，送了一盏到王二手里。王二双手捧住茶；现在又不得不直起腰。顶糟的是他觉得一口不喝又不好意思，尽管他断定肚子再也装不下了；再说，他喝了那么多牛肉汤，太咸，口里也确实有点渴，于是他喝了几口。茶，本来是助消化的，但在这个场合，它只有增加王二的肠胃的负担，他的肚子被胀得更凶了，肚子开始绞痛。但忍耐着。……他本来早应该告辞走了，然而他肚子痛，站不起来。他心里越急，肚子越痛得厉害，而肚子越痛得厉害，则心里越急，不觉满头大汗，在这两位热心的妇人面前，连支吾应付也愈来愈困难了。……他的脸转青。他不能不明显的弯下腰去，两手捧住肚子。……‘啊唷，’王二叫了一声，‘我肚子痛。’他说，放弃了最后挣扎的念头，垂下脑袋。”[②]

这一段描写带有喜剧色彩，将王二的自尊，在饥饿面前不自觉地失掉矜持的懊恼，苦苦维持体面的挣扎刻画得淋漓尽致。他受这番痛苦的缘由是他肚子饥饿造成的，在拜访鄢蓝之前他没法填饱自己的肚子，当美食端到眼前时，他也想维持自尊，吃得慢条斯理，但是肚子不容许他这样，不知不觉之间，他就开始暴食暴饮，最后落得疼痛难忍的局面。一个人被生活逼到如此境地，实在令人同情，就是再有笑意，读者也只能是含泪地笑着了。

王二的肚子终于消停了，这让他如释重负。这里的描写带有自然主义色彩，王二排便时的痛快模样让读者于宽心中不禁再次觉得好笑。“这一夜平安无事。

① 欧阳凡海.无辜者[M].上海:海燕书店,1950:353.

② 欧阳凡海.无辜者[M].上海:海燕书店,1950:353-354.

王二的肚子痛到了夜深。不是剧痛，而是温痛，叫他难于入睡。直到夜深人静，他终于肚子下坠，觉得需要大便。他起身摸出门外，跑到空地里，痛痛快快的拉了几大堆，这才大为舒畅。回到床上，便呼呼走入梦乡了。”①

王二遭受的折磨表面上看是贪吃，深究其原因并不是贪吃那么简单。王二是一个受过教育的年轻人，让他在食物面前失去定力的是他的肚子，肚子在向他的主人要食物。王二在失业后饱尝了饥饿的折磨，他的贪食是因为社会不给他工作机会，他无法让肚子吃饱。虽然他暴食暴饮后的狼狈使人发笑，但读者又不能不觉察到他的无奈与辛酸，在发出笑声之时内心也有对人物的无限同情。

幽默的文风也能从多角度刻画出人物的性格特征。行军一天之后，战士们在一个村子里休息，“这是熄灯前照例的、不成文的娱乐时间。战士们在房子里乱糟糟的，有辩论能不能过江的，有唱小调的，其中有一个声音顶大：‘过了江，保险叫你们快活，大米饭一天三顿，大城市热闹得很。到那个时候，用轿子抬你，你也不回山东那个穷山窝了。’这是吴成斌的声音，淮海战役刚开始时解放过来的战士，浙江人。才来时闷闷不乐，听说部队要过江，情绪很高，天天在班内自动介绍江南情况，说的那些东西，都是山东战士所没看见过的，什么一个集镇那样大的洋船，上海、南京的大戏院，漂亮的女人等等。班上的同志们都不大高兴他，送给他一个绰号叫‘榴弹炮’（榴弹谐音牛蛋，指他好吹牛），指导员到一班门口的时候，正是他在‘放炮’的时候。陈锐之把党的支部委员——一班长李青山找出去汇报，‘榴弹炮’也停止了轰击。战士们都不声不语的在地铺上解被包准备睡觉。何中德耐不住这一霎的静寂，又逗起笑话来：‘榴弹炮，再来一炮，保险从巢湖边上打到南京城。’说得全班哈哈大笑。”②吴成斌爱吹牛皮的性格被描写出来。他用夸张的语言描画了一幅大城市生活情境，把洋船说成一个集镇那么大，他的享乐图景就是戏院、女人，简单干瘪的城市想象显示了吴成斌对真正城市生活的隔膜，但他还要充内行，在战友面前卖弄，读者自有判断，知道吴成斌的底细，吴成斌越是卖弄自己的见识，读者越是觉得他可爱又可笑。战友们送他“榴弹炮”绰号，传神地指明其特征。此处，小说妙在语言上，不再用人的特征来刻画吴成斌，用“榴弹炮”直接代指吴成斌，把吹牛皮看成是“放炮”，吹牛皮的后续效果说成是“轰击”，诙谐之趣倍增。

通过幽默的方式对进步人物进行表扬肯定。小说运用幽默的方式刻画人物，对新人的优点进行表扬，语言活泼生动。戚桂香是一个积极响应号召的年轻人，

① 欧阳凡海. 无辜者[M]. 上海：海燕书店，1950：356.

② 艾煊. 战斗在长江三角洲[M]. 上海：新文艺出版社，1952：2-3.

“她是一个急性子，不论做什么事情，总要赶快，是村里有名的‘第六个快’：今年夏天，洪水淹没了稻秧，水退之后，农会主任郑顺林在全村大会上提出五个快：戽水快、洗秧快、补苗快、耘田快、追肥快，她马上举起手，喊道：‘我们妇女响应快！’这下子赢得了全体鼓掌，鼓舞了妇女们底积极性，提前完成了抢救工作。”①小说抓住令人发笑的细节刻画出戚桂香的急性子，一个伶俐爽直的女青年形象立于纸上。

通过幽默的方式对落后人物进行善意的反讽。落后人物是指那些比较自私自利的人，他们在政治上不求进步，但他们不是阶级敌人，和进步人物的冲突属于人民内部矛盾。他们常常会因为自己的小算盘，而说出或做出令人忍俊不禁的言行。竺秀珍的婆婆是个早年丧夫的寡妇，她没有集体观念，对儿子、媳妇比较严厉，尤其对媳妇经常意气行事，中华人民共和国成立前她经常打骂媳妇，家务事都压在媳妇一个人身上。婆婆还认为竺秀珍占了他们家的便宜，对媳妇谈婚论嫁时向他们家索要棉袄这件事一直耿耿于怀。中华人民共和国成立后，生活变好了，竺秀珍给自己做了新的棉袄、棉裤。她想穿上它们，但还是害怕婆婆说她浪费，大清早上，穿好新的棉衣，已经跑出房门，在门口还是停住了，“犹豫了一会，她还是脱了新衣，从另一口箱子里翻出旧棉袄穿上。这件旧棉袄，是她当新娘子时候的新衣，缝缝补补，已经穿了十一个冬天。当婆婆发脾气的时候，总要重复地说：‘你穿的棉袄，是卖了一口猪做的，晓不晓得？’从那时起，她有了一分沉重的心事：身上穿的是郑家底一口猪！一直到今天，这重暗影还没有完全褪色。现在，她还得披着郑家这口猪到厨房里去生火：烧洗脸水，烧早饭。”②“她还得披着郑家这口猪到厨房里去生火：烧洗脸水，烧早饭”这句话谐趣横生，在打趣中批评了竺秀珍婆婆悭吝、刻薄的个性。

小学教员张宗国毫无耐心，一天，他冲学生发火。“事情是这样的：下课的时候，学生们抢着打乒乓球，球滚到地下，不知是谁一脚把它踏破了，没有人承认，也查不出来。张宗国就发了火，骂起学生来，快骂上一节课的时间了。‘我向你们宣布：’张宗国口骂渴了，不想再骂下去，开始作结论。‘从今往后，你们应该爱护公物。万一还不爱惜公物，我就——’他拿起教鞭，作了一个打人的姿势。‘这样对付他！’这时一个手上嘴上满是墨迹的学生，感到奇怪地皱了一下眉头，向两旁望望，再向后望望，然后举起手。‘你有什么话？’张宗国问。‘老师，我们这里，没有啥人的名字叫万一啦！’他站起来，满有把握地、严肃地

① 冀汸. 这里没有冬天[M]. 上海：新文艺出版社，1954：30–31.

② 冀汸. 这里没有冬天[M]. 上海：新文艺出版社，1954：3–4.

说。‘胡说！胡说！坐下！’张宗国知道自己又用了一个非儿童化的语汇，但不解释，粗暴地把那个学生骂得坐下了。接着，愤愤地走出了教室。”[①]张宗国是一个不合格的老师，小说没有直接评价他的行为。通过孩子淳朴有趣的提问，刻画出张宗国不懂教育，毫无耐心，一切以自己心情好恶为转移的个性，在幽默的师生对话中刻画了落后分子张宗国的形象。

第四节 沉雄悲凉的审美特征

中华人民共和国成立初期的华东地区小说立足本土，刻画人们的生活情态。人物在这片乡土上行走生活，他们的举手投足，连同生活背景，尤其是生产劳作的情景都成了令人欣赏的美景，既显现出沉雄之美，又具有悲凉的特征，它们是海洋、山地以及平原文化赋予这一时期华东地区小说的审美特征。

一、不屈不挠的沉雄之美

小说具有不屈不挠的沉雄之美。不能不承认，中华人民共和国成立初期，华东地区小说遵循新时代的政策方针，歌颂着新时代。但是山地、丘陵、河流、平原、湖泊、海洋等自然环境对小说的美感特征仍然产生了不可估量的影响。小说显示出来的沉雄之美和海洋、山地的自然特征有极大的关系。华东地区的福建、浙江、江苏、山东、上海等省市临海，山地也是本地区重要的地理概貌。山地、海洋的自然景观进入到小说中是势在必行的事。海洋的壮阔，高山的雄伟，更在无形中显示出人的渺小。当地居民在和自然的较量中，并不总能以胜利者自居，但是人们并不因为自然环境的强势就甘拜下风，他们仍然顽强地向大海、高山争取生活下去的资源。在和大海、高山的较量过程中，沉重的无奈、雄伟的气概糅合在一起成就了小说激荡的沉雄之美。

面对无边的大海，渔民们勇敢地和它作斗争。相对于大海，高山同样有着无言的韧性。人们硬是和高山作斗争，他们在山上开垦出一块块田地，种植农作物。《“地瓜搬家”》虽然是描写军队热爱老百姓的故事，但从中可以看到老百姓开垦山地的艰辛。在小南山上，全是些弯弯曲曲的崖头田，田里正长着地瓜秧。在山崖之上开垦田地，难度非比寻常。如果说，中华人民共和国成立初期的华东地区小说对山区老百姓顽强的求生意志刻画得不太直观，那么，福建作家曾毓秋写于1981年的小说《转水潭》对此描写得就更为形象具体了。雷萍梅因为丈

① 冀汸. 这里没有冬天[M]. 上海：新文艺出版社，1954：23.

夫生病，为了一家生计，她到山上去寻找“龙须草”贴补家庭。小说描写了雷萍梅在生活重压下坚忍不拔的意志，在高高的畲山顶上，“我”常常看到雷萍梅那被蓝天勾勒出来的清晰的身影，看到她弯着腰，挥动锋锐的柴刀，劈下了山头那么高的草堆，然后把它编成了极其沉重结实的草捆儿，用胳膊粗两头尖削的“串棍”，插进草捆，担在她浑圆的双肩上。她小巧、匀称的身躯立即隐没在两座草捆大山之间了。在山道上走的时候，好似是两座草山自行移动，而看不到人。雷萍梅在生活重压下的挣扎令人心疼，但赢得更多的是尊敬。山区老百姓用顽强的生存意志谱就了一首沉雄的生命乐章。

大海、高山哺育着一方百姓，这片区域的儿女们不是不知道大海、高山的凶险。在《小舢公出海》中，家苗首次出海时，他奶奶心里很难过，虽说孙子长大成人了，要下海捕鱼了，是好事情，可是海上有海匪。再说，海是可怕的，家苗的爹就是给一个海浪卷到海里头淹死的，尸骨无存。家苗奶奶十分不放心孙子出海。大海慷慨地提供给人类生活资源，它同时又向人类展示它狰狞的面目，人们明明知道有风险，但为了生存，还是要一代代走向大海，去寻找生机。这里有人的勇敢，也有人的无奈，呈现出沉雄之美。山区和大海一样隐藏着凶险。小陆到山区后，几年来，他在福建山区里被毒虫、毒蛇咬过，被蚂蟥叮过，也曾和小老虎格斗过，还曾把绳子拴在身上从悬崖上吊着飞过，他经历过多少个山区酷热的夏天和冷得刺骨的严冬，但是小陆都没有退缩，坚守山区的意志毫不动摇。家苗奶奶、小陆热爱这里的山山水水。他们更清楚地知道，他们无法背离大海与高山，他们一代又一代在海洋、高山里求生存，只能以英勇的姿态前赴后继。小说的沉雄之美扣人心弦。

二、坚强柔弱的悲凉之美

小说具有坚强柔弱的悲凉之美。20世纪50年代的华东地区小说具有这种审美特征，其中以浙东、福建的地方叙事比较突出。比如，小说刻画过这样的剪影：在大海边的礁石上静坐或静立着期盼出海的亲人平安归来的妇女、孩童。村子里，一些妇人牵着小孩子，还有一些老人，三三两两的，沿着小丘，走到悬崖上来。人们不声不响地坐在悬崖上，目不转睛地望着海。凝重异常的氛围表现了大家对出海亲人的无穷担忧。家苗一直没有回来，翠荷走到海边，站在悬岩上，只见一片无边的泥黄色的波浪，吐着白沫，汹涌着，奔跳着。翠荷期盼亲人，望眼欲穿，她只能站在海边悬岩上远眺大海，被动地等待着亲人归来，这份无助的哀痛在执拗的等待中、在无垠的空间里，显出了它的力量，悲凉之美渐渐显现出来。

每当亲人们出海，妇孺倾巢而出，奔赴海边，目送亲人。黄昏时分，他们来到海边，极目海平线，迎接亲人们归来。等待的日日夜夜里他们饱受了无数的惊吓，但是他们只能过着这样的日子。他们坚强地支撑着后方的生活，妇女们织网缝帆，做好渔夫的后勤保障工作，她们在悬崖上晒着渔网，缝着帆篷。每当船只归来，每个人都在寻找着自己亲人的身影，看到了无限欢喜，没有看到的痛哭失声，他们的亲人极有可能已葬身大海。面对无情的大海，满脸泪水、静坐远眺的女子，悲凉之气油然而生。

第六章　地方的言说方式

方言是地方言说的重要载体，词汇是小说中方言的有机组成部分。“完整的词语系统应当包含名词（命名）的成分，动词（行动方式与记忆）的成分，形容词（情感态度）的成分。”[①]张琦在评价阎连科的小说《受活》时认为，《受活》中的方言词汇以名词为主，“真正能流露人生态度的核心与底层、表达看待事物的不同方式不同感受的方言词汇很少。……也许，豫西耙耧山脉的受活庄并没有属于自己的完整的话语系统”[②]。中华人民共和国成立初期，在方言词汇的运用上，华东地区的小说有自己相对完整的话语系统。在这一话语系统中，小说呈现着地方上的人生百态。

在现代民族国家的形成过程中，从语言层面看，国家和地方展示着各自的言说方式。为了在认可国家言说方式的前提下维护地方言说的权利，方言注释出现在20世纪50年代的小说创作中，它是连接方言和通用语言的途径，是方言进入小说的一种策略。目前，小说中的方言注释仍未获得研究界足够的重视，从其现实意义来看，小说方言注释具有研究的必要性。20世纪50年代的小说方言注释现象对当下的方言热不无启发意义。

第一节　方言词汇论析

在中华人民共和国成立初期，华东地区小说中的方言词汇可谓丰富多彩，包括名词、动词、形容词等。小说中的方言对于刻画人物、增添地域色彩、丰富历史文化内涵等方面起到很大的作用。

一、方言名词

名词是表示人、事物、地点以及抽象概念的名称，是叙述话语体系的重要组成部分。如果没有名词，整个叙述系统将会失去支撑，这点在方言运用上也概莫能外。

以下句子中的加点字是表示地点、范围的名词（着重号为笔者所加）：

---

① 张琦. 方言：他者的虚妄与真实[J]. 东北师大学报（哲学社会科学版），2006(2)：113.

② 张琦. 方言：他者的虚妄与真实[J]. 东北师大学报（哲学社会科学版），2006(2)：114.

（1）就踢你这块的吗？……乖，哪块有驴子哈……[①]

（2）"……今天在城里开下来的黄狗，跟大群蝗虫过来一样，陀螺各庄住满了。……"[②]

（3）七月子刚跑到草堆跟，一只独头机，"呜呜呜呜呜呜"一头下来，"格格格"一梭子机枪。[③]

（4）戚步高向李振刚腿跟靠靠，……[④]

（5）周步权把假七月子的伤，挨排一看，裂开嘴眯眯笑起来说："没事，……"[⑤]

（6）他老头正站在墙拐里，一肚子不高兴，……[⑥]

（1）中的"这块""哪块"的意思是"这里""哪里"。从语感上看，"块"比"里"更响亮，韵母属于合口呼，能体现人物的开朗气质，体现出地域特色。（2）中的"陀螺"意为周围，但它比"周围"还多了一层往复之意。这里表现出皇协军加强对老百姓的控制，以及老百姓对皇协军的愤恨之情。（3）中的"草堆"指各种草堆放在一起后的名称，它的底部呈圆形，顶部呈半球状，草主要是收割后采完稻穗、麦穗的水稻、麦子的根茎。"草堆跟"指草堆下部接近地面的一圈范围，这个范围能阻挡独头机驾驶员的视线，草堆也能作为屏障阻挡敌机的子弹。七月子在危急关头，往"草堆跟"跑去，是为了躲避敌机射出的子弹。七月子的状况体现了老百姓在战争年代难以自保的处境，描写出战争的残酷。（4）中的"腿跟"是指接近李振刚的地方，体现出戚步高和李振刚之间亲密的战友情。（5）中的"挨排"意为"按照一定次序依次看过去"，表现出周步权对人民子弟兵的无限关切的情谊。（6）中的"墙拐"是"两墙的交界处，大致呈九十度角"，有角落之意。人们平时不会站在那里，此处指老头躲在角落里不愿与人交流，心情不好。

以下句子中的加点字是表示物体名称的名词（着重号为笔者所加）：

（1）大凤子转过身子，一把掐住桶梁，……[⑦]

（2）她的蓝棉袄五个扣子被拖断了，露出红红的膀子来，螺蛳壳的元宝髻，

① 陈登科. 活人塘[M]. 3版. 北京：人民文学出版社，1979：10.

② 陈登科. 活人塘[M]. 3版. 北京：人民文学出版社，1979：44.

③ 陈登科. 活人塘[M]. 3版. 北京：人民文学出版社，1979：29.

④ 陈登科. 淮河边上的儿女[M]. 南京：江苏人民出版社，1979：27.

⑤ 陈登科. 活人塘[M]. 3版. 北京：人民文学出版社，1979：52.

⑥ 菡子. 纠纷[M]. 上海：新文艺出版社，1954：40.

⑦ 陈登科. 活人塘[M]. 3版. 北京：人民文学出版社，1979：29.

被拖散了，如鸡窝一样的乱发，堆在脸上，鞋子掉了，两条裹脚布拖出四尺多长。她的嘴张得有小碗大，喘不过气来，两只手在空中乱抓，生姜拐的脚指头在地下蹭，拼死捺命想挣脱，嘴里喃喃地喊："你……你杀死我吧！"[①]

（3）她扭过身子，走到猪圈门口，伸手拔开木栅门，故意放出两只三十几斤重的小猪，两手抱住粪勺，在茶园里挖了几下土，把小猪向麦田里撵。[②]

（4）她冲冲奔到家，把瓦罐里的半碗糯米，倒在木瓢里淘淘，倒在锅里，添上一瓢水，打起火石，坐在锅房呼呼地烧起来。……她把手里的火叉在锅塘里翻翻……[③]

（1）中的"桶梁"指木桶，农家用来拎水和盛水的物件。在敌机即将轰炸的危急时刻，大凤一把掐到"桶梁"上，保持身体平衡，以免跌倒，这个动作写出了大凤发现敌机后惊慌失措的样子。（2）中的"螺蛳壳"中的"螺蛳"是"田螺"，此处形象地描绘出了苏北老年妇女发髻的形状。本来"螺蛳壳"的元宝髻显示出头发梳理得很整齐，现在由于敌人的拖打，头发乱得像"鸡窝"一样，敌人对老百姓的凶狠由此可见一斑。"生姜拐"是指一头尖，中间略有棱角形状的物体，这里用来形容中国传统社会中裹脚女人的小脚。如果不是敌人用力拖拽，导致裹脚布松开，脚趾尖不会露出来。此处写出敌人对老百姓的残暴。（3）中的"粪勺"是农民舀粪便时的用具。此处未用铁锹等工具，显示当时情况紧急。（4）中的"锅房"就是厨房，"火叉"是在炉灶里燃烧柴火时控制火势大小的工具，"锅塘"是指锅底下留有的空间，锅塘四周都用建筑材料砌好，以利于聚热，在其中放柴火燃烧加热锅内食物。这些方言词是通用语言难以替换的，比如厨房，事实上已经不同于"锅房"了。运用这些词一方面表现出形势急迫，另一方面也体现出淮河流域的地方特色。

以下句子中的加点字是表示人体部位的名词（着重号为笔者所加）：

（1）下巴骨子格格格格响了几下……[④]

（2）只见七月子，两只眼睛睁有洋钱大，瞳人子蓝蓝定神，……[⑤]

（3）大高个子的蒋匪军，如凶神一样，陷在后脑塘里的两只黄眼睛，往起一勒，……[⑥]

① 陈登科. 活人塘[M]. 3版. 北京：人民文学出版社，1979：31.
② 陈登科. 活人塘[M]. 3版. 北京：人民文学出版社，1979：36.
③ 陈登科. 活人塘[M]. 3版. 北京：人民文学出版社，1979：37.
④ 陈登科. 活人塘[M]. 3版. 北京：人民文学出版社，1979：42.
⑤ 陈登科. 活人塘[M]. 3版. 北京：人民文学出版社，1979：30.
⑥ 陈登科. 活人塘[M]. 3版. 北京：人民文学出版社，1979：31.

（1）中的“下巴骨子”是指下颚，“骨”的方言读音和普通话读音很不一样，方言读音和后面的“格”在音韵上有相似处，都带“e”。因此，“下巴骨子格格格格响了几下”读起来有一定的韵律感，比普通话的“下颚”或“下巴”显得和谐很多。（2）中的“瞳人子”指的是“瞳孔”，“瞳人子”读起来音量比“瞳孔”来得小，这和悲惨的氛围比较合拍。（3）中的“后脑塘”即“眼眶”，“后脑塘”带有夸张意味，表明这个蒋匪军眼眶深陷，长相异于常人，更加显示出他的凶残。

以下句子中的加点字是表达人物复杂情感的名词（着重号为笔者所加）：

（1）孙在涛是新河集最有脚力的人，吃人的野狗，他父亲孙锡川中过举。①

（2）咱薛家祖上是锅碗一担挑到新河集的，落了户，靠两只手苦，可怜，熬肠刮肚的，又买了几亩田，到你爸爸手里，我家已是独牛独车的人家。②

（3）……下豆油锅的孙在涛又下绝心眼子，……③

（4）“……我心，我肉，我二子，我心肝，你是爸爸的冤枉根……。”④

（5）“问我为啥做保长么？告诉侬，是我自家，是我格内眷，是那班殷户，还有乡长阎罗王，顶重要是那个白无常，是伊害了我。……”⑤

（1）中的“脚力”原本是一个褒义词，这里正词反用，“脚力”指欺压老百姓的势力，刻画出孙在涛祸害乡里的凶残形象。（2）中的加点词“独牛独车”是农民能够立足的基础，体现出人物生活的艰难，为能拥有这样的生活而心满意足，更与后面的悲剧形成照应，正因为薛家通过苦干有了这份家产，这才导致地主的觊觎，反映出地主剥削农民的凶残本性。（3）中的“豆油锅”指“无恶不作的地方”，同时又多了一层心狠手辣的意味。“绝心眼子”大意和坏点子有点相似，但又比坏点子来得更恶毒。这两个词表现出老百姓对孙在涛的痛恨，同时孙在涛的凶狠也尽在其中。（4）中的“冤枉根”有遗腹子的意思，又包含不该出世之意，含有爱怜的意味，在通用语言中无法找到与之对应的词汇。这里有对就要死去的女儿七月子的爱，又有对苦难生活的控诉，表达的情感比较复杂、微妙。（5）中的“殷户”指剥削压迫人而发家的某户人家。这里带有谴责意味，表明了控诉者的愤懑。这些方言不能用通用语言来替换，它们的意思只有在作品中去进

① 陈登科. 活人塘[M]. 3版. 北京：人民文学出版社，1979：9.

② 陈登科. 活人塘[M]. 3版. 北京：人民文学出版社，1979：9.

③ 陈登科. 活人塘[M]. 3版. 北京：人民文学出版社，1979：11.

④ 陈登科. 活人塘[M]. 3版. 北京：人民文学出版社，1979：46.

⑤ 魏金枝. 活路——伪保长自述[J]. 小说，1949，3(2)：67.

一步把握。

以下句子中的加点字是多义方言名词（着重号为笔者所加）：

（1）他们在村里走了一圈，和几个村干部碰了碰头，有的出市没回，有的做生活去了，有的在家也是忙着，……[①]

（2）……他不说能苦，还有一副好脾气，手指头伸在他的嘴里都不敢咬的老实人，招呼做的生活，只有多做没有少做，在那一家就把那一家当作自己家里一样，只巴望那家多收粮食。[②]

（1）这个句子来自吴语区，从上下文的意思推断，“生活”是到外面农田里去做农活，具有农耕社会的特色。（2）这个句子来自江淮方言区，“生活”指事情。这两个句子比较起来就可以发现，虽然词语一样，但在不同的方言区，包含的内容并不完全相同。从外延上看，（1）中的“生活”小于（2）中的“生活”。（1）主要突出显示了农民做事目标不一致，团结性不够，“生活”外延缩小刚好能体现出这一表达需要。（2）写出了人物吃苦耐劳的精神，“生活”泛指事情，表现出刘二大事小事都做，突出他忠厚老实的特征。所以，虽然在通用语言里也有“生活”这个词，但是通用语言里的“生活”没有方言里的“生活”含义丰富。

二、方言形容词

为了表现现实生活的多姿多彩，方言形容词是必不可少的，形容词在刻画人物特征，描摹事物情态等方面具有独到的优势。

形容词有时会以重叠的方式出现，大致有“ABB”“AAB”“AABB”“ABAB”“AA”等重叠方式。叠词的运用增添了语言的韵律感，更加能表达出人物的喜怒哀乐。

以下句子中的加点字是“ABB”重叠方式（着重号为笔者所加）：

（1）他害死我家人，把我家紧吞吞的两合头房子拆去，……[③]

（2）尖溜溜的河风直朝他身上吹，……[④]

（3）她看看刘根生嘴唇乌乌的，身上灰色的棉军衣冻成硬崩崩的，手比冰块还凉，……[⑤]

---

① 陈学昭. 土地[M]. 北京：人民文学出版社，1953:15.

② 菡子. 纠纷[M]. 上海：新文艺出版社，1954:2.

③ 陈登科. 活人塘[M]. 3版. 北京：人民文学出版社，1979:15.

④ 陈学昭. 土地[M]. 北京：人民文学出版社，1953:77.

⑤ 陈登科. 活人塘[M]. 3版. 北京：人民文学出版社，1979:37.

（4）一个榴弹炮打进新河集的大街后，圩里圩外的老百姓，从暖和和的被窝里被震醒了，[1]

（5）薛陆氏活抖抖地叫："乖！不得——了——啦！"[2]

（6）抬头一看，见地上躺着一个受伤的人民解放军，格抖抖地打了一个寒战，……[3]

（7）薛陆氏两只手活活沙沙放下七月子，两只眼睛呆呆看住大凤子，牙格吱吱的响，嘴张不开来，……[4]

（8）没等李二嫂说出一句话，吉二花子硬吱吱的把她拖到门外去。[5]

（9）她爬过一条圩沟，穿过几块荒田，急喘喘地跑进三官殿的大门。[6]

（10）胡喜戴着县大队同志送他的一顶旧棉军帽，他把帽耳拉了下来，自己觉得好像是野战军似的，劲抖抖的走在最前头。[7]

（11）两个兽军，捺下屁股，气噗噗地提起他被打伤的血淋淋的腿，把他拖向新河集南圩门去。[8]

（12）小龙娘吓势势朝舱外看……[9]

这么多例子可以反映出这一重叠方式是形容词中应用比较多的类型。其中的"BB"是对"A"的强调，如果没有"BB"的重叠，那么"A"的特征就无法凸显出来。（1）中的"紧吞吞"，通过"吞吞"的重叠表现出了"紧"的程度，突出强调了人物非常喜爱和看重这两合头房子，同时还含有人物只有这间两合头房子安身，如果失去了，人物就无处安身的意思。这里写出了以孙在涛为首的地方豪强对农民的掠夺。（2）中的"尖溜溜"写出了风势的猛烈，"溜"本是动词，指偷偷逃走，速度很快，"溜溜"叠用，在原有的基础上更加强调了速度的迅疾，体现出风势"凛冽"。这样的风刮在人的身上，人会觉得更加寒冷。此处表现出人物所处环境的恶劣，表现出人物不畏困难的大无畏气概。同时也起到了象征作用，寒冷的天气与敌人的凶狠相呼应，更是对敌人无情压迫的谴责。（3）中的"硬崩崩"的意思是非常坚硬。棉军衣本来是软的，变得"硬崩崩"是反常现

① 陈登科. 活人塘[M]. 3版. 北京：人民文学出版社，1979：19.
② 陈登科. 活人塘[M]. 3版. 北京：人民文学出版社，1979：23.
③ 陈登科. 活人塘[M]. 3版. 北京：人民文学出版社，1979：31.
④ 陈登科. 活人塘[M]. 3版. 北京：人民文学出版社，1979：46.
⑤ 陈登科. 淮河边上的儿女[M]. 南京：江苏人民出版社，1979：97.
⑥ 陈登科. 淮河边上的儿女[M]. 南京：江苏人民出版社，1979：15.
⑦ 刘溪. 大地回春[M]. 上海：新文艺出版社，1952：9.
⑧ 陈登科. 活人塘[M]. 3版. 北京：人民文学出版社，1979：28.
⑨ 郑秀章. 海上英雄传[M]. 上海：劳动出版社，1951：14.

象，只有两种情况同时存在，棉军衣通常才会变硬。这两种情况是棉衣浸透着水分，同时天气寒冷。联系上下文分析，穿这件棉军衣的刘根生被敌人活埋了，大雪纷飞，再加上土坑里结冰的水在体温之下融化了，融化后的水浸湿了棉军衣，之后再在严寒之下结冰，棉军衣才变得硬崩崩的。“硬崩崩”体现出敌人的凶残，更表现了刘根生宁死不屈的英雄气概。（4）中的“暖和和”突出了温暖的感觉。炮弹声瞬间惊扰了老百姓的睡梦，老百姓从“暖和和”的被窝里被震醒，从温暖转向寒冷，这一方面是体感，另一方面也是心里体验，体现出战争的残酷无情。（5）（6）中的“活抖抖”“格抖抖”的意思大致相同，都是指人在毫无心理准备的情况下遇到令人难以承受的事情时，身体的应激反应。加点词分别指薛陆氏遇到敌机空袭、看到受伤的刘根生时的反应，表现出战争对平民老百姓的身心伤害。（7）中的“格吱吱”写出薛陆氏咬牙切齿的表情，展现出她在压抑着内心的极端痛苦。联系上下文看，薛陆氏此时在做一个痛苦的决定，她准备用受伤的七月子去替换被敌人活埋的受伤的解放军战士刘根生，“格吱吱”这个词显示了薛陆氏内心无比的痛苦，以及做这个决定的不易。（8）中的“硬吱吱”表达了吉二花子急于把李二嫂拖出门外的心情，也写出了吉二花子内心的狠毒。（9）中的“急喘喘”表明跑得很急，喘不过气来的样子。联系上下文看，这个词描写出薛陆氏听说孙在涛要回新河集时的紧张焦虑，为了打击以孙在涛为首的反恶势力，老百姓积极响应民兵的号召，参加破路、挖工事的行动，“急喘喘”体现出薛陆氏急切地要参加革命活动的热情。（10）中，从上下文可以看出，胡喜非常喜爱野战军，“劲抖抖”表现出胡喜的自豪，刻画出胡喜干劲十足、不畏敌人的乐观主义的精神状态。（11）中的“气噗噗”的意思是指气势汹汹。这里体现出敌人的凶残，以及刘根生坚强不屈的精神。（12）中的“吓势势”写出小龙娘惊惶万状的神态，也描写出形势的紧急。

从上述例句及其分析可知，“ABB”重叠方式的形容词对小说刻画人物、表达情感都起到了积极的促进作用。

以下句子中的加点字是“AAB”重叠方式（着重号为笔者所加）：

（1）只是看见船上的解放军，一个个把子弹往枪膛里装，刺刀雪雪亮……[①]

（2）老黄心里索索抖，……[②]

“AAB”重叠方式在方言中不太多见，它刚好与“ABB”相反，是“AA”对“B”特征做进一步强调。（1）中的“雪雪亮”用“雪雪”来强调“亮”得耀眼。

① 郑秀章. 海上英雄传[M]. 上海：劳动出版社，1951：9-10.

② 郑秀章. 海上英雄传[M]. 上海：劳动出版社，1951：10.

“雪雪亮”描写出刺刀被擦得非常干净，同时也表现出解放军严明的军纪和高昂的精神状态。(2) 中的“索索抖”用“索索”来强调“抖”得厉害，表明老黄在紧张的环境下害怕、不安的心理。

以下句子中的加点字是“AABB”重叠方式（着重号为笔者所加）：

（1）大凤子、七月子一听去破路，准备与国民党军队打仗，失失慌慌吃了两碗山芋粥，把门一锁，一家娘儿三个，都扛起大蒲锹铁铣，跑到三官殿去集合，……①

（2）她看与她的七月子差不多大，也是那样的团团圆圆的脸，眼红红，滴下几点泪珠，……②

（3）薛陆氏两只手活活沙沙放下七月子，两只眼睛呆呆看住大凤子，牙格吱吱的响，嘴张不开来，……③

（4）刘大寡妇在人堆里，三挤两晃，挤到前边，嘘嘘吵吵地说：“怎！你们嘴都用封条封住了吗？哪个看见说哈，别拖累人啊！”④

（5）雨还是湿湿啦啦的下着，云彩依然很重，没有一点想晴的意思。⑤

“AABB”是对“AB”情态特征的强调，常用来修饰动词，做状语，对人物的动作、讲话时的情态作细部刻画，增强语言的形象性。(1) 中的“失失慌慌”刻画出人物听到国民党攻打过来后希望帮助共产党，急着去“破路”的神态，体现出人物紧张、急切的心情。(2) 中的“团团圆圆”描写出人脸的形状比较饱满，这里指七月子和刘根生的脸型很相似，薛陆氏看到刘根生“团团圆圆”的脸就联想到受伤的女儿七月子，这为后面薛陆氏用受伤的七月子替换刘根生打下伏笔。(3) 中的“活活沙沙”主要用来描写薛陆氏用受伤的女儿七月子替换刘根生时的神态与动作，薛陆氏在留下女儿时痛苦得浑身颤抖，但她仍义无反顾地将刘根生偷偷带回家并假扮成七月子，这体现出薛陆氏对人民子弟兵的热爱之情。例 (4) 中的“嘘嘘吵吵”有虚张声势，大声吵嚷之意。刘大寡妇“嘘嘘吵吵”主要是想瓦解群众的斗志，体现出她的险恶用心。(5) 中的“湿湿啦啦”使语气变缓，和雨缠绵不断很合拍。

以下句子中的加点字是“ABAB”重叠方式（着重号为笔者所加）：

---

① 陈登科. 活人塘[M]. 3版. 北京：人民文学出版社，1979：16.

② 陈登科. 活人塘[M]. 3版. 北京：人民文学出版社，1979：38.

③ 陈登科. 活人塘[M]. 3版. 北京：人民文学出版社，1979：46.

④ 陈登科. 淮河边上的儿女[M]. 南京：江苏人民出版社，1979：35.

⑤ 白危. 渡荒[M]. 上海：新文艺出版社，1951：10.

这个小老头，活抖活抖的在黑暗里……[①]

“ABAB”是对“AB”的强调。例句中的“活抖活抖”强调抖得厉害，表明小老头内心极度紧张，连声音都不断地颤抖起来。

以下句子中的加点字是“AA”重叠方式（着重号为笔者所加）：

（1）她冲冲奔到家，……[②]

（2）天！陡陡的黑下来，尖溜溜的东北风，刮下一片一片的雪花子，……[③]

（3）天上陡陡的飘下雪花，……[④]

“AA”是对事物某个特征进行强调。(1）中的“冲冲”突出了人物急迫、紧张的心情，也反映出形势的险恶。(2）中的“陡陡”是指速度极快，一般人还没有反应过来，事情已经发生了，强调天黑得让人觉得不平常。(3）中的“陡陡”也是强调速度快，指毫无征兆就开始下雪，表现出环境险恶。

从上述所举的例子中可以看出，在方言形容词构成方面，叠词的运用是一个很大的特色。总体看来，叠词运用有以下几个作用：其一，起到强调作用；其二，增强语言韵律感；其三，能进一步刻画出人物的特征。

形容词感情色彩相对于名词、动词更加浓厚。不同感情色彩的形容词在刻画人物、表情达意等方面都具有重要的作用。例如（着重号为笔者所加）：

（1）咱薛家祖上是锅碗一担挑到新河集的，落了户，靠两只手苦，可怜，熬肠刮肚的，又买了几亩田，……[⑤]

（2）这时站在堆下边的肥头肥脑的地主金洪生，险腔怪调的仰着脸说：“真奇怪，怎么十冬腊月打响雷呢？天真变嘞吗？”[⑥]

（3）妈妈没有敢对你讲，怕你嘴敞，……[⑦]

（4）“我回去，跑还比你跑的凶些。”张学文喊得脸都震红了。[⑧]

（1）中的“熬肠刮肚”写出了人物勤劳节约、老实本分的特点，也表现出老百姓的艰难生存状况。(2）中的“险腔怪调”是贬义词，用这个词刻画出地主金洪生讲话时的神态和腔调，表现出金洪生敌视人民政权，急切希望重回过去生活

① 陈登科．淮河边上的儿女[M]．南京：江苏人民出版社，1979：12.
② 陈登科．活人塘[M]．3版．北京：人民文学出版社，1979：37.
③ 陈登科．活人塘[M]．3版．北京：人民文学出版社，1979：39.
④ 陈登科．活人塘[M]．3版．北京：人民文学出版社，1979：40.
⑤ 陈登科．活人塘[M]．3版．北京：人民文学出版社，1979：9.
⑥ 刘溪．大地回春[M]．上海：新文艺出版社，1952：10.
⑦ 刘溪．大地回春[M]．上海：新文艺出版社，1952：43.
⑧ 陈登科．淮河边上的儿女[M]．南京：江苏人民出版社，1979：20.

的心理状态。(3)中的“敞”意思为“不严实”。“敞”比较形象，有敞开的意思，把东西暴露在光天化日之下，没有私密性。这里写出了大凤藏不住话的性格，也写出了大凤妈的谨慎及其对革命战士的热爱。(4)中的“凶”含有竭尽全力跑动的意思，写出了在严峻的形势下，民兵们积极争取战斗任务，不怕牺牲的品格。

形容词和名词一样，也存在同词不同义的现象，不过在形容词中这一现象经常出现在单字词中，比如“快”“崭”等。

形容词“快”的不同含义(着重号为笔者所加)：

(1)头顶那架匪机看见这船突然走得风快，索性呜呜飞得齐船顶扫机枪，……[①]

(2)小龙一听这话高兴煞快，一口答应带路……[②]

(3)秦守本把刀口在身边的一棵小树枝上轻轻地荡了一下，树枝便不声不响地折断下来。“乖乖！这样快！”他伸出舌头惊叹地说。[③]

(1)中的“快”的意思是迅速，表明行船为逃避敌机追击时仓皇奔逃的样子，同时也显示出敌机的猖狂与凶残。(2)中的“快”是高兴、快乐的意思，体现小龙在毫无准备的情况下听到打击匪寇时快乐的心情。(3)中的“快”带有锋利的含义，表达出秦守本惊异、自豪的心情。

形容词“崭”的不同含义(着重号为笔者所加)：

(1)“没有味道，没有一点味道！……老是什么生产啦，增产啦，丰产啦，……干干脆脆共了产拉倒！你们老要我演这些戏干啥？像从前那些时装戏编得多崭：‘小老妈’啦，‘枪毙阎瑞生’啦，‘筱丹桂自杀记’啦，……你要我演那些戏，排几个通宵也干。那才叫过瘾哩！”[④]

(2)“啥时光买的，这样崭！”王冬生看着她底套鞋。[⑤]

(1)中的“崭”的意思是好。这里是把从前落后的戏和现在宣传政策的戏进行比较，人物认为过去的戏文好，表现出人物落后的思想意识。(2)中的“崭”是漂亮、合脚的意思。此处是人物在没话找话说，小说刻画出人物想和对方拉近关系的心理。

---

① 郑秀章.海上英雄传[M].上海：劳动出版社，1951:24.

② 郑秀章.海上英雄传[M].上海：劳动出版社，1951:28.

③ 吴强.红日[M].太原：北岳文艺出版社，2001:171.

④ 冀汸.这里没有冬天[M].上海：新文艺出版社，1954:58.

⑤ 冀汸.这里没有冬天[M].上海：新文艺出版社，1954:74.

三、方言动词

相对于名词、形容词，动词在刻画人物时有其特定的作用，运用动作可以表达人的情感以及内心活动。有时一个精准的动词，能达到传神的目的。鲁迅刻画人物时，动词的运用就非常精妙。《祝福》中描写祥林嫂濒临死亡前，运用一个“轮”字就把她恍惚痛苦的精神状态表现了出来。中华人民共和国成立初期，动词也是华东地区的小说中不可缺少的词汇之一。

从总体情况看，方言动词运用比较多的是单字，有的单字方言动词意思丰富，不是某一个通用语言的词汇能轻易替换得了的。比如苏北方言里的某些词语（着重号为笔者所加）：

（1）“你爸爸从田里推一小车豆子，往场上一登，那个杀千刀的张学海来了。……”①

（2）……慢慢把妈妈屈过来，……②

（3）“二妹，只要你说一句宽心话，我拼命也要去把他钉回来。”③

（4）张学文翻身坐起，把头上帽子抓下往地上一掼，……④

（5）……身子一逼，伏在沟槽里，……⑤

（1）中的动词“登”，这里有“倒”的意思，还有一层“由下往上”的意思，即把一车豆子从田里拉到地势比较高的场地上。从“登”字可以看出拉车的人出了很多力，很辛苦，好不容易到了场上，理应好好休息一下，但是张学海却不让人休息，从中看出张学海的凶狠，也能看出拉车人的辛劳。“倒”字不可能表现出这么多的内涵。（2）中的“屈”，不仅有“抢救”的意思，还暗含着肢体动作，即把昏迷者扶得半坐起来，施救者伴有掐人中等动作，体现出救人的不易。这里表现了被救者的可怜境地，更能展现剥削者的残酷无情。接下来几个例子中的“钉”“掼”“逼”等词都是如此，它们有通用语言“叫”“摔”“伏”的意思，但同时也含有通用语言没有的意思：“想尽办法”“用力、方向基本直上直下”“身体尽量蜷缩着”，这些意思是刻画人物的关键，因此具有不可替代性。

然而，不是所有的单字方言动词都无法和通用语言对应，有些词和通用语言的意思基本相似。比如（着重号为笔者所加）：

---

① 陈登科. 活人塘[M]. 3版. 北京：人民文学出版社，1979：10.

② 陈登科. 活人塘[M]. 3版. 北京：人民文学出版社，1979：10.

③ 陈登科. 淮河边上的儿女[M]. 南京：江苏人民出版社，1979：101.

④ 陈登科. 淮河边上的儿女[M]. 南京：江苏人民出版社，1979：10.

⑤ 陈登科. 淮河边上的儿女[M]. 南京：江苏人民出版社，1979：11.

(1)“二嫂，这枪是我一人抢到的啊！我不把人。”[①]

(2) 从他们住的地方出发，落北往西过桥，……[②]

(3)“蒋乡长，我看你倒像疯狗一样，乱咬一顿。我站在这里并没有撩你呀。”[③]

(4)“我跟你切！大娘！”梅福如说着，从余老大娘手里拿过菜刀，在墙石上荡了两下，便切起山芋片子来。[④]

(5)“死鬼”入土了，来顺妈就老捧着小来顺子，坑着头，眼睛上挂灯笼，动不动就嘘嘘的哭。[⑤]

(6) 李二嫂和小六离开了半年多，眼下一见面，当然是啦不尽的事儿，说不完的话。[⑥]

联系上下文分析，这些单字方言动词基本上都能找到与之对应的通用语的动词来替换，“把”“落”“撩”“跟”“坑”“啦”和“给”“向”“挑逗”“帮”“低下”“说”的意思非常相似，基本可以替换，不太会使原有的方言动词的内涵有所损伤，基本能达到原有的表情达意的目的。从刻画人物的角度看，这些动词有的包含在人物的语言中，有的是人物直接做出的动作，不管小说如何运用这些动词，它们都是小说不可或缺的组成部分，是小说语言的有机组成部分。

相同的方言动词具有不同的意思，这体现了某些方言词汇具有较强的包容性，能承担不同的语义功能，语言表现力强，比如“巴”“裂”“作兴”等，在具体的语境中表示不同的意思。例如（着重号为笔者所加）：

(1)“咱不受这个熊罪了，我看咱们裂了吧！”王虎眼睛里发出一阵亮光，捶了一下膝盖，坚决的说。[⑦]

(2)“这样不行呀，鬼子来了怎么办呢？”“怎么办？”鲁汉叫着，“来了我们就跟他裂，你怕鬼子，我们还怕么！”[⑧]

(3) 汪奶奶不加思量的说：“照俺看哪，全可靠，巴俺们的人来，眼巴得有茶盅口大，夜里想的连觉也睡不着。”[⑨]

---

① 陈登科. 淮河边上的儿女[M]. 南京：江苏人民出版社，1979：233.
② 陈学昭. 土地[M]. 北京：人民文学出版社，1953：15.
③ 夏阳. 在斗争的路上[M]. 上海：华东人民出版社，1951：10.
④ 吴强. 红日[M]. 太原：北岳文艺出版社，2001：256.
⑤ 菡子. 纠纷[M]. 上海：新文艺出版社，1954：1.
⑥ 王安友. 李二嫂改嫁[M]. 2版. 济南：山东人民出版社，1959：32-33.
⑦ 刘知侠. 铁道游击队[M]. 太原：北岳文艺出版社，2001：267.
⑧ 刘知侠. 铁道游击队[M]. 太原：北岳文艺出版社，2001：291.
⑨ 刘溪. 大地回春[M]. 上海：新文艺出版社，1952：87.

（4）老娘闭上眼睛，双手巴着墙说："没有，没有，杀死也没有。"①

（5）李二嫂满不在乎的，微微笑着说："你家跪过哪！我们家不作兴。"②

（6）"去寻寻看！作兴回来了呢！"俞小松说。③

（7）"不要紧，连夜找地方匹起来，也作兴明天他们不来搜，不管怎样，匹起来稳当些。"④

（1）（2）中的"裂"的内涵明显是不一样的。（1）中的"裂"是"散伙"的意思，刻画出叛徒王虎面对困难要脱离革命队伍的心理活动。（2）中的"裂"是"拼命"之意，写出鲁汉勇猛、急躁的性格。这两个意思表面看来差别比较大，但仔细分析一下，就发现它们和"裂"的原始意思"裂开"有关，"散伙"含有人与人分开之意，"拼命"也有"撕裂"的意思，和"开"有一定的关联。这个动词和北方人粗犷的性格非常合拍。（3）（4）中的"巴"也各有内涵。（3）中的"巴"是"盼望"的意思，例4的"巴"指"用手抠着，不让别人拖走"，都带有"用力做某事"的意思。（3）中的"巴"写出老百姓对人民军队的盼望之情，表达了对他们的热爱。（4）中的"巴"写出老人的勇敢，也体现出敌人的凶残。（5）和（6）（7）中的"作兴"意思不同。（5）中的"作兴"指"这么做"，写出李二嫂对丈夫的爱。（6）（7）中的"作兴"是"可能"的意思，这里做动词。"裂""巴""作兴"等词显示出方言词汇的内涵丰富性，具有一定的表现力，对小说创作中的人物刻画、主题显示等方面都会起到一定的作用。

第二节　方言进入小说的策略

在文学创作中，方言和通用语言的关系复杂。小说方言注释连接着方言和通用语言，由其作为论析对象，或许有助于考察这种关系带来的某些问题。小说方言注释体现了作者的方言观念、立场以及态度，是作者和方言的直接对话。在20世纪50年代，小说方言注释现象比较普遍，它以夹注、脚注和尾注等形式出现在小说中。当年，大家对此多持肯定的态度，"莫说是写翻身后的贫雇农，就说是农民吧，如果真正要写得生动，写得'如出其口'，我们常用的这一套白话腔，——姑且不说文言腔吧，——一定是不够的。可是，写农民的口语，也得有

① 刘溪. 大地回春[M]. 上海：新文艺出版社，1952：28.
② 陈登科. 淮河边上的儿女[M]. 南京：江苏人民出版社，1979：74.
③ 陈学昭. 土地[M]. 北京：人民文学出版社，1953：100.
④ 艾煊. 秋收之后[M]. 上海：新文艺出版社，1955：25.

个分教，那就是，为了照顾一般异地的读者，加注是必要的；虽然有些读者曾经到过东北，有些读者可以从上下文猜想，但毕竟还是作者趁便加个注释才好。要知道，我们的采用口语，一面固然在于传神，但在另一方面，我们却也希望通过这一种写作的提炼，更加富丰我们全国普通的文学语言的内容的。”[①]小说方言注释成为沟通通用语言和方言的渠道，起到丰富“全国普通的文学语言”的作用。随着通用语言的普及，小说方言注释渐渐减少。

随着通用语言的日渐普及，文学语言同一的趋势越来越深入语言底层，语言的多样性不断被清洗出语言世界，语言工具性面相日渐浓厚，作家们开始怀念承载着故土记忆的方言，重新把它们引入小说。20世纪90年代以来，小说方言注释再次进入人们的视野。从现有情况看，它承载着不同于20世纪50年代小说方言注释的任务，被看成为拯救方言的举措。张琦在论述《马桥词典》时写道：“实际上小说对方言的注释本身就是在提示着一个普通话的语境，注释本身也是一种翻译，在这个过程中，方言的磨损已经真实地发生了。方言的磨损与我们的生活现实有关。普通话这种虚拟的共同体是与民族国家的想象联系在一起的，这种虚拟的力量侵入我们的生活，作为强势文化不仅修改了我们的说话方式，同时也修改了我们的感知方式和体验方式，使我们日益远离与故乡息息相关的语音和词汇。”[②]在张琦的论述中，小说方言注释成为被声讨的对象。到底应该如何评价当下小说中的方言注释现象？20世纪50年代的方言注释的历史语境以及由此带来的语言观念、立场和态度对今天的人们也许是不无裨益的。

一、方言注释的历史语境

20世纪50年代初期，人们对方言进入小说这一现象多持肯定态度，当时人们的苦恼之处不在于方言能不能进入小说，而在于方言在小说中应该如何得到更为妥善的利用。唐弢在论及人物对话时认为，方言应该进入人物对话，论述行将结束时，唐弢指出：“在语言尚未统一，纯粹方言文学的写作还不可能被普遍地接受的今天，应该尽可能地应用土白，插入会话，实在是可以采取的办法，主要的是看作者怎样来运用。这是一个值得研究的问题，这是一个有待于大家来深入讨论的问题。”[③]许杰和小说《活路——伪保长自述》（下文均称《活路》）的作者魏金枝讨论《活路》的语言时，同样也重视小说中的方言运用的方式。他说：“我因为重视用方言写作的尝试，也珍爱作者的这一个新形式的作品，所以我心

① 许杰.“江山村十日”笔谈[J]. 小说,1950,3(6):85.

② 张琦. 方言:他者的虚妄与真实[J]. 东北师大学报(哲学社会科学版),2006(2):114.

③ 唐弢. 关于会话语言[J]. 小说,1950,3(4):98.

愿提出一些不成熟的意见，想指出作者所应该强调却没有完全强调的主题，希望读者注意，同时也想探讨一下形式与内容的关系，特别是方言写作的前途，给准备在文艺创作上探寻一条新路，面向工农大众，为工农大众服务的作家一个参考。是否有当，连我自己上不敢必定呢！”①尽管在如何运用方言上，大家不能做出论断，但在方言可以使用这点上，各方基本上没有疑义。出现这种现象，很大一部分原因在于人们把方言等同于人民群众语言。美国学者康凌对此有过论述，他在研究20世纪50年代的中国方言文学时说：“方言文学问题之所以会引起持久的讨论，不仅仅是因为它牵涉到民族国家的现代化过程中地方性改造的问题，……在这一点上，各方几乎没有分歧。使得方言文学聚讼纷纭的另一个，也是更重要的原因，是因为在当时的历史条件下，方言并不仅仅被视为‘地方的语言’，同时，它还具有‘人民的语言’的身份——这一点，恰是后五四时期的左翼文艺运动中所留下的遗产。”②正因为对小说中的方言运用的合法性地位充满自信，所以在1950年前后，方言开始大面积出现在小说中，方言注释现象随之出现。

随着社会环境的变化，方言在小说中得以较大幅度呈现的局面，不久即遇到来自语言学家的质疑。邢公畹首先对方言小说存在的合理性进行诘难。他针对的论述对象是方言小说，但就语言层面看，他是针对方言进入文学而进行阐释的。邢公畹明确提出：“当革命力量没有进入大城市或刚刚进入大城市的时候，我们提出‘方言文学’的口号，这是正确的；当革命在全国范围内取得了胜利之后，我们要求以正在发展中的民族共同语（全民语）来创作，这也是正确的。这两个不同的口号适应于两个不同的时代，但这两个口号本身却是互相矛盾的，要求它们不矛盾是不可能的。”③这段言论表明革命在全国范围取得胜利后，民族共同语应该是创作的首选，方言因其地域性，对民族共同语的形成会产生负面作用，“方言文学”是不应该被提倡的。尽管如此，对于文学中的方言运用，包括邢公畹在内的许多论者都主张部分方言可以在民族共同语的框架内保留下来。周立波的《谈方言问题》写道：“采用方言，不但不会和‘民族的统一的语言’相冲突，而且可以使它语汇丰富，语法改进，使它更适宜于表现人民的实际的生

① 许杰. 魏金枝的《活路》[J]. 小说,1949,3(3):104.

② 康凌. 方言如何成为问题？——方言文学讨论中的地方、国家与阶级(1950—1961)[J]. 现代中文学刊,2015(2):36.

③ 邢公畹. 关于“方言文学”的补充意见[J]. 文艺报,1951(10):15.

活。”[①]邢公畹号召作家要学习方言，“我们愈下苦功来学习各方言区人民的语言，就愈能使我们的语言丰富有味。”[②]尽管最终的目的还是为了建设民族共同语，但这些言论毕竟为方言在现代民族国家建设的道路上争得了存在的空间，作家至少在方言运用上有了一个大致的努力方向。

很明显，1950年前后，方言的存在普遍被肯定，而且尝试创作方言小说的作者以及鼓吹小说可以使用方言的论者，都没有完全认清形势的变化。在现代民族国家的构建过程中，作为地方因素之一的方言总是属于被压抑的部分。哈贝马斯写道：“语言共同体的同质性不是先天就有的。它也要求为了建立一种书面语言而忽视不同方言之间的差别。”[③]方言的多样性和现代民族国家所需的通用语言的同一性存在着相悖之处，为了融入现代民族国家的建构中，语言必须要走向同一，作为语言重要载体的小说，同样也需要尽可能地运用通用语言，方言在小说创作中的弱化势在必行。1955年10月26日，《人民日报》社论《为促进汉字改革、推广普通话、实现汉语规范化而努力》强调：“方言可以而且必然会同普通话在相当长的时期内并存，但是必须不断地扩大普通话的应用范围，要尽力提倡在公共场合说普通话，尽力提倡在书面语言中使用普通话，要纠正那种不承认普通话、不愿听普通话、甚至不许子弟说普通话的狭隘地方观念，纠正那种在出版物中特别是文学作品中滥用方言的现象。”[④]至此，方言的运用问题被纳入汉语规范化运动中，小说中方言注释现象也越来越少。

二、方言注释的形式

在社会产生巨大变化之际，小说中方言的强化和弱化都与时代息息相关，20世纪50年代的小说形象地为读者展现了这一过程。1950年前后，许多小说创作者误读了方言在新时代的意义，仍然延续20世纪30年代延安时期的方言观，将方言等同于人民群众语言，在创作中使用方言，以增强作品的工农兵色彩。

在创作实践中，他们也遇到了绕不过去的难题——读者范围的扩大。当时，他们作品的接受面已经是整个中华人民共和国，如果方言差别较大，不同地区的人就很难读懂对方小说中的方言。面对这一困境，小说家们努力在地方性与全国性之间达成平衡。他们并没有在意识层面上认识到在现代民族国家日趋同一的阶段，方言的不合时宜处，但他们毕竟感到时代巨变带来的影响，在语言观念仍旧

① 周立波. 谈方言问题[J]. 文艺报，1951(10)：16.

② 邢公畹. 关于“方言文学”的补充意见[J]. 文艺报，1951(10)：15.

③ 哈贝马斯. 后民族结构[M]. 曹卫东，译. 上海：上海人民出版社，2002：13.

④ 佚名. 为促进汉字改革、推广普通话、实现汉语规范化而努力[N]. 人民日报，1955-10-26(1).

束缚在方言等同于人民群众语言的情况下，苦苦探寻小说中的方言适应时代要求之路。

毋庸讳言，1950年左右的小说中的方言确实有令读者无法把握的情况。1950年，陈登科的《活人塘》连载在《说说唱唱》上。陈登科曾经表示：“《活人塘》的语言，是全部采用苏北地方语言来写的，因此，也为读者带来了一些不必要的困难。特别是由于用了些没有经过提炼的土语，更造成该书在语言上难懂，不精练，甚至有的地方显得太杂乱一些。”[①]这里援引《活人塘》词汇为例以显示小说中的方言面貌（着重号为笔者所加）：

（1）慢慢把妈妈屈过来！[②]

（2）“我娘儿又不知到那块去讨饭晒干瓢……”[③]

上述所引的句子加点字词属于苏北方言，不熟悉苏北方言的人就难以明白这些词汇的意思，赵树理在阅读《活人塘》时就出现了很大的阅读障碍。陈登科谈到《活人塘》出版经过时，曾说：“这本书能获得发表以及出版，是与赵树理同志对我的帮助分不开的。赵树理同志，他是北方人，不懂苏北土话，看也看不懂。同时我那时写的字，活象蚂蚁爬的一样，更是难认。赵树理同志并不因难懂难认，把它放到一边去。他关起门来，一字一字去抠，整整帮我修改了七天，才将它修改好，在《说说唱唱》上发表出来。”[④]

《活人塘》运用苏北方言进行创作。苏北方言处于南北交界稍微靠北地带，语汇、语法构成和以北方话为基础的通用语言有差别，但还是有接近的地方。处于晋方言区的赵树理阅读《活人塘》就已感到困难，那么，和通用语言差别更大的南方方言进入小说，对于其他方言区的读者来说其阅读难度就可想而知了。小说《活路》似可验证这一现象，许杰指明了《活路》中的方言归属：“魏金枝先生的《活路》，是一篇用绍兴方言，不，应该是他的家乡嵊县方言，写的新型的小说。”[⑤]《活路》运用的浙江绍兴嵊县方言属于吴语，不熟悉吴语的读者是难以读懂这篇小说的。针对这一局面，魏金枝采用小说方言注释——尾注的形式来降低非吴语区的读者的阅读难度。

这是一篇短篇小说，其尾注多达几十条，为了展示全貌，现全部摘录如下：

---

① 陈登科. 活人塘[M]. 3版. 北京：人民文学出版社，1979：146.

② 陈登科. 活人塘[J]. 说说唱唱，1950(10)：29.

③ 陈登科. 活人塘[J]. 说说唱唱，1950(10)：32.

④ 陈登科. 活人塘[M]. 3版. 北京：人民文学出版社，1979：147.

⑤ 许杰. 魏金枝的《活路》[J]. 小说，1949，3(3)：100.

伊	就是他。
伊拉	就是他们。
野	就是“伊拉”的快读。
乃	就是你们。
我拉	就是我们。
外	就是“我拉”的快读。
格	就是的字，有时也当“这个”用。
介	就是这样。
来东	就是在着。
来带	就是在这里。
来亨	就是在那里。
尾巴头	就是儿子。
乌烟	就是鸦片。
内眷	就是妻子。
水劈	就是用瓦片在水面掠，瓦片在水面跳跃，是一种游戏。
屙拱头	就是大肠的末段。
那介	就是怎么样。
连猪娘赶去	就是本利都失去。
□（该字漶漫，以□代替——笔者注）	就是乘便走。
烟盅	就是烟杆。
听壁角	就是私听。
来	通在字。
拨	通把字。
开耙	就是新酒热时，用耙调匀一番。
□（该字漶漫，以□代替——笔者注）	就是自己弄错。
话	通讲字说字。
篰底鸭	就是被压在下面的人。
屋里	就是家里。
屋里格	就是妻子。
娘娘	就是祖母。
囡头	就是女儿。
铁扎	就是钉耙，刮皮要钱的意思。

抬轿　　就是两人合作舞弊。
白片　　一种茶食品。
好　　就是可以，有时通同字。
老板鲫鱼　　就是大鲫鱼。
剥指甲　　就是无事可做时的动作。
那汝　　就是你是那个。
老妈　　就是妻子。
被鬼劈巴掌　　就是发昏。
搭　　通同字。
猪尾巴　　就是么二三。
笃笃指头　　就是无钱摆注，用指头点点桌板，表示下注。
散户　　就是不常出捐的穷人。
灶头打来脚船肚　　就是随时可以走开。脚船肚就是小腿肚，形似船，所以叫为脚船肚。
长工　　就是年长的男佣工。
阿嫂　　就是女佣人。
槐花　　槐花可染绿色。
下作　　就是下流。
一撑竿笃到底　　就是最重最后的打击。
千人塔　　用石板筑成，死小孩都葬在一处。
吹打手　　就是乐队。
讨养牛　　就是将牛给穷户养，生下小牛对半分。①

对于非吴语区的人，要想读懂这篇小说，只能不停地翻看注释，这样才有可能明白小说的内容。许杰批评《活路》的方言缺少时代性，政治意识模糊，《活路》的作者魏金枝回应称，他运用方言主要着眼于人物刻画。“许先生特别提出了‘过了一关还有一关’的话，来指摘没有心理感染，从而证实我是快意于家乡方言，因而忘记了时代，忘记了意识。在我，则以为在这样追述的当口，不但不应直说，甚至为了表现这伪保长的心里喜悦，就在言语上自吓吓人以外，再写点做作的吓人姿势，反能增加这位乡下佬的憨态，因而更加的天真。老实说，这是我的失败，我把这位伪保长写得还欠天真，因此还不够把解放军所说的‘老

① 魏金枝. 活路——伪保长自述[J]. 小说,1949,3(2):82.

实'，更加证明出来。"[①]魏金枝的话显然缺乏说服力，如果《活路》的读者仅在吴语区，那么，读者尚能领会运用方言刻画人物的精妙之点，问题在于《活路》的读者不仅仅在吴语区，而是全国各地的读者。也就是说，哪怕《活路》的本意是为吴语区的人而创作的，但在代际更迭之时，这种本意的现实基础也是荡然无存的，更何况魏金枝也不是仅为吴语区的读者创作《活路》，他已经认识到对于非吴语区的读者，阅读《活路》是一个巨大的挑战。不然，他也不会在小说后面缀上很长的尾注，魏金枝称运用方言能更有利于刻画人物性格，对于非吴语区的人，他们难以明白小说中方言的意蕴，那么其所称运用方言的益处也就失去了立足之处。非吴语区的人们不仅不能感知嵊县方言刻画人物的妙处，而且还要不断地将方言翻译成通用语言，阅读障碍尽显。这一矛盾体现出语言的差异性在其同一性面前的短板，究其现实缘由则在于构建现代民族国家过程中，地方性因素遭遇的不可避免的挑战。

通用语言的推广势在必行。然而，方言自身的活力又是文学作品难以舍弃的。在文学创作中，如何平衡方言和通用语言的关系，人们各抒己见，周立波、邢公畹等人都主张在创作中可以适量地运用方言，努力为方言在文学中留下一席之地。为了解决方言和通用语言之间的关系，小说中夹注、脚注以及尾注的形式不断出现。

小说中的方言夹注、脚注和尾注都是顺应时代潮流做出的折中方法。如果说1950年前后，小说中出现的各种注释形式，是为了兼顾其他方言区的读者，这是小说家的自发行为，那么，随着"方言小说"讨论的展开，作家对方言的认识有所提高，此时，方言进入小说的问题就不仅仅涉及读者群，更应该是未经改造的地方性是否有利于现代民族国家构建的问题，是和意识形态相联系的。有论者提出，"在进步的统一的民族共同语的指导下，提高与发展各地方言，使其成为进步的民族文化的一部分"[②]，言下之意，并不是所有方言都能进入作品的，应该是"提高与发展"后的方言才能进入民族文化体系之内。再者，之前小说家认为方言等于人民群众的语言，随着方言文学论述的展开，方言与"人民性"之间的关系已受到质疑，"本属于方言的'人民性'现在反而需要通过进入民族共同语的方式才能够获得"[③]，至此，在文学创作中，方言的合法性得到进一步否定。

① 魏金枝.对于《活路》的自白[J].小说,1949,3(3):105.

② 佚名.关于方言问题的讨论[J].文艺报,1951(7):19.

③ 康凌.方言如何成为问题？——方言文学讨论中的地方、国家与阶级(1950—1961)[J].现代中文学刊,2015(2):38.

1951年以后，小说中方言注释现象出现在一些旧作修改本中。在新形势面前，为了使小说合乎语言规范，有些小说家开始修改其旧作。李劼人的《死水微澜》、沙汀的《还乡记》在1949年之前的版本里都没有方言注释，之后，这两本小说都出现了方言注释现象。在1955年6月，李颉人对《死水微澜》进行修改。1954年5月，作家出版社请李劼人把《大波》大大修改一下重印，李劼人“主张《大波》必须重写，而且要另起炉灶地重写，……才又建议作家出版社，还是先从《死水微澜》《暴风雨前》依次重印的好。及得允诺，从一九五四年十一月起，才着手修改。《死水微澜》修改得少一些；《暴风雨前》更动较大，抽去几章，补写几章，另外修改的也有四分之一”①。很显然，《死水微澜》相对于《暴风雨前》修改得少一些，是指小说的内容，如果从小说方言注释的角度看，《死水微澜》修改得并不少，最为明显的就是脚注，整篇小说共有四十多个脚注，有的注释非常细致。例如（着重号都为笔者所加）：

（1）再次，就是你能凭中间人说话，先替你向上来所说的那几项人打了招呼，经一些人默许了，那，你也尽可同着中间人去走动，走熟了之后，你自可如愿以偿，不过花的钱不免多些，而千万不可吝惜，使人瞧不上眼，说你狗㊀！

㊀以前成都人讥诮悭吝的人，大抵叫之为狗屎。因为狗屎每每是干屎橛，又干又臭，令人讨厌。狗就是狗屎的省文。②

（2）最近三四年，他当了本码头舵把子朱大爷的大管事。以他的经历，以他的本领，朱大爷声光越大，他的地位也越高。纵横八九十里，只要以罗五爷一张名片，尽可吃通㊀；……

㊀四川哥老会堂口极多，堂口所在，通称为码头，并非通商大埠那种码头。舵把子即某一堂口总揽大权的头子，一般称为大爷。管事的权也大，排列第五，故称五爷。吃通，原是赌场上术语，意思为把各方都赢了，及至普通化了，便转为到处都行得通，与吃得开同一意义。③

据郜元宝所述，“李劼人1955年9月开始改写《死水微澜》，1958年初出版，其中主要的改动就是把30年代初版中大量的成都口语转换成普通话，或者给保留的口语加上详细的普通话注释。”④如此看来，1958年版本应该比1955年版本的方

① 李劼人．死水微澜[M]．北京：作家出版社，1955：3.

② 李劼人．死水微澜[M]．北京：作家出版社，1955：136-137.

③ 李劼人．死水微澜[M]．北京：作家出版社，1955：24-25.

④ 郜元宝．方言、普通话及中国文学南北语言不同论——从上海作家说起[J]．文艺争鸣，2010(9)：56.

言注释更加细密。从中可以看出，作家对通用语言的认同，同时也显示出通用语言的有限性，有些内容不得不运用方言来表达，方言在展示地方风俗、人情事态等方面确实具有一定的优势。创作者对此有一定的体会，1959年，陈登科对《活人塘》的内容、语言进行了修改，他在《后记》中写道："在语言方面，我只是将某些太难懂的土话和某些不通顺的口头语修改了，在叙述和对话上，也多少做了一些提炼。目前要把全部语言都改成普通话，还有相当大的困难。一来因为我本身就是一口苏北话，要改变语言，首先得从我自己的语言改造起，可是一个人生长在一个地方，从小就讲那地方的话，也不是三五天之内就能改变过来的。还有，这本书是反映苏北盐阜地区人民斗争生活的，我想还应该保持它原有的地方色彩。这种认识，可能有偏颇之处，我所以要保持它原有的风格，因它与我整个创作道路是有密切联系的。"[①]陈登科的言论反映出方言在文学创作中具有通用语言没有的优势。或许正是因为方言具有这种特质，所以在通用语言占得优势的情况下，作家宁愿为方言加注，也不愿放弃运用方言的机会。

除了为旧作加注，新创作的小说中还是夹杂着方言的，只不过明显比1950年前后有所减少，《山乡巨变》《创业史》等小说都是如此，这些小说中都有方言注释，多以夹注、脚注的形式出现，尾注相对显得少一些。这里，举一些其他小说运用夹注的例子（着重号都为笔者所加）：

（1）种人家三斗种，（皖北计算田亩的单位）……[②]

（2）"我们楼家在这一方也算一个周正（规矩的意思）人家，怎么就让她来顺妈来败坏门风，再说她又跟的自家伙计，这倒成什么话？"[③]

脚注也是小说中方言注释运用的形式之一，仅举几例（着重号都为笔者所加）：

（1）"你们这里哪一家田地最多呀？""你同志是新来的么？"那老妇人抬起头来，慢悠悠地回答，"这还勿是容易晓得的？你看也看得出来！像我们这样人家，呒不素财⊖，就呒不铜钿，样样呒不，做一生一世，也只得住草棚。"

⊖素财，就是田地。[④]

（2）要跟她说下去，又有得□⊖（该字漶漫，以□代替——笔者注），……

⊖吵嘴的意思[⑤]

① 陈登科. 活人塘[M]. 3版. 北京：人民文学出版社，1979：146.

② 杨丹平，戴石明. 乌云遮不住太阳[M]. 上海：新文艺出版社，1952：113.

③ 菡子. 纠纷[M]. 上海：新文艺出版社，1954：15.

④ 陈学昭. 土地[M]. 北京：人民文学出版社，1953：16.

⑤ 菡子. 纠纷[M]. 上海：新文艺出版社，1954：49-50.

此时，方言尾注已经明显减少。再举一则尾注的例子：

他晓得谷子为什么倒禾，没有“搪垅”㊀哪！谷子倒了禾，实在心疼，可是见了人，面上仍然很舒坦。[①]

㊀搪垅”是在苗子二尺高时，用绑上草把的大犁（无犁镜）顺着垅背穿沟，把土翻到苗子根上，这样防风，又保持水分，还除了草。[②]

运用夹注和脚注的小说，其中的方言还不是太多，阅读障碍不是太大，而且在阅读障碍出现时，通用语言能比较快地解决这个问题，阅读的连贯性显然是夹注和脚注要比尾注要好。

作者运用方言注释为方言争取话语权，但是，小说中的方言生存空间仍在日渐缩小，1955年《人民日报》发表社论《为促进汉字改革、推广普通话、实现汉语规范化而努力》，汉语规范化提上日程，对文学创作的语言要求不断提升，许多言论虽然没有清楚地表明方言不能进入创作中，但运用方言的作者可能会受到指责。1958年，周立波在《人民文学》上发表《山乡巨变》，因为其中使用方言而被批评。周立波的挨批表明小说中的方言存在空间进一步被缩小的事实。随着方言的弱化，小说中的方言也在日渐减少，小说语言在规范化道路上越走越远，小说中的方言注释现象也在锐减，比如1972年出版的《金光大道》已经没有了方言注释。尽管作品涉及河北和山东两地，但是从语言上已经无法读出两地的不同，通用语言在支配着小说的叙述，方言注释基本失去了存在的空间。

三、方言注释的当下意义

1950年前后，作家积极运用方言进行创作，为了照顾其他方言区的读者，他们使用方言注释力求消解这部分读者的阅读障碍。随着现代民族国家的构建，创作中方言的合理性不断受到质疑，小说中方言的利用率在不断减少，小说方言的注释现象也随之减少。当小说方言注释现象成规模地重新进入读者视野时，已经是20世纪90年代了。

这时，面对通用语言已经站稳脚跟的现实，一些作家对文学语言提出了自己的思考，方言获得了“重生”的机会。韩少功讲过方言对他产生醍醐灌顶式顿悟的一件事：1988年，他移居海南，有一次在菜市场看到一条不知名的大鱼，问卖鱼人，卖鱼人说“鱼”，再问说是“海鱼”，又问说是“大鱼”。这件事让韩少功意识到普通话对方言的侵蚀。他了解到海南人关于鱼的词汇量是很多的，但是这些词没能进入普通话之中，卖鱼人便无法用普通话说出鱼的名字。由此，韩少功

① 苗得雨. 老钢的故事[J]. 文艺月报，1953(4):58.

② 苗得雨. 老钢的故事[J]. 文艺月报，1953(4):60.

联想到自己的家乡，认为用普通话表达出来的故乡已经不是记忆中的故乡，他反思道："用京胡拉出来的《命运交响曲》还是《命运交响曲》吗？一只已经离开了土地的苹果，一只已经被蒸熟了腌制了的苹果，还算不算一只苹果？"[①]正是对方言有了不一样的认识，他才会认为"所谓'共同的语言'，永远是人类一个遥远的目标。……如果可能的话，每个人都需要一本自己特有的词典。"[②]《马桥词典》即为这一思考的成果之一。小说方言注释现象在《马桥词典》里达到极致，此时，注释不再是解释方言的辅助物，它直接成为了小说的结构形式，参与到小说的构建之中，小说的人物、环境、语言、风格等要素都统摄在这一结构中。在小说世界里，方言注释获得了独立价值，成为小说不可或缺的组成部分。

在方言词汇的一个个注释中，韩少功想象出马桥的前世今生，这些注释承载了作者挥之不去的乡愁，厚重的历史文化感激荡在小说之中。比如，小说注解马桥人对于"醒"的解读。在汉语词典中，"醒"这个词没有贬义，但马桥人对这个词充满了不屑，用它指一切愚蠢的行为。小说对此进行探寻，一直追溯至马桥的先人和屈原的相遇，"醒"的含义才算找到了起源。悠远的时空跨度、浓郁的楚湘文化色彩增添了小说的厚重感与地域特色。陈思和评价认为，"《马桥词典》是对传统小说文体的一次成功颠覆，而它真正的独创性，是运用民间方言颠覆了人们的日常语言，从而揭示出一个在日常生活中不被人们意识到的民间世界。"[③]这种颠覆就是把方言注释变为小说本身的结构，是小说文体的尝试之举。

阎连科、钟兆云、钟巧云等人在小说中也运用方言，也采用方言注释，但不似韩少功那样彻底。阎连科的《受活》每章的结尾几乎都有方言注释，只不过"注释"被改称为"絮言"，但它们的内涵是一致的。比如第三卷第一章的尾注是：

絮言：

①满全脸：当地方言。满全，即整个儿、全部。满全脸，即满脸。

③当间：当地方言。即中间、中心、中央。受活人和耙耧人都将中央、中间、中心叫当间。

⑤脚地：方言。即地下、地面和靠近眼前的地方。

⑦顶儿：方言。即最高之意。顶，即高。

⑨地步：方言。即步行之意。

⑪田旁头：即田头或田边。

---

① 韩少功.马桥词典[M].北京：作家出版社，1996：399.

② 韩少功.马桥词典[M].北京：作家出版社，1996：401.

③ 陈思和.中国当代文学史教程[M].上海：复旦大学出版社，2003：373.

⑬黑油：即柏油或沥青，因呈黑色，当地人就称沥青为黑油。[①]

以上这种“絮言”和20世纪50年代的方言注释非常相似，是力求客观的解释。当然，小说里有些“絮言”内容比较多，它会交代方言的来龙去脉，这种“絮言”和韩少功小说的“词典”又有了相似性。在作者的想象世界里方言显现出厚重的历史感，小说也因此而拓展了时空，叙述的内容更加丰富。钟兆云、钟巧云的小说方言注释都是脚注，和20世纪50年代的方言注释在形式上相差无几。例如，

(1)“做个啜子⑤，还要骗人！你吃的是什么，你自己知道。”

⑤啜子：小偷。[②]

(2)“……年初一我饭都不吃，麻将不打，年也不拜，一开门就开始讲好话，讲到转点。⑤”

⑤转点：第二天凌晨。[③]

然而，这时的方言注释现象与20世纪50年代的又有不同，它以拯救方言以及文化传统的姿态面世。有论者认为这是对全球化语境的反抗，是对故土家园的坚守。对比这两次小说方言注释现象，不难发现，20世纪50年代初期的小说方言注释最初的本意是为了扩大受众面，当面对通用语言侵袭时，许多小说家并不是站在方言本位的立场上捍卫方言，只是因为某些特定的称谓、风俗、农具等在创作中无法回避，不得不运用方言，他们对方言的使用很大程度上是被动的，其取舍也大多不是基于文学自身考虑的，而是在现代民族国家的裹挟下利用方言。在此情况下，他们尽可能少用方言，方言的注释也仅是粗浅的解释，在对方言进行注释时，方言自身包含的历史文化底蕴大多不为他们所看重。尽管国家机构没有统一规范语言之前，方言进入小说还有很大自由度之时，小说的方言注释也是粗浅的，《活路》的尾注尽管多达几十条，但每一条都很简单。

在20世纪50年代方言文学讨论时，语言学者、文学工作者都一致认可语言同一的必要性。认为方言有存在价值的论者，也只是把方言看成通用语言的补充物，可以进一步丰富通用语言，方言并不是和通用语言一样具有自足的存在价值。由是观之，这是中华人民共和国成立初期的许多论者都一致认可的事实。正是在这种语言理论的引领下，20世纪50年代小说的方言注释才显示出了比较客观、粗疏的一面。

---

① 阎连科. 受活[M]. 沈阳：春风文艺出版社，2004：25.

② 钟兆云，钟巧云. 乡亲们[M]. 北京：作家出版社，2011：32.

③ 钟兆云，钟巧云. 邻里[M]. 北京：作家出版社，2013：144.

到了20世纪90年代，作为国家通用语言的普通话已渐渐深入生活许多方面，语言差异性渐渐面临危机，方言逐渐退出人们的生活，隐藏在方言背后的文化内涵也日渐不为人知，人们开始担忧承载无数家园记忆的方言彻底消失于历史深处，对于语言差异的敏感性不断加剧，这在小说创作中更加有所体现，方言大量出现在小说中，有些作家明确指出方言对于创作的好处。张炜在关于《丑行或浪漫》的访谈中说："这一次使用了登州方言，这对我真是一次语言的大餐。我不记得过去的写作曾这样令我痛快过。书中人物的各种呼叫首先震得我双耳发疼，而后才是突如其来的快乐。这本书在语言的河流里上下翻飞，让它冲洗得崭新崭新，又让它带到高远的境界。这正是我在长期的写作生涯中梦寐以求的状态。"[①]他接着说："我以前说过，从某种意义上来说，只有方言才是真正的语言。我想抓住'真正的语言'。文学写作从根本上来说还不能依仗普通话，因为它是一种折衷过的语言。"[②]方言对于小说创作的好处得到了作家们的肯定，开始逐渐进入小说。比如张炜的《丑行或浪漫》、莫言的《檀香刑》、阎连科的《受活》、韩少功的《马桥词典》、钟兆云和钟巧云的《乡亲们》与《邻里》等，它们无不显示出作家对方言的尊重与热爱。

这股方言小说热还反映出人们对于方言运用的稳健姿态，张炜、李锐等人的言论都涉及这一方面。李锐谈及自己的小说《无风之树》的语言时说："我用直接的口语，实质上并非是当地农民的真正的口语，这是我创作的口语，我真要用当地的农民的口语写小说谁都看不懂。因为那里很多方言任何人都看不懂的，《新华字典》里没有那些字，也没有那些词。"[③]此段言论表明方言进入小说时，并不等于小说语言仅仅以方言至上，在写作过程中，作者要兼顾读者，这就意味着作者还是要关注通用语言，不然，非方言区的读者就会"都看不懂的"。由此可见，虽然许多人担忧方言日渐消退的现实，担心乡愁失去语言之所，但是他们并不是以非此即彼的态度对待语言，没有将方言推向通用语言的对立面，他们并不排斥通用语言。阅读这些小说的人们极有可能会发现，这些小说的语言大多合乎现代汉语语法，小说的内容也多在其他方言区的读者的理解能力范围之内。阎连科、钟兆云、钟巧云等人更是以普通话来对方言加以注释，努力将通用语言和方言两者并存于作品中。可以说，这种努力是对语言的差异与同一如何在文学创作中得以呈现的一种可贵的探索。

---

① 张炜. 丑行或浪漫[M]. 北京：作家出版社，2013：249.

② 张炜. 丑行或浪漫[M]. 北京：作家出版社，2013：249

③ 李锐，王尧. 本土中国与当代汉语写作[J]. 当代作家评论，2002(2)：23.

20世纪50年代和20世纪90年代的小说中，创作者对方言和通用语言做了各自的取舍，小说中的方言注释是他们共同运用的方法之一。尽管在具体运用过程中有所区别，但是，都在方言注释背后体现了他们的语言观。同是运用方言注释，20世纪50年代的小说创作者更重视语言的同一性，认为语言的差异性是丰富同一性的手段之一。语言的差异性是20世纪90年代的小说创作者所关注的，但他们也重视语言的同一性。正是具有这样的语言观，这两个时期关注方言的小说创作者才会不约而同地运用方言注释。20世纪50年代的小说方言注释显得较为客观、粗疏，这导致方言的文化内涵、地域特色趋于被遮蔽。20世纪90年代的许多小说方言注释具有想象色彩，比较细致，《马桥词典》更是将注释演化为小说结构，对方言的内涵详加追索，方言的自足、完满在作品中得到酣畅淋漓的体现，小说的历史文化底蕴、地域特色都得到很大程度的展示。20世纪50年代的小说方言注释的缺憾在20世纪90年代的作品中得到了一定程度的弥补，同时也在反面警示当下的文学方言应该如何面对通用语言。尤其在城市化、全球化的今天，记住乡愁是人们的一份情怀，至于运用何种方式进行记忆确实是小说创作者不容回避的问题。那么，通用语言又在方言运用中处于何种位置，这应是作家必须思考的问题之一。敬文东说："世界也在悖反的方式中前进：为了世界的同一，为了我们的'幸福'——倒不如说为了我们相互间清晰地交流、交往——我们必须要舍弃方言；而为了幸福，我们又必须要保持方言，最起码要保持方言中鲜活的成分——因为这样做能给我们带来鲜活的个人话语空间，因而势必要抛弃同一性。这个矛盾该如何解决呢？难道进步一定要以整齐划一为代价，一定要以失语为赌注？"[①]这段话虽说是在为方言摇旗呐喊，但也显示出方言与通用语言都有存在的理由。小说中方言注释现象恰好体现了它们之间难分难解的依存关系，应该说方言与通用语也正是在此消彼长抑或旗鼓相当的磨合中不断地得到丰富和发展的。如此看来，语言的差异性与同一性最好能伴随语言存在的始终，这样语言才有可能在规范中又充满着无限的生机。问题在于，这是一种理想状态。从现实情况看，体现语言差异性的方言和通用语言比较起来，它的弱势地位是不容置疑的，小说方言注释现象或可成为挽救或保存方言的方法之一。然而，用普通话来解释方言，以想象的方式来叙写方言蕴含的历史文化底蕴以及地域风情，是否真的能接近方言的本真面目，这也是值得人们推敲的事情。在此情况下，20世纪50年代的小说方言注释现象体现出来的得与失也正在无声地向后来者提出这种方法是否

① 敬文东.被委以重任的方言[M].北京:中国人民大学出版社,2010:41.

可能以及如何可能等问题。

20世纪50年代的小说方言注释比较重要的贡献在于它运用文学语言保存了大量的方言，虽然它的内容显得较为客观、粗疏，但也正是这一特点使方言减少了通用语言对它的进一步磨损。因为小说是用通用语言对方言进行注释的，在注释时不能说做到绝对客观再现方言的意蕴，但它比用想象表现的方式注释方言总要来得更现实些。2010年以来，钟兆云、钟巧云的小说的方言注释方法接近于20世纪50年代的小说方言注释方法，他们作品的历史文化底蕴、地域特色也都表现得很好。如此看来，小说方言注释本身似乎对小说的成败并不起重要作用，比较这两个时期的作品就会发现小说体现出来的历史文化内涵主要还是小说自身的事，与方言注释关系不是太大。20世纪50年代的许多作品不能引起今天读者的阅读兴趣，也还是内容起到了关键作用。至于说方言会打断阅读过程，无论在什么年代，对非方言区的读者来说这种不适都是存在的，不能以此断定某个年代的方言注释就优于其他年代。

当然，20世纪50年代的小说方言注释的不足之处也是应该引起重视的。1950年前后，通用语言还没被提上议事日程，小说在人物刻画、地域风情上着力不够，方言失去了表现内涵之所，在某些作品中沦为写作工具，成为文艺为工农兵服务的标签。随着现代民族国家的构建，通用语言逐渐得到重视，方言被看成是通用语言的补充物，作者们对此多有认同，方言失去了独立自主的地位，方言注释日渐减少。这些不足对于20世纪90年代以来小说中的方言注释都有警示作用。如果仅有方言的躯壳，那么再多的方言注释也不能挽救小说失败的命运，方言必须存活在活泼生动的地方世界里，才能显示出它的价值，方言注释才不会显得多余。同时，面对方言时，作者应该对它有足够的尊敬，不能以主宰者的面目出现。方言有它独立自主的特征，作者必须在顺应方言内蕴的基础上创造性地运用它。这时，小说方言注释才是作者和方言真正的对话。

第七章　俗语和歇后语论析

俗语和歇后语历史源远流长，早在先秦典籍中就已出现。它们来自世俗生活，通俗易懂，生动活泼。作为描写世情百态的小说，在审美倾向上和俗语、歇后语具有很大的一致性。因此，俗语和歇后语为小说创作者所喜爱也是顺理成章的事情。在时代发生变化，现代民族国家构建之时，民间话语开始顺应国家话语，与国家话语实现兼容整合，小说语言不仅显示出民间色彩，同时又与国家话语相一致。

中华人民共和国成立后，政府号召文学应该为工农兵服务，民间话语不可避免地成为小说的语言载体之一。

第一节　俗语论析

俗语是“通俗并广泛流行的定型的语句，简练而形象化，大多数是劳动人民创造出来的，反映人民的生活经验和愿望，……也叫俗话。”[①]俗语的历史非常悠久，从书面表达看，早在先秦时代就出现在相关典籍中，那时俗语被称为“野语”“谚”“鄙语”等。元、明、清是中国古典小说发展的繁盛时期，俗语也在小说中频繁被运用。近现代以来，白话文运动发起后，在内容和语言上都对古典文学进行革故鼎新。作为白话文学的发起人，胡适、钱玄同等人都主张文学语言要向民间语言学习，因此，近现代小说和俗语也有一定的关联。1949年以后，秉承着“文艺为工农兵服务”的文学主张，小说向群众语言靠拢，俗语在小说中时有出现。

一、俗语的运用

俗语经常会出现在小说中，在使用方式、引用体例、引用来源、内容分类等方面值得进行相关研究。

俗语在小说使用方式上出现两种情况，一是出现在叙述语言中，例如（着重号为笔者所加）：

（1）你别看楼志清就这么“熊”掉了，他的鬼点子可多呢！方的不来来圆

① 中国社会科学院语言研究所词典编辑室.现代汉语词典[M].6版.北京:商务印书馆,2012:1240.

的，硬的不来来软的；……他想："吃人的嘴软，拿人的手软"，你还能不承情么？……"①

（2）李二嫂因听到张大娘已经给小六把媳妇娶来了，就觉得眼下生米已经做成了熟饭，事情无法挽回了。②

（3）于助理是一个有心下蛋，无心抱窝的人。在一时气头上，感情冲动起来，派人去抓小六都抓不及了。可是当小六来了的时候，他又一阵犯了难。马上处理吧，实在没有时间。因为来区里办事的人还川流不息，在战争期间，凡有事都是急的，当然不应当为了小六的问题误了别的大事。不处理吧，天不怕和李七还在那里等着，准备听听他最后处理的结果。这样，于助理想了一阵，就小声对小张说："现在没有工夫处理，先把他押起来吧。"小张应个"好"，马上把小六带到一间小南屋里去。③

（4）可没想到，四海搬进这院以后，住了几天，知道了当院邻居是个年轻的寡妇，就觉着挺别扭，常说"寡妇门前是非多"，自己怕落下那不三不四的闲话，就找了村长去说："村长，别处给我找个房吧，破点也行。"④

（5）春子老是想不通，在办合作社的时候，父亲是响巴掌拍到底，讲参加就参加，半句含糊话都没说过；可是这回国家统购粮食了，他却在家里打起坎来；本当卖给国家四千一百斤，可他只愿卖给国家三千五百斤。⑤

从上述例子中可以看出出现在叙述语言中的俗语带有极强的评价功能。（1）中的"方的不来来圆的，硬的不来来软的"带有软硬兼施的意思，对楼志清拉拢共产党干部的行径加以讥讽挖苦。"吃人的嘴软，拿人的手软"写出楼志清老于世故，作者对这种腐化干部的行为予以批判。（2）中的"生米已经做成了熟饭"是一句老百姓非常熟悉的俗语，指事情的发展不以某人的意志为转移，已经成为事实，结果无法更改。这个俗语表现出李二嫂以为小六娶媳妇的事实已经无法更改。同时又批评了张大娘荒唐的行为，这种行为既祸害了小六又伤害了李二嫂。（3）中的"有心下蛋，无心抱窝"指做事有头无尾，没有恒心和毅力。这里是对干部于助理的工作方法提出批评。于助理在处理小六和李二嫂这件事情上，仅听一面之词，冲动之下，把小六抓了起来，事情理应进入解决程序，可是于助理又

---

① 菡子. 纠纷[M]. 上海：新文艺出版社，1954：9-10.

② 王安友. 李二嫂改嫁[M]. 2版. 济南：山东人民出版社，1959：25.

③ 王安友. 李二嫂改嫁[M]. 2版. 济南：山东人民出版社，1959：44.

④ 张志民. 寡妇[M]. 上海：新文艺出版社，1953：15.

⑤ 艾煊. 秋收之后[M]. 上海：新文艺出版社，1955：44.

不积极处理这件事，把它搁置起来，小六被押到南屋。于助理有头无尾的工作作风，令小六差点蒙冤。这个俗语形象地对助理进行了批评。(4) 中的“寡妇门前是非多”是一句带有鄙视寡妇色彩的俗语。这一俗语正好可以用来描述赵四海的心理活动，批评赵四海落后愚昧的思想意识。(5) 中的“响巴掌拍到底”指认准一件事情后，不管多么困难，也要坚决贯彻到底。此俗语指出春子父亲坚决支持办合作社的事实，与不支持国家统购粮食形成对比，批评春子父亲落后的行为。

俗语是一种倾向性比较鲜明的语言，用在叙述语言中，作者借此阐明自己的立场，小说的主题会显得更加明晰，小说的教育功能也会随之增强，但人物、主旨等方面容易出现单一色彩，这易于影响小说的艺术感染力。

俗语的另一种使用方式是出现在人物语言中。20世纪50年代的华东地区小说中，出现在人物语言中的俗语占绝大部分。人物指说话的人和说话中涉及的人。人物语言中的俗语如果运用成功，将有助于刻画人物的性格。若是对人物或事件运用俗语加以评价，常常也能体现出说话的人、被评价的事的某个侧面。《红楼梦》中的人物语言有时会夹杂俗语，比如第十六回中，凤姐评价薛蟠是“吃着碗里看着锅里”，借此骂薛蟠是好色之徒，也对贾琏进行了指桑骂槐式的敲打，这个俗语起到一箭双雕的作用。对于说话人王熙凤，也表现出其巧于辞令、泼辣能干的性格，还能突出王熙凤迫于妇女不可善妒的忌讳，只能隐晦地指责贾琏的无奈。仅此一例就可以显示出人物语言中的俗语对刻画、评品人物，褒贬事件起到的作用。20世纪50年代的华东地区小说中的俗语也运用了这种方式，举例如下(着重号为笔者所加)：

(1)“要依我说句，学文这火烧毛的性子，回去反而出乱子，捞鸡不到蚀把米，那就蚀本了。”陈步宽多了一句嘴。①

(2)“……人心隔层皮，虎心隔丛毛，你把人心都当你心吗？知人知面不知心啊，风声紧，人心说变就变了。振银前两天还来和你二叔说长道短的，今天就变了。端着枪，凶神一样，……”陶二妈说到最后骂起来了。②

(3)“……光棍不吃眼前亏。你一个人是龙，也挑不起天来，独拳难打虎，你走了，我心里这块石头就放下来了。”③

(4)“冬生，冬生！”王大宏跨进祠堂门，就喊了起来，显得很气愤。他一直喊到农会办公室去。合作社底管理委员们正在这里开会。他不管三七二十一，冲

① 陈登科. 淮河边上的儿女[M]. 南京：江苏人民出版社，1979：20.
② 陈登科. 淮河边上的儿女[M]. 南京：江苏人民出版社，1979：39.
③ 陈登科. 淮河边上的儿女[M]. 南京：江苏人民出版社，1979：39.

到儿子面前，就责备了起来："你只晓得开会，打不打年糕的？水碓又不是你一家的，米摆在哪里不舂，占着毛坑不拉屎！……"[①]

（5）过了些时，小来顺子他妈才清醒些个，别人劝她说："来顺子的妈妈，人死如灯灭……"[②]

（6）汉清听说先找乡长，觉乎"不合手续"，就对楼志清说："不先找村长么？"楼志清一提起李宏发的村长，一头恼火，他顶看不起这穷户口。赶忙吐了一口口水，恨恨的说："呸！找他，如今世道真是变了，'红中''发财'不中用，'一条''一万'能成'辣子'了，找他，他是什么东西?!"[③]

（7）李长恩听的好笑，背过脸哼道："老乡见老乡，两眼泪汪汪。"……一咬牙道："枪毙，老子认不得什么鸡巴老乡不老乡！"[④]

（1）中的"捞鸡不到蚀把米"指本来想尽办法要得到某种好处，结果是不仅没有得到好处，反而因此蒙受了一定的损失。这个俗语写出了陈步宽担心学文会打乱整个部署，希望不要派学文执行任务。（2）中的"人心隔层皮，虎心隔丛毛"，就是讲人与人在交往过程中，因为不知道对方到底在想什么，要有防备心理，以防被对方暗算。本句中写出陶二妈对李振银前后变化之快的不理解，也借这个俗语写出李振银的行为让陶二妈认为李振银已经投敌，事实上李振银是游击队派出的卧底，他像"凶神"一样的表现是用来迷惑敌人的。这则俗语写出陶二妈对游击队战士的热爱，也从侧面描写出李振银为了革命宁愿让群众误解的自我牺牲精神。（3）中的"光棍不吃眼前亏。你一个人是龙，也挑不起天来，独拳难打虎"，意思是不要在力量悬殊时强出头，要善于审时度势，随机应变做事情。陶二妈劝李振刚赶紧离开庄子，不要和敌人硬碰硬。这个俗语刻画出陶二妈善良的性格，对共产党员的爱护之情，同时也写出了游击队战士在强敌面前的勇敢顽强。（4）中的"占着毛坑不拉屎"是指某人占着位置却不做在这个位置上应该做的事情，和文雅的说法"在其位不谋其政"是一样的意思，粗俗的语言也体现出这条俗语带有贬义色彩。王大宏是一个老农民，性子急躁，没有多少文化，这个俗语符合人物的身份。他责备的对象是自己的儿子，因此就更加随意，该怎么骂就怎么骂，根本不考虑场合。王大宏骂王冬生不舂米，说他不以自家利益为上。从另一个角度看，这是对王冬生的赞美，当然这不是王大宏对儿子的赞美，是作

---

① 冀汸. 这里没有冬天[M]. 上海：新文艺出版社，1954：369.

② 菡子. 纠纷[M]. 上海：新文艺出版社，1954：1–2.

③ 菡子. 纠纷[M]. 上海：新文艺出版社，1954：13.

④ 杨丹平，戴石明. 乌云遮不住太阳[M]. 上海：新文艺出版社，1952：132–133.

者巧妙地借人物语言中的俗语对王冬生大公无私的精神进行赞美。(5)中的“人死如灯灭”是老百姓对死亡质朴的看法。老百姓没有什么哲理上的思考，只是从现实生活出发感受死亡的自然和无奈。这是劝慰小来顺子妈的说法。小来顺子死了爹，一个家庭少了顶梁柱，小来顺子妈失去了活下去的勇气，只有通过哭泣来表达自己内心对命运的恐惧。别人劝慰小来顺子妈要有勇气面对现实，小来顺子爹已经死亡，就像油尽灯枯一样，永远不会再活转过来。这体现出中国农民面对生死坦然、无奈的心态。因为生活艰难，他们必须要考虑自己的生计，不然就可能无法生活下去。他们为生活所迫，没有过多的时间去哀悼自己的亲人，活人都难以兼顾，怎么能长时间沉浸在亲人逝去的悲痛中。如果小来顺子妈不坚强起来，这个家就不存在了，小来顺子也就没法活下去。这个俗语写出了生计艰难，写出了人生的无奈。(6)中的“‘红中’‘发财’不中用，‘一条’‘一万’能成‘辣子’了”意思是指原本有能耐的人现在靠边站，压在社会底层的人开始当家做主。这条俗语随着使用者的不同会显出不同的含义。如果是翻身者使用它，那就是扬眉吐气的意思；如果是失意者使用它，那就有了愤愤不平之意。这里是后者的意思。楼志清原本是村庄里的富户，有田有地，有社会地位，村子里有佃户帮他种地，许多事他说了算。随着土改运动，他的田地被瓜分，他的地位丧失殆尽，他内心恨透了翻身的农民，而且打心眼里看不起以前被他踩在脚下的穷户，譬如汉清提到的李宏发。他用这条俗语表达出他对李宏发式的翻身农民的不屑之情。这个俗语也切合楼志清的身份，“红中”“发财”“一条”“一万”是麻将牌，穷苦农民很难有时间和机会搓麻将，也只有像楼志清这样的人才能有时间和机会搓麻将，才能说出这样的俗语。(7)中的“老乡见老乡，两眼泪汪汪”指在异乡遇到家乡人，这种情况易于引起思乡之情，双方泪眼婆娑。武安义看到被八路放回来的三个老兵，勒令枪毙他们，这三个老兵说自己和武队长是同乡，武队长是湘阴人，他们是湘潭人，但是武安义担心这三个老兵宣传八路军的宽大政策，动摇军心，不认他们是老乡，勒令枪毙这三个士兵。此处用这个俗语并不是要体现出可贵的乡情，而是要刻画出武安义的凶残。他明明知道这三个老兵是自己的老乡，而且他有能力出手相救，但是他出于自身利益考虑，见死不救，急不可耐地下令枪毙这三个老乡，可以看出武安义的绝情寡义。

从上述分析可以看出，人物语言中的俗语对于刻画、评品人物能起到很大的作用。说话的人以及被说话者涉及的人都可能因之显得鲜明突出。这些俗语随着时代转变而出现了新的内涵，譬如“人心隔层皮，虎心隔丛毛”本是指人与人之间的相处之道，20世纪50年代的华东地区小说一方面取其谨慎之意，同时又把人与人的关系置换成敌我双方的阶级斗争关系。"'红中''发财'不中用，'一条''一万'能成'辣子'了"也是如此，这条俗语本来是打麻将时用到的，在新时代，被整合成符合国家话语的俗语，用麻将牌的大小来比喻各阶级势力的强弱，凸显阶级斗争的激烈程度，民间话语和国家话语之间实现巧妙的兼容整合。

俗语的引用体例也有不同，有直接引用和间接引用之别。直接引用指俗语直接出现在句中，前面没有引领的词语。例如（着重号为笔者所加）：

（1）何凤仙也马上改了口："……薛仁贵拼命，张士贵得功，……"[①]

（2）小孟他娘……说："……谁有粉不愿朝脸上搽，……"[②]

（3）李长恩……哼道："老乡见老乡，两眼泪汪汪。"[③]

（4）大家议定："一根筷，两半节。"[④]

上述前三个例子都是在人物语言中直接引用俗语，这能体现出说话者巧于辞令的特征，他们能将俗语直接和自己的话结合在一起，而且语意连贯。最后一个例子是在叙事语言中直接引用俗语，这个俗语的引用方式和前三个不一样，它主要显示大家的行事方式，以此展示出大家对小来顺子妈和刘二的同情态度，含蓄赞美大家互帮互助的精神，批判了以楼志清为代表的反动势力。

间接引用是指在引用俗语时，俗语前面带有引领词语，比如"人家说""俗语说""俗话说""俗语道""常说""真是""总算"等，随后引出相关俗语（着重号为笔者所加）：

（1）"真是秤砣不离秤杆子，……"[⑤]

（2）"俗话说：手快无细活。……"[⑥]

（3）"……格回总算瞎婆拔笱，拔我屁股一坐坐着了。……"[⑦]

（4）俗语道："瞒得过岁，瞒不过冷"，……[⑧]

（5）真是"葡萄勿当小菜"，太糟蹋了，……[⑨]

（6）俗话说：肚子里无饭怨天长，面前的活多嫌天短。[⑩]

---

① 冀汸. 这里没有冬天[M]. 上海：新文艺出版社，1954：244.

② 王安友. 李二嫂改嫁[M]. 2版. 济南：山东人民出版社，1959：3.

③ 杨丹平，戴石明. 乌云遮不住太阳[M]. 上海：新文艺出版社，1952：132.

④ 菡子. 纠纷[M]. 上海：新文艺出版社，1954：36.

⑤ 刘溪. 大地回春[M]. 上海：新文艺出版社，1952：49.

⑥ 王安友. 李二嫂改嫁[M]. 2版. 济南：山东人民出版社，1959：9.

⑦ 魏金枝. 活路[J]. 小说月刊，1949，3(2)：68.

⑧ 郑秀章. 海上英雄传[M]. 上海：劳动出版社，1951：6–7.

⑨ 陈学昭. 土地[M]. 北京：人民文学出版社，1953：7.

⑩ 王安友. 李二嫂改嫁[M]. 2版. 济南：山东人民出版社，1959：15.

（7）常说“寡妇门前是非多”，……[①]

上述例子显示小说中间接引用的俗语有时出现在叙述语言中，有时出现在人物语言中，对人物、事情做出刻画、评价。（1）中的俗语显示出金四姐和徐兴标之间深厚的情感，同时也显示出说话人胡喜的幽默感。（2）中的俗语突出了李二嫂对小六的爱意，觉得自己做的鞋子配不上心爱的人。（3）中的俗语的引领词是“总算”，这个引领词显示了说话人觉得机会来之不易。（4）中的俗语突出了天气的寒冷。（5）中的俗语的引领词是“真是”，这个词表明说话的人从心底认同这个俗语。（6）中的俗语强调了李二嫂和小六的姻缘不会再出现波折。（7）中的俗语的引领词是“常说”，这个词表明人们嫌弃寡妇是经常发生的事，也体现出寡妇社会地位之低。

直接引用俗语，能使俗语嵌入到语言的整体中去，阅读的连贯性增强，在自然之中对人物和事件进行刻画评价。间接引用俗语，不足之处在于往往会打断正常的语感，但也有好处，引入语起到提醒作用，易于引起读者的注意。俗语本身就是倾向性比较鲜明的语言，在提醒之下，俗语的倾向性会更加突出，这对评价人和事都有一定的突出作用。

小说中俗语的运用、俗语的体例都是从外部进行研究，而俗语的来源、俗语的分类则多从俗语的内容入手加以分析。20世纪50年代的华东地区小说中俗语主要来自世俗社会，来自古诗文、古人名言、小说戏曲、佛经，以及典籍等方面的俗语几乎绝迹，这和中国古代小说很不一样。张爱卿、秦建文在研究《西游记》中的俗语时，就发现这篇小说中的俗语来自不同的方面，譬如，有来自世俗的“有借有还，再借不难”，有出自《论语》的“人而无信，不知其可”，有来自佛经或佛经口语化的道理“口开神气散，舌动是非生”，有来自小说戏曲的“善恶到头终有报，只争来早与来迟”，还有自己创造的俗语。[②]仅和《西游记》一部小说做比较，20世纪50年代的华东地区小说中的俗语来源确实显得有些单一。比如（着重号为笔者所加）：

（1）李春涛推开老妈妈的手：“你把鞋子摸出来，一天不死要饭吃，两天不死要衣穿，能睁着眼，看牛在跳吗？”[③]

（2）先下狗毛没大雨，后下狗毛不晴天。这一下就不得断头；……[④]

---

① 张志民. 寡妇[M]. 上海：新文艺出版社，1953：15.

② 张爱卿，秦建文.《西游记》中的俗语研究[J]. 曲靖师范学院学报，2006，25(5)：104–109.

③ 陈登科. 淮河边上的儿女[M]. 南京：江苏人民出版社，1979：1–2.

④ 陈登科. 淮河边上的儿女[M]. 南京：江苏人民出版社，1979：229.

（3）幸亏汉清妈他们晚上过来劝她，“说话说给知人，送饭送给饥人”，在这时光，给了她几句宽心话，她才打消了半夜三更寻短见的念头，……①

（4）小孟他娘一听，心里就不服气，说：“二婶子你可别这样，娘家穷不是别的，谁有粉不愿朝脸上搽，把闺女陪送得好一些！……”②

上述句子中的俗语都来自世俗社会。“一天不死要饭吃，两天不死要衣穿”指出普通人生存所需的必须物，没有吃和穿，人就要挨冻受饿，生存困难，这是人们在生活中总结出来的经验。“先下狗毛没大雨，后下狗毛不晴天”是人们对天气情况的总结。“说话说给知人，送饭送给饥人”语言质朴，道理深刻。小来顺子妈死了丈夫，为了生存，和刘二暗地生活在一起，还生了一个娃。楼志清为此骂街，去区里告状，谎称区署命令要把刘二和小来顺子妈赶出楼港。小来顺子妈觉得没脸见人，想要自杀。汉清妈等人劝说小来顺子妈，这句俗语表明大家都理解小来顺子妈的苦衷，不会介意她的做法，以此宽慰小来顺子妈。“谁有粉不愿朝脸上搽”形象地写出了世俗社会里人们都好面子，都想让自己获得尊严。小孟他娘用这个俗语来反驳“天不怕”的言论，为李二嫂打抱不平。以上这些俗语都来自世俗社会，体现出老百姓的智慧。

从华东地区小说中俗语的来源途径的变化，可以看出小说中使用的民间话语在向国家话语靠拢。政府提倡文艺为工农兵服务，普通世俗生活是工农兵的主要生存空间，小说创作者关注来自世俗生活的俗语，很大程度上即是关注工农兵的生活，而宗教、传统戏文等是被批判的对象，来源于这些方面的俗语与国家话语有背离之处，理应慎用，这也体现出民间话语和国家话语的兼容整合。

小说中的俗语还可以从类别上进行研究。翟建波曾对《水浒传》中的民俗类俗语进行过分类研究，他认为俗语和出行、逃亡、婚丧、家庭、邻里、宗族、交际、酒、衣、食、财宝、岁时、天象，鬼神、禁忌、情场、赌场、占卜、职事、生产、经营相关。就20世纪50年代的华东地区小说看来，俗语主要涉及天气、农事、酒、食、住、社会经验等方面。

有关“天气”的俗语出现在小说中，例如（着重号为笔者所加）：

（1）先下狗毛没大雨，后下狗毛不晴天。③

（2）“西风西，水叽叽”，夜里真哼起雷，落了一阵小雨。④

① 菡子. 纠纷[M]. 上海：新文艺出版社，1954：22.

② 王安友. 李二嫂改嫁[M]. 2版. 济南：山东人民出版社，1959：3.

③ 陈登科. 淮河边上的儿女[M]. 南京：江苏人民出版社，1979：229.

④ 曹玉模. 两朵红花[J]. 文艺月报，1953(1)：42.

（3）小龙爸浑身水淋淋地，脸色发白，嘴唇黑紫，眼睛闭得紧紧的。俗语道：“瞒得过岁，瞒不过冷”，十月寒天，水冷刺骨，上了年纪的人，经不起这一冻，就昏了过去。①

（1）中的“先下狗毛没大雨，后下狗毛不晴天”指出天气的特征。如果先下小雨，之后就不会再下大雨，反之，小雨就会持续比较长的时间。这条俗语写出了绵绵不绝的小雨的特征，营造出阴郁、烦闷的氛围，与小说中革命处于低谷的情节相合拍。（2）中的“西风西，水叽叽”指天象的变化导致天气变化，这是代代相传的经验之谈，表明接着将会出现雨天，为展现人民群众一心抗洪的精神做铺垫。（3）中的“瞒得过岁，瞒不过冷”意思指在寒冷面前，人是经不住冻的，就是想以意志抵抗，身体也会吃不消。该条俗语写出寒冬腊月天气极度寒冷的状态，小龙爸在这样的天气里还下水捞枪，这写出了他的责任心，对人民解放军的热爱。

有关“饮食”的俗语出现在小说中，例如（着重号为笔者所加）：

（1）她爷掏出烟袋，正准备享受他那“饭后一袋烟、快乐似神仙”的乐趣。②

（2）李春涛推开老妈妈的手：“你把鞋子摸出来，一天不死要饭吃，两天不死要衣穿，能睁着眼，看牛在跳吗？”③

（3）幸亏汉清妈他们晚上过来劝她，“说话说给知人，送饭送给饥人”，在这时光，给了她几句宽心话，她才打消了半夜三更寻短见的念头，……④

（4）他（指导员——笔者注）就要求老爹说：“老爹嗳，你能跟刘二圆个场就好了，今天吃晚茶时候开村民会，你好歹说句公道话，你家楼家人说一句能抵上旁人说一千句一万句，你看呐？”老爹想了一下答允了，他说“‘吃的是盐和米，讲的是情和理’，只要在理上，要我老头讲一句话有什么了不起！”⑤

（5）李二嫂因听到张大娘已经给小六把媳妇娶来了，就觉得眼下生米已经做成了熟饭，事情无法挽回了。⑥

（6）俗话说：肚子里无饭怨天长，面前的活多嫌天短。⑦

① 郑秀章．海上英雄传[M]．上海：劳动出版社，1951：6–7．
② 曹玉模．两朵红花[J]．文艺月报，1953(1)：41．
③ 陈登科．淮河边上的儿女[M]．南京：江苏人民出版社，1979：1–2．
④ 菡子．纠纷[M]．上海：新文艺出版社，1954：22．
⑤ 菡子．纠纷[M]．上海：新文艺出版社，1954：28–29．
⑥ 王安友．李二嫂改嫁[M]．2版．济南：山东人民出版社，1959：25．
⑦ 王安友．李二嫂改嫁[M]．2版．济南：山东人民出版社，1959：15．

（7）他却总是拖延着，好好的木料，把它们劈开当柴烧，真是“葡萄勿当小菜”，太糟蹋了，他实在舍不得；心里总是想着、盼望着：也许共产党、解放军会走呢。①

有关饮食的俗语基本上都不是就饮食谈饮食，而是别有所指。（1）中的“饭后一袋烟，快活似神仙”表面上写蕙子父亲吸烟的情态，实际上在描写蕙子父亲满足现状的心态。（2）中的“一天不死要饭吃，两天不死要衣穿”主要表达的是“有饭吃”“要衣穿”的不易，借此写出生活的艰难，对苦难的现实进行控诉。（3）中的“说话说给知人，送饭送给饥人”重点在前半句，后半句只是对前半句的一种通俗性解释，表明与别人交流时要看谈话对象，要和理解自己的人进行交流，体现出被剥削者之间团结友爱的情感。（4）中的“吃的是盐和米，讲的是情和理”，这条俗语重点在后半句，写出老人通情达理的胸怀，反衬出阶级敌人的铁石心肠。（5）中的“生米已经做成了熟饭”，表面看来在讲做饭，实际表明在事情的发展过程中大势已去，人力已经没办法更改现有的事实，当事人带有不甘心但又无奈的意思。这个俗语体现出李二嫂对她和小六的姻缘已经感到绝望，认为不可能出现逆转。（6）中的“肚子里无饭怨天长，面前的活多嫌天短”突出后一句，用前一句人们都能认同的生理的痛苦反应来显示后一句中要做许多事情的痛苦难耐。（7）中的“葡萄勿当小菜”主要借助食物的价值来说事，仍然不是就葡萄论葡萄，而是写出地主张祺宝举棋不定、痛悔不及的心理，表现出张祺宝幻想复辟的心理状态。

有关“住”的俗语出现在小说中，例如（着重号为笔者所加）：

（1）薛陆氏朝锅灶台口一倚，痴痴地呆了半天说：“日里那两个黄狗，临走向我说过，这个人没有了还要找我，明天再去一看，不出乱子吗？一定要到我家来翻。‘人有三尺长，天下没落藏’，那就行了吗？”②

（2）“麻雀有窠，老鼠有洞，终究还得有个家……”③

（3）楼志清又接下去说：“……他们乡里干部说你‘半二流子’，我就不服气，‘各人头上一片瓦’，过日子的事情也用得着他们管？……”④

（1）中的“人有三尺长，天下没落藏”，这句俗语的意思是某人为了逃避别人的追寻，想寻找一个别人无法找到他的藏身之处，但这种想法是不可能实现

① 陈学昭. 土地[M]. 北京：人民文学出版社，1953：7–8.

② 陈登科. 活人塘[M]. 3版. 北京：人民文学出版社，1979：44.

③ 陈登科. 淮河边上的儿女[M]. 南京：江苏人民出版社，1979：8.

④ 菡子. 纠纷[M]. 上海：新文艺出版社，1954：24.

的，即使自认为找到了这种地方，那也是自我欺骗。这条俗语有时也用来向别人显示自己没有藏匿他人，表明自身的清白。明知“人有三尺长，天下没落藏”，薛陆氏还是冒着风险去救助解放军战士，这体现出人民群众对子弟兵的热爱之情。(2) 中的“麻雀有窠，老鼠有洞，终究还得有个家”主要显示出家庭对于一个人的重要性，表达出老百姓流离失所的辛酸。(3) 中的“各人头上一片瓦”指每个人都有自己的生活，不应由别人来指手画脚干涉自己的生活。这句俗语出现在和正面人物相关的地方，就是褒义，表明人物为自由而战的理由；出现在和反面人物相关的地方，就是批判他们懒散的生活态度，此处是楼志清在挑拨离间，准备利用“半二流子”制造麻烦以达到自己的目的。

有关“农事”的俗语出现在小说中，例如（着重号为笔者所加）：

(1)“打蛇先打头，扑虫先扑幼，这不是老古话呀！再过几天，它会飞，就扑不到它啦!”[①]

(2)“各人就望没事，能把春种抢下去，就和他蘑菇了，他反正抬不走土地，古语：‘春不种，秋无望。’种田人，一切希望都在地上啦!”[②]

“打蛇先打头，扑虫先扑幼”“春不种，秋无望”都是有关农事的俗语。20世纪50年代的华东地区小说写农村题材的为多，农业生产劳动也是重要的书写内容，但是俗语反而显得不多。“打蛇先打头，扑虫先扑幼”是对农业生产经验的总结，黄豆田里如果生了土蚕，要在土蚕处于幼虫状态时就扑灭它们，土蚕变成蛾子后就难以扑灭了。这句俗语表明农时不等人，农民必须紧紧跟上它才能有好的收成，同时该俗语也描写出人物关心集体的优良品质。“春不种，秋无望”是老百姓把握农时的俗语，符合自然规律。小说用这个俗语表明群众对生计的关注，但在兵荒马乱的时候，老百姓只能见缝插针地播种，不能从容地从事农业生产，这也是对战争间接的控诉。

有关“社会经验”的俗语出现在小说中，例如（着重号为笔者所加）：

(1) 她往七月子肩上一倒：“……他把街上的大烟鬼子周连奎弄通了，一口咬住你爸爸与他伙偷的，蛇咬一口，入骨三分，贼咬一口，跳下黄河洗不清……”[③]

(2)“……光棍不吃眼前亏。你一个人是龙，也挑不起天来，独拳难打虎，

① 曹玉模. 两朵红花[J]. 文艺月报，1953(1):42.

② 陈登科. 淮河边上的儿女[M]. 南京：江苏人民出版社，1979:73.

③ 陈登科. 活人塘[M]. 3版. 北京：人民文学出版社，1979:10.

你走了，我心里这块石头就放下来了。”①

（3）……他（指楼志清——著者注）想：“吃人的嘴软，拿人的手软”，你还能不承情么？……②

（4）楼志清一提起李宏发的村长，一头恼火，他顶看不起这穷户口。赶忙吐了一口口水，恨恨的说：“呸！找他，如今世道真是变了，‘红中’‘发财’不中用，‘一条’‘一万’能成‘辣子’了，找他，他是什么东西?!”③

（5）张大娘气得几乎要哭了，说：“好呀，你越来越不通人情了。说个媳妇可以随便不要，你找邻居来评评吧，哪有这样的道理?”张大爷说：“这是个人，不是个物，怎么能爱要不要？人家说：‘寻个短工一天，雇个长工一年，说个媳妇是一辈子。’你能对住人家吗?”小六说：“我和她不认识，不来不往，不该她的不欠她的，到底还有什么对不住她的地方?”④

（1）中的“蛇咬一口，入骨三分，贼咬一口，跳下黄河洗不清”指一个人如果被心术不正的人污蔑，他很难有为自己洗清罪名的机会。这个俗语表明民间对于贼这一类心怀鬼胎的人的痛恶之情，同时也含有对被冤枉的人的同情之意。这个俗语能表达出薛陆氏在丈夫冤死后哀苦无告的心情，控诉了孙在涛的恶行。（2）中的“光棍不吃眼前亏，你一个人是龙，也挑不起天来，独拳难打虎”表明了民间的生存智慧，告诫人们做事时千万不要争强斗狠，应该审时度势，如果形势不利于自己，就赶紧想办法脱身，不要在力量悬殊的情况下一味坚持，意气用事只能让自己吃亏。这是老百姓在劝慰游击队员时讲的俗语，它体现出老百姓关心游击队员的安危，希望游击队能保存好自己的实力。（3）中的“吃人的嘴软，拿人的手软”指收受别人好处的人乐意替送给他好处的人办事，这是心术不正的人托人办事的潜规则，事实上就是利益交换，这体现出楼志清腐蚀革命干部的险恶用心。（4）中的“红中’‘发财’不中用，‘一条’‘一万’能成‘辣子’了”，这条俗语表明讲话人原来轻视的人，现在反而有了话语权，讲话人在内心非常蔑视他们，认为这些人成不了气候，表现出讲话人盛气凌人，高人一等的姿态，这是楼志清在精神上自欺欺人的表现。（5）中的“寻个短工一天，雇个长工一年，说个媳妇是一辈子”，这个俗语最重要的部分是“说个媳妇是一辈子”，前面都是为突出这点服务的，体现出民间对于成家立业的重视。如果一个男人娶了一个品

① 陈登科. 淮河边上的儿女[M]. 南京：江苏人民出版社，1979：39.
② 菡子. 纠纷[M]. 上海：新文艺出版社，1954：9-10.
③ 菡子. 纠纷[M]. 上海：新文艺出版社，1954：13.
④ 王安友. 李二嫂改嫁[M]. 2版. 济南：山东人民出版社，1959：34.

行不端的女人做妻子，他的日子也不会好过，要想生活顺遂，贤妻是一个重要保证，民间智慧由此可见一斑。

和俗语的来源相似，俗语的种类也显示出民间话语和国家话语的兼容整合。有关逃亡、婚丧、宗族、财宝、岁时、天象、鬼神、禁忌、情场、赌场、占卜等俗语极少出现在20世纪50年代的华东地区小说中，是因为这些方面不符合国家话语要求，留存下来的有关天气、农事、社会经验等俗语也在新形势下，发生了一定的变化，以切合时代的要求。

二、俗语的叙事功能

小说中的俗语可以起到多方面的作用。首先，它能使小说的语言显得通俗易懂。俗语来自老百姓的生活，它的语言以口语居多，不故作深沉，从身边熟悉的生活说起，引出一定的道理，很有《诗经》起兴的意味，例如（着重号为笔者所加）：

（1）俗话说：有病背不了大夫，有事背不了邻居。[①]

（2）张大爷说："这是个人，不是个物，怎么能爱要不要？人家说：'寻个短工一天，雇个长工一年，说个媳妇是一辈子。'你能对住人家吗？"[②]

（3）"麻雀有窠，老鼠有洞，终究还得有个家……"[③]

（4）他说"'吃的是盐和米，讲的是情和理'，只要在理上，要我老头讲一句话有什么了不起！"[④]

（5）"……蛇咬一口，入骨三分，贼咬一口，跳下黄河洗不清……"[⑤]

上面例子中的俗语都是先言他物，再言所说之理。（1）中的俗语表明任何一家的事情，不管是明的还是暗的，邻居都能知道。在说这个事实前，用医生和病人的关系起兴，引出邻里关系的知根知底。这条俗语表明邻居们都知道李二嫂的家庭矛盾，同情李二嫂的遭遇。（2）中的"寻个短工一天，雇个长工一年，说个媳妇是一辈子"，运用寻短工、雇长工、说媳妇的时间的层层递进关系，突出"说媳妇"的重要性。先说寻短工、雇长工，从身边的事说起，然后再引出说媳妇。张大爷使用这句俗语是为了劝小六要重视家庭，认为农村娶个媳妇非常不容易，不要不负责任。（3）中的"麻雀有窠，老鼠有洞，终究还得有个家"强调家

① 王安友.李二嫂改嫁[M].2版.济南：山东人民出版社，1959：4.

② 王安友.李二嫂改嫁[M].2版.济南：山东人民出版社，1959：34.

③ 陈登科.淮河边上的儿女[M].南京：江苏人民出版社，1979：8.

④ 菡子.纠纷[M].上海：新文艺出版社，1954：28-29.

⑤ 陈登科.活人塘[M].3版.北京：人民文学出版社，1979：10.

庭的重要性，在强调之前，先讲生活中常见的现象，这些动物都有家，人更应该有家。(4) 中的“吃的是盐和米，讲的是情和理”以“吃的是盐和米”起兴，引出“讲的是情和理”，显示做人要通情达理，表明老爹爹认为不能把刘二和小来顺子妈赶尽杀绝，要给他们留条活路。(5) 中先说蛇咬的后果，再说贼栽赃陷害的后果。蛇咬人的情况在生活中是易于发生的，人们并不感到陌生，都能了解蛇咬人时的可怕情形，以此起兴，更能表现出贼陷害别人的可恶。上述几个例子，都是先从人们熟悉的事物谈起，然后再引出所要论及的事理，非常通俗易懂。

修辞手法常能使俗语增色。比喻、对偶、对比、夸张等都是常用的修辞，增强了俗语的表现力。

比喻能使人、事以及抽象的道理具体化，使小说形象生动。比喻有本体、喻体和比喻词构成，除了喻体，本体和比喻词有时可以省略。依此，比喻可分为明喻、暗喻、借喻等形式。20世纪50年代的华东地区小说中的俗语常用这种修辞来增强表达效果。

借喻是比较常见的修辞，仅仅出现喻体，本体和比喻词都不出现，例如：“他要我肝花，我要他肚肠”，“肝花”“肚肠”这两个喻体是人的器官，人如果没有这两样器官中的任何一个，都难以存活。现在双方互要对方的致命器官，可见他们是你死我活的关系，双方互不相让，睚眦必报。这个俗语体现出阶级斗争的激烈程度。“真是秤砣不离秤杆子”运用了借喻，“秤砣”和“秤杆子”都是喻体，它们离开对方就没有了存在的价值，关系紧密。胡喜以此打趣徐兴标和金四姐亲密无间的关系。“捞鸡不成倒蚀把米”，“鸡”和“米”是喻体，“鸡”指人们想得到的好处，“米”指人们在争取好处过程中的损失。这个俗语形象地写出了没捞到好处又蒙受损失的尴尬情况。“半斤对八两”仅出现“半斤”和“八两”这两个喻体，它们重量差不多。小说中沃春英、戚桂香踩水车的速度不相上下，这个俗语形象地指出两个人能力差不多。“各人头上一片瓦”中的“瓦”是喻体，本体的意思指“自己的私人生活”。楼志清为了赶走寡妇来顺妈，怂恿“半二流子”小牛出头提出驱赶小来顺子妈的事，故意肯定小牛懒散的生活习惯，认为村干部不应该批评小牛并干涉小牛的私人生活。“谁有粉不愿朝脸上搽”，“粉”“脸”是喻体，指钱财、面子，这里指李二嫂娘家贫穷，没有钱财给女儿置办嫁妆，是不得已的事情。“响巴掌拍到底”，“响巴掌”是喻体，指干净利落地做某一件事，并且一直坚持下去。春子父亲参加合作社时，非常干脆，说参加就参加。但是在国家统购粮食时并不积极，显得拖泥带水。“生米已经做成了熟饭”，“生米”“熟饭”都是喻体，这句俗语指事情已成定局，没法改变，用这两个喻体来形象地说明小六娶媳妇的事实。“葡萄勿当小菜”，“葡萄”“小菜”分别比喻“有价值的东西”“一般的东西”，木料当柴烧浪费了木材，地主盼望重回过去，木材再次会派上用场。“占着毛坑不拉屎”，“毛坑”“屎”分别指“做事需要的位置”“要做的事”，这句俗语表现不正经做事的人还要占着位置不让别人做的事实，带有批评意味。

上述运用借喻的俗语，喻体都是生活中随处可见的物品，本体和喻体之间的关系清楚明了，本体不出现，人们也能心领神会，不影响俗语表达的意思。语言显得简明扼要、易于传承、活泼生动。

除了借喻，也有运用明喻的俗语。相对于借喻，明喻比较少。明喻是喻体、本体和比喻词都出现的句子。例如，“饭后一袋烟，快活似神仙”，“快活”是本体，“似”是比喻词，“神仙”是喻体，俗语写出了吸烟者受用无比的情态。“人死如灯灭”，“人死”是本体，“如”是比喻词，“灯灭”是喻体，表明人类的死亡是自然无奈的事情。

俗语中还有运用暗喻的，和明喻相比，暗喻只是比喻词的变化，比喻词常用“成了”“是”等来充当。举例如下：

“……光棍不吃眼前亏。你一个人是龙，也挑不起天来，独拳难打虎，……”①

该例中，“你一个人是龙”中的“你一个人”是本体，“是”是比喻词，“龙”是喻体，这句俗语表明有能力的人也要审时度势，力量悬殊时，也要见机行事。

和比喻一样，在俗语中，对偶也是常用的修辞手法。对偶是指两个短语或句子的结构相同、字数相等，表达的意思相对、相近、相同的修辞方式。20世纪50年代的华东地区小说中，俗语中的对偶一般都能保持字数相同，结构和意思上的要求有时会出现变通的情况。例如：

（1）剥剥没有皮，杀杀没有血。

（2）一天不死要饭吃，两天不死要衣穿。

（3）麻雀有窠，老鼠有洞。

（4）人心隔层皮，虎心隔丛毛。

（5）方的不来来圆的，硬的不来来软的。

（6）吃人的嘴软，拿人的手软。

① 陈登科.淮河边上的儿女[M].南京:江苏人民出版社,1979:39.

（7）说话说给知人，送饭送给饥人。

（8）吃的是盐和米，讲的是情和理。

（9）有病背不了大夫，有事背不了邻居。

（10）人要脸，树要皮。

（11）打蛇先打头，扑虫先扑幼。

（12）先下狗毛没大雨，后下狗毛不晴天。

（13）有心下蛋，无心抱窝。

（14）一根筷，两半节。

上述对偶句前后两部分字数相等，句式显得整齐，其中有的对偶句两个部分表达的意思相同，以此突出要表达的意思："方的不来来圆的，硬的不来来软的""剥剥没有皮，杀杀没有血""吃人的嘴软，拿人的手软""麻雀有窠，老鼠有洞""一天不死要饭吃，两天不死要衣穿""打蛇先打头，扑虫先扑幼"。有的对偶句前后两部分意思相似，一部分写生活中的常见现象，另一部分写与这一现象相似的情理，主要突出的是情理部分："人心隔层皮，虎心隔丛毛""说话说给知人，送饭送给饥人""人要脸，树要皮""有病背不了大夫，有事背不了邻居""吃的是盐和米，讲的是情和理"。有的对偶句前后两部分意思相反或相对，以一部分强调另一部分的内容："先下狗毛没大雨，后下狗毛不晴天""有心下蛋，无心抱窝""一根筷，两半节"。

俗语也常用对比修辞手法，对比是把具有明显差异、矛盾和对立的双方放在一起进行对照比较的手法。俗语通过对比来表情达意，例如：

（1）拿热脸去贴他的冷屁股。

（2）瞒得过岁，瞒不过冷。

（3）肚子里无饭怨天长，面前的活多嫌天短。

在上述俗语的对比中，"热"和"冷"、"瞒得过"和"瞒不过"、"长"和"短"都是运用相反的意思进行对比，强调俗语的内容。

俗语中也会运用夸张的修辞手法。夸张是将事物、事情的程度在原有的基础上进行夸大或缩小，显示出它们某方面的特性，例如：

（1）"……'人有三尺长，天下没落藏，'那就行了吗？"[①]

（2）"……蛇咬一口，入骨三分，贼咬一口，跳下黄河洗不清……"[②]

"人有三尺长，天下没落藏"，把藏人的空间夸大成"天下"以显示出想藏住

① 陈登科. 活人塘[M]. 3版. 北京：人民文学出版社，1979：44.

② 陈登科. 活人塘[M]. 3版. 北京：人民文学出版社，1979：10.

一个人的困难。尽管如此，薛陆氏还是想出用被炸伤的女儿七月子替换受伤的解放军战士，这个俗语体现出老百姓对解放军战士的爱戴之情。“蛇咬一口，入骨三分，贼咬一口，跳下黄河洗不清”，一个人被贼诬陷，就很难洗清，俗语夸大成用“黄河”水也无法洗清，以体现辩诬的难度之大。这个俗语体现出被压迫者无耐的处境。

这些修辞手法在提升语言的表现力上都起到了非常重要的作用，使俗语的形式变化多样，活泼生动。

俗语除了能使语言通俗易懂，在刻画人物、推动情节发展、增强作品的思想性、富含地方风情、评价人物事件、提升幽默意味、具有哲理寓意等方面也都能起到一定的作用。下面就上述各方面分别举一例加以阐释（着重号为笔者所加）：

（1）她心里一转念，要是保不住两淮，孙在涛再回到新河集，呆在家里也没有命，轻轻又放下手说：“他要我肝花，我要他肚肠，去的好！早把国民党打败，老百姓也能过个太平日子。”①

（2）薛陆氏朝锅灶台口一倚，痴痴地呆了半天说：“日里那两个黄狗，临走向我说过，这个人没有了还要找我，明天再去一看，不出乱子吗？一定要到我家来翻。‘人有三尺长，天下没落藏’，那就行了吗？”②

（3）刘大娘说：“男人死了老婆再娶就罢了，女的死了男人再嫁就少有。俗话说：人要脸，树要皮。我拉把她成人可真不易，想不到她半地里又找男人，又改嫁，给娘家门上丢人。”③

（4）整天老云彩头乱跑，风从南方吹来，火辣辣的熏人，看不到有一点要下雨的样子。到了傍晚，风可突然转向西南。“西风西，水叽叽”，夜里真哼起雷，落了一阵小雨。④

（5）何凤仙也马上改了口：“前年火神庙做塘，大坝出漏洞，危险得很，第一个跳到塘里去堵塞的是我顺林，你到区里去汇报，说是你自己。薛仁贵拼命，张士贵得功，有这样便宜的事情么？……”⑤

（6）“格差使侬点了金丝灯笼，也寻勿着呵。格回总算瞎婆拔筍，拨我屁股一坐坐着了。……”⑥

① 陈登科. 活人塘[M]. 3版. 北京:人民文学出版社,1979:7.

② 陈登科. 活人塘[M]. 3版. 北京:人民文学出版社,1979:44.

③ 王安友. 李二嫂改嫁[M]. 2版. 济南:山东人民出版社,1959:64.

④ 曹玉模. 两朵红花[J]. 文艺月报,1953(1):42.

⑤ 冀汸. 这里没有冬天[M]. 上海:新文艺出版社,1954:244.

⑥ 魏金枝. 活路[J]. 小说月刊,1949,3(2):68.

（7）第三财产分配刘二有没有份，大家议定："一根筷，两半节。"刘二也可算是楼家的起家人。不问以后增加多少，刘二总有一份。[1]

（1）中的"他要我肝花，我要他肚肠"，意思是你要我的命，我也会竭尽全力取你的命，不会轻易屈服在你的脚下。这个俗语体现出薛陆氏和敌人斗争到底的决心，刻画出她坚强不屈的性格，（2）中的"人有三尺长，天下没落藏"表现出藏住一个人不被他人发现的困难。但薛陆氏和大女儿大凤不放弃将革命战士藏起来的念头，在万不得已的情况下薛陆氏用身受重伤的小女儿七月子去偷偷换回野地里的战士。这个俗语推动了故事情节的发展。（3）中的"人要脸，树要皮"指做人要有脸面，不能做有损伦理道德的事。刘大娘用这个俗语批评女儿李二嫂想改嫁小六的事。这显示出刘大娘思想的愚昧落后，反过来显示出小说正确的婚姻观念。（4）中的"西风西，水叽叽"是体现地方气候特征的俗语，富有地方风情。（5）中的"薛仁贵拼命，张士贵得功"是对人物事件进行评价。何凤仙用"薛仁贵拼命，张士贵得功"评述"前年火神庙做塘"的事，认为她丈夫顺林功劳最大，别人没能公正对待这件事以及她的丈夫，运用这个俗语对这件事做出评判的人提出批评。（6）中的"瞎婆拔笥，拨我屁股一坐坐着了"意为无意之中得到某个好处。这个俗语富有幽默色彩。（7）中的"一根筷，两半节"指为人处世要做到公平合理，不能以势压人。刘二虽是偷偷和小来顺子妈来往，但可算是小来顺子家的顶梁柱，出了很多力，应该算是同村人。这个俗语体现出人与人之间平等的观念，不应厚此薄彼，具有平均主义观念。

小说创作者常常会选取那些能融入新时代内涵的俗语，将国家话语和民间话语进行兼容整合。譬如"他要我肝花，我要他肚肠"这个俗语在民间话语体系中具有你死我活的斗争意味，小说创作者把人与人之间的斗争转换成不同阶级之间的斗争，实现国家话语和民间话语的兼容整合。

第二节　歇后语论析

歇后语是一种历史非常悠久的语言现象，早在《尚书》《诗经》时代，它就已经存在。"歇后语，北京方言称为'链子话'，修辞学上叫'譬解语'，俗称'俏皮话'。民间歇后语，大都是人民群众的口头创作，具有很强的文学性和浓厚的修辞色彩。歇后语有一定的格式，一般是分前后两个部分：前部分是描述人、

[1] 菡子. 纠纷[M]. 上海：新文艺出版社，1954:36.

事、物，后部分是对前部分的说明或解释。两者之间的关系，类似谜语，前部分相当于谜面，后部分相当于谜底。具体运用时，对流传面较广而又为大家熟知的，常常只说前部分而把后部分省略，省去的往往是表达意思的中心，让听者或读者自己去领悟。”[①]歇后语因其诙谐幽默、活泼生动而为作家所喜爱。1949年—1955年的华东地区小说中出现了许多歇后语，小说创作者把那些能融入新时代内涵的歇后语引入到作品中，歇后语的来源、构成都有利于民间话语和国家话语的兼容整合，这些歇后语对作品刻画人物、推动情节以及表现主旨等方面都起到了一定的作用。

一、歇后语的运用

歇后语的内容主要来自于日常生活、历史人物、神话传说、诗词戏曲等方面。1949年—1955年的华东地区小说中的歇后语大多源自日常生活，从实际生活中汲取资源，有的据实创造出歇后语，有的在现实基础上加以夸大或缩小，然后再组织文字形成歇后语。例如：

（1）黄鼠狼拣病鸭咬——就这么凑巧的。

（2）正是肥猪撞门——送上门的财气。

（3）吃灯草——放的轻巧屁。

（4）穿丁鞋走泥路——步步落实。

（5）南湖的水牛——老稳。

（6）蒙着被子放屁——香臭自己闻。

“黄鼠狼拣病鸭咬”“肥猪撞门”“吃灯草”“穿丁鞋走泥路”“南湖的水牛”“蒙着被子放屁”等事物或事情都是农耕社会生活中常见的或经常发生的，它们所要表达的意思容易被老百姓理解，显得通俗易懂。有许多歇后语本来就是老百姓在生活中加工再创造完成的。因此，这类歇后语具有浓郁的生活气息。

歇后语也有来自神话传说的内容。神话传说在口口相传中已经为老百姓所知晓，大家根据各路神仙的特征来组织歇后语的内容。例如（着重号为笔者所加）：

（1）……解放军到来以前的几天，他们邀他去开了一次“应变会”，以后几次的会他都推病没有去，他总觉得在这种时候，实在是“泥菩萨过江，自身难保”，他们不能给他些什么帮忙，说不定因为和他们联得太紧，反而不好，……[②]

（2）二麻子把头一歪：“土地奶奶怀了胎，一肚子小鬼。你不知道老钢在玉

① 刘永发. 试论歇后语的时代性、民族性和地方性[J]. 伊犁师范学院学报(社会科学版),1998(2):34.

② 陈学昭. 土地[M]. 北京:人民文学出版社,1953:91-92.

米根里吹了神气啦，摸摸他头顶上的露水珠吧！”说罢，哼了一声就走了。①

（3）“我的贴心妹妹！你真硬逼我开肠剖肚，把心里的话说给你听吧！我看他没鞋穿，想替他做双鞋；他却‘狗咬吕洞宾，好坏不知’，他不但不要我做鞋事小，倒反咬我一口，挖苦我几句，我肺都给他气炸啦！”②

“泥菩萨”“土地奶奶”“吕洞宾”等都是神话传说中的人物，他们的故事为中国人所熟知，由此而形成的歇后语易于普及，具有很强的教育、评判功能。

按照歇后语的前后两部分的关系，歇后语有两种类型：喻义歇后语和谐音歇后语。从20世纪50年代的华东地区小说创作实际看，喻义歇后语占绝大部分，谐音歇后语尚有待发现。

这一阶段小说中的歇后语的结构有独词构成的歇后语、短语构成的歇后语、句子构成的歇后语。独词构成的歇后语前一部分是某一事物的名称，后一部分是这个事物的性质或作用。例如（着重号为笔者所加）：

（1）“咱们就怕两节火筒，一窍不通。既然会唱，请学堂先生编个现成词儿，那还不容易。”③

（2）小六和李二嫂虽然还没正式结婚，不过也是“南湖的水牛——老稳”了。④

（3）“……秃子头上的虱子——事情明摆着，你老实说吧！”⑤

（1）中的“两节火筒”是事物名称，“一窍不通”是“两节火筒”的一个特性。（2）中的“南湖的水牛”是动物的名称，“老稳”是水牛的一个特征。（3）中的“秃子头上的虱子”是事物名称，“明摆着”是事物的一个特性。这些歇后语的前一个部分都是单个事物名词，后面的部分都是这个事物的某一个特征。

短语构成的歇后语的前一部分是一个短语，常常是动宾、主谓式的短语，后一部分写出前一部分的结果或性质。例如（着重号为笔者所加）：

（1）“小爸爸，你都是吃灯草，放的轻巧屁，……”⑥

（2）稻和大秫秫不护好，圩埂再一破，那是秤锤落在鸡窝里，送命的大事。⑦

---

① 苗得雨. 老钢的故事[J]. 文艺月报,1953(4):57.

② 曹玉模. 两朵红花[J]. 文艺月报,1953(1):46.

③ 白危. 渡荒[M]. 上海:新文艺出版社,1951:59-60.

④ 王安友. 李二嫂改嫁[M]. 2版. 济南:山东人民出版社,1959:15.

⑤ 陈萍. 生产待命[M]. 上海:新文艺出版社,1953:117.

⑥ 陈登科. 淮河边上的儿女[M]. 南京:江苏人民出版社,1979:235.

⑦ 曹玉模. 两朵红花[J]. 文艺月报,1953(1):46.

（1）中的“吃灯草”是动宾结构，“放的轻巧屁”是“吃灯草”的结果。（2）中的“秤锤落在鸡窝里”是主谓结构，“送命的大事”是“秤锤落在鸡窝里”的严重后果。

相比于上述两种结构，句子构成的歇后语比较普遍。歇后语的前半部分有主语、谓语、宾语齐全的句子充当，后半部分是对前半部分的评述。例如（着重号为笔者所加）：

（1）“……豆腐渣贴门对子——一辈子也沾不上。”[①]

（2）“……正是肥猪撞门，送上门的财气。”[②]

（3）真正是“顶石臼做戏文，吃力勿讨好”……他总觉得在这种时候，实在是“泥菩萨过江，自身难保”，……[③]

（4）……北天霸是瞎子吃汤圆，心里有数，……[④]

（5）“真是戴着苇笠亲嘴——你知道的就差的远啦。……”[⑤]

（6）二麻子把头一歪：“土地奶奶怀了胎，一肚子小鬼。……”说罢，哼了一声就走了。[⑥]

（7）“……他却‘狗咬吕洞宾，好坏不知’……”[⑦]

上述歇后语中的“豆腐渣”“肥猪”“顶石臼”“泥菩萨”“瞎子”“戴着苇笠”“土地奶奶”“狗”是主语，“贴”“撞”“做”“过”“吃”“亲”“怀了”“咬”是谓语，“门对子”“门”“戏文”“江”“汤圆”“嘴”“胎”“吕洞宾”是宾语。歇后语的前半部分由句子充当，后半部分都是对前半部分的结果做进一步解释。

歇后语具有通俗易懂、活泼生动以及诙谐幽默等特点，这和歇后语中的修辞有很大的关系。歇后语常用的修辞手法有比喻、夸张等，比喻是歇后语中出现最多的一种修辞手法。双关、反复、对偶等修辞在20世纪50年代的华东地区小说中比较少见。例如，“秃子头上的虱子——事情明摆着”运用了比喻的修辞手法。“秃子头上的虱子”是喻体，本体是某人做的事情，“明摆着”是这件事情的状况。这一歇后语的完整意思是事情就像秃子头上的虱子那样清楚地明摆着。“黄鼠狼拣病鸭咬，就这么凑巧的”中的“黄鼠狼拣病鸭咬”的本体是“生病的

---

① 曹玉模. 两朵红花[J]. 文艺月报,1953(1):45.

② 陈登科. 淮河边上的儿女[M]. 南京:江苏人民出版社,1979:78.

③ 陈学昭. 土地[M]. 北京:人民文学出版社,1953:91.

④ 杨丹平,戴石明. 乌云遮不住太阳[M]. 上海:新文艺出版社,1952:84.

⑤ 申均之. 夜雨[J]. 文艺月报,1954(9):23.

⑥ 苗得雨. 老钢的故事[J]. 文艺月报,1953(4):57.

⑦ 曹玉模. 两朵红花[J]. 文艺月报,1953(1):46.

七月子本来够倒霉了，又被敌机炸伤”。“三斤重的鸭子，两斤半的头”，这句对鸭头的重量加以夸大，主要是为了突出歇后语的后一部分“全是嘴”。“顶石臼做戏文”也是夸大，为后一部分“吃力不讨好”做足文章，写出敌人窝内斗的情形。歇后语中修辞手法的运用增强了语言的表现力。

歇后语在运用技巧上也很有特色，废话、谐音、胡说等方法都是歇后语常用的技巧。20世纪50年代的华东地区小说中谐音的技巧难觅踪迹，废话和胡说技巧都有所涉及。废话是指歇后语前后两部分意思差不多，后一部分是前一部分当然的结果，从逻辑判断上看，后一部分纯粹是废话。例如，“真是赶面柱吹火——一窍不通”，“赶面柱”是实心的，中间没有孔洞，吹它当然是一窍不通。从字面上看，这些都是废话。但是这里的“窍”不是字面含义，字面的“窍”就是指擀面柱中的孔洞，字面后的“窍”不再是孔洞，而是指领悟能力。文字的多义性在此得到了一定程度的利用，幽默中也可见老百姓的智慧。

相比于废话技巧，胡说也是歇后语常用的技巧，在20世纪50年代的华东地区小说中，这一技巧运用比较普遍。袁武认为唐代就有人注意到了这一语言现象，他举皮日休《杂体诗序》中的话作为例子予以证明，“诗云‘维南有箕，不可以簸扬；维北有斗，不可以挹酒浆’，近乎戏也。”[①]“近乎戏也”，是近似于胡说游戏之意。关于歇后语中胡说的技巧，举例如下：

（1）三斤重的鸭子，两斤半的头——全是嘴。

（2）豆腐渣贴门对子——一辈子也沾不上。

（3）顶石臼做戏文——吃力不讨好。

（4）泥菩萨过江——自身难保。

（5）裤裆里插扁担——自抬自。

（6）戴着苇笠亲嘴——差的远。

（7）土地奶奶怀了胎——一肚子小鬼。

上述例子的前半部分都属于胡说。“三斤重的鸭子，两斤半的头”，现实生活中根本不存在这么怪异的鸭子，纯是胡诌。“豆腐渣贴门对子”，没有人会去做这种傻事，也是乱造出来的说法。“顶石臼做戏文”，没有人会顶着沉重的石臼去做戏文，现实生活中根本不可能发生这种事。“裤裆里插扁担”，一般情况下，裤裆里不会插扁担，这种说法违背生活常识。“戴着苇笠亲嘴”，生活中没有人傻到戴着苇笠亲嘴。“土地奶奶怀了胎”，土地奶奶不可能怀胎。前半部分的胡说是为了

---

① 袁武.歇后语的心理解读[J].贵州师范大学学报(社会科学版),2010(4):93.

引出后半部分的谜底。歇后语胡说的技巧能使小说的语言更加诙谐、幽默。

二、歇后语的叙事功能

歇后语在小说创作中具有一定的叙事功能，主要体现在刻画人物、推动故事情节、揭示生活哲理等方面，同时也能使语言生动形象、诙谐幽默。歇后语能以精简的语言刻画出人物形象的主要特征。例如（着重号为笔者所加）：

（1）蕙子只好转过身，长林跟在她后面。……一路上，嘴里叽叽咕咕未歇口。蕙子听到，知道他这种急性子，……她说："当一个互助组组长，要有三个肚子：……像你这样，三斤重的鸭子，两斤半的头——全是嘴，想一下说通，反会搞不好。"①

（2）"我跟余老大娘说妥，你跟杨班长搬到她家去住，夫妻团聚，旧事新办。别的不要你做什么，喊大娘声'干娘'就行了。……我断了一条腿，不说瞎话。阿菊，我这个人办事，穿丁鞋走泥路，步步落实，保险不出差错！"②

（3）因此乍来弄不清楚他的人，还认为他是"实心粑粑""开明士绅"呢！跟他交情好了，他就又有了本钱，四处乱吹："我们现在不也是干部吗？我楼志清那一行不如人家，上头还不是有眼睛的，嗨，我现在就是某某主任放下来的，做的是里头的工作。"有些干部上头消息灵通，知道没有这回事，一下子就拆穿了，大家也就知道他："裤裆里插扁担，自抬自。"③

（4）"唉！大半年来，蒙着被子放屁，香臭自己闻哪！这下子，真比用嘴教育我好几年都管事！"老钢说出真心话。④

（1）中"三斤重的鸭子，两斤半的头——全是嘴"突出鸭头的重量，是为了表明鸭嘴之大，接着得出后一部分"全是嘴"的结论。蕙子用这个歇后语打趣长林，意在批评长林遇事急躁，时常喋喋不休指责别人。从长林的角度分析，这个歇后语刻画出长林话多急躁的性格特征。（2）中的"穿钉鞋"相比于穿普通的鞋子走路不容易摔跤，一步一个脚印，人们认为这样走路比较稳妥，把这种生活现象引入歇后语，得出后半部分"步步落实"的结论。这个歇后语刻画出炮兵战士梅福如办事周详、踏实可靠的特征，也体现出梅福如对步兵班长杨军的景仰。因此，梅福如自愿为杨军和阿菊操办婚事。（3）中的"裤裆里插扁担，自抬自"显得有些粗俗，能刻画出阶级敌人楼志清不甘心被打倒的心理，他处心积虑想给人

① 曹玉模．两朵红花[J]．文艺月报，1953(1)：42.
② 吴强．红日[M]．太原：北岳文艺出版社，2001：259.
③ 菡子．纠纷[M]．上海：新文艺出版社，1954：10.
④ 苗得雨．老钢的故事[J]．文艺月报，1953(4)：60.

留下自己还是有身份的人的印象。这个歇后语是人们对楼志清的评价，刻画出楼志清心怀鬼胎、不择手段的特征，在失败面前跳梁小丑式的可笑行为。(4) 中的“蒙着被子放屁，香臭自己闻”用了日常生活中真实的事情来表达事理。“蒙着被子放屁”，被子里的气味肯定不好闻，“香臭自己闻”，用在这里只是强调臭味。这个歇后语是对死要面子活受罪的人的嘲讽。老钢不愿参加合作社，坚决要求单干，在单干过程中吃尽苦头，但他还死撑着，最后他认识到自己的错误，参加了合作社，用这个歇后语对自己进行自嘲，此歇后语反映出老钢对合作化道路的认识程度的提升。上述几个例子中的歇后语对刻画人物都起到了一定的作用，人物的性格和心理显得更加鲜明。

歇后语能推动小说情节的发展。可从顺向，也可从逆向展开情节。例如（着重号为笔者所加）：

（1）七赖毛三番五次到谢大娘家逼着要人，都教谢大娘软求硬赖的送出了门，北天霸是瞎子吃汤圆，心里有数，因保田队没消灭，会长、小黑子没逮着，还不敢下她的毒手。[①]

（2）小六和李二嫂虽然还没正式结婚，不过也是“南湖的水牛——老稳”了。[②]

（1）中的谢大娘是保田队小队长小黑子妈妈，北霸天罗文虎和“国军”突击队长武安义想利用谢大娘引出并歼灭保田队。“瞎子吃汤圆，心里有数”，描写出罗文虎的心理，他暂时不会关押、打死谢大娘，谢大娘还是住在自己家里，而且还有一定的行动自由，尤其在夜间她还能想办法去看一看被罗文虎抓去的保田队家属。这一歇后语表明罗文虎不抓谢大娘的原因，增强了情节的合理性。正因为谢大娘没有被抓起来，小黑子才有可能偷偷潜回，夜会母亲，拜托母亲散发革命传单。谢大娘才会因为传单被罗文虎抓起来，罗文虎不再指望谢大娘帮他引出保田队队员，对谢大娘施以酷刑。这推动了情节的发展，有利于刻画出革命群众面对恶势力英勇不屈的气概。(2) 中的李二嫂是一个寡妇，在生产生活中和邻居小六产生了真挚的感情，两人你情我愿，结婚是迟早的事，“南湖的水牛——老稳”形象地写出了李二嫂和小六之间稳定的情感状况。但是随着情节的发展，李二嫂和小六的感情世界出现了波折。小六随军打仗，离开了家乡，小六母亲自作主张为小六娶了媳妇。如水牛稳定的婚事出现了不稳定情况，情节走向了它的反面，这一歇后语在小说情节中的作用可见一斑。

① 杨丹平，戴石明．乌云遮不住太阳[M]．上海：新文艺出版社，1952:84.

② 王安友．李二嫂改嫁[M]．2版．济南：山东人民出版社，1959:15.

有些歇后语富含一定的哲理。例如（着重号为笔者所加）：

（1）西庄沈长友老爹爹，……边走进门边叹息着："唉，黄狼拣病鸭咬，就这么凑巧的，可可打伤这条苦根……"①

（2）大奎子在后边，把他膀子一拉："见鬼呢！哪有什么敌人出动？走！能打还乡团，就不能打遭殃军？来，正是肥猪撞门，送上门的财气。"②

（1）中的"黄狼拣病鸭咬"是指厄运叠加在某个人身上，"黄鼠狼"何时会来，这是任何人都无法知道的事，人们在"黄鼠狼"面前只有等待的可能，人物七月子不会知道天上何时会落下炸弹，就是有炸弹落下，也不知何时会落到自己头上，所有都是"凑巧"而成，人对此无能为力。在小说中，七月子确实被炸弹炸伤了，薛陆氏为了救受伤的解放军战士刘根生，用受伤的小女儿七月子替换刘根生，把刘根生从野地里救回家，沈长友不知内情，把刘根生当成了七月子，小说使用这个歇后语表达沈长友心中的焦虑。（2）中的"肥猪撞门"是偶然的好事，概率极小。偶然性左右人的思维，可谓得失成败尽在一瞬之间。人物大奎子事先也不知道遭殃军会过来，偶然相遇，就想抓住这次机会，痛打遭殃军。将决定建立在偶然性上总有一定的冒险性。这两个例子都针对具体的事情运用歇后语，只有读者进一步思考时，它的哲理意味或可显示出来。

歇后语能使小说的语言通俗易懂，活泼生动，诙谐幽默。例如：

（1）三斤重的鸭子，两斤半的头——全是嘴。

（2）秤锤落在鸡窝里——送命的大事。

（3）肥猪往屠夫家里跑——送上门来货，杀着当菜吃。

（4）顶石臼做戏文——吃力不讨好。

（5）裤裆里插扁担——自抬自。

（5）戴着苇笠亲嘴——你知道的就差的远。

（6）土地奶奶怀了胎——一肚子小鬼。

（7）蒙着被子放屁——香臭自己闻哪。

（8）穿钉鞋拄拐棍走路——步步把实。

"三斤重的鸭子，两斤半的头"，夸大了鸭子的头部重量，和现实生活中的鸭子严重不符，异于常态的形象令人忍俊不禁。"秤锤落在鸡窝里"，使鸡窝里的鸡乱飞乱跳，慌乱不堪，谐趣并生。"肥猪"跑到屠户家时憨态可掬，茫然不知危险临近的情态很能触发读者的笑点。"顶石臼做戏文""裤裆里插扁担""土地奶

① 陈登科. 活人塘[M]. 3版. 北京：人民文学出版社，1979：49.

② 陈登科. 淮河边上的儿女[M]. 南京：江苏人民出版社，1979：78.

奶怀了胎”“戴着苇笠亲嘴”都是异于常理的事情，读者能欣赏到其中的夸张表演，幽默感油然而生。“蒙着被子放屁”，闻臭味的人痛苦的表情如在眼前，这种罪不是别人强加给他们的，是他们自找的，只能自作自受，这则歇后语运用生动活泼的语言刻画出闻臭味的人尴尬的处境。“穿钉鞋拄拐棍走路”是运用双保险，走路者生怕自己有什么闪失，“穿钉鞋”“拄拐棍”运用生动的语言刻画出一位谨小慎微者的形象。上述例子反映出歇后语具有很强的表现张力。

20世纪50年代的华东地区小说运用了许多俗语、歇后语，这些俗语、歇后语既能使小说贴近民间话语，又能让小说和新时代相合拍，实现民间话语和国家话语的兼容整合，这是本时期华东地区小说一个比较重要的语言特色。

附录：中华人民共和国成立初期华东地区部分小说创作者简介

说明：

1. 本“简介”中收录了一些生平不详、仅有一篇或几篇作品的小说创作者，是因为笔者认为这些作者有其留存价值。

2. 本“简介”收录的小说创作者其作品主要在1949年以后创作，在华东地区发表或出版时间在1949年—1955年前后。

3. 已成定论的其他地区的作者，比如老舍在华东刊物上发表过作品，笔者在此未收录。也未收录小说翻译者。

4. 本“简介”涉及的小说版本不一定是初版，仅是笔者能见到的某部（篇）作品中较早的版本。

5. 本“简介”中罗列的小说创作者的作品并不全面，仍有待进一步充实。

6. 本“简介”在参考“中国作家网”和其他相关资料的基础上综合提炼而成，在此一并致以诚挚的感谢。

7. 以下作者简介排名不分先后。

阿红（1930—2015），男，原名王占彪。陕西华阴人。1948年进入南京中央大学哲学系学习，后转入中文系。1952年毕业。1954年到辽宁省作家协会工作。出版《长命和清明》（新文艺出版社1952年版）。

艾明之（1925—），男，原名黄志坤，广东英德人。曾任中国作家协会上海分会副主席。发表《领班陆万古》（《小说》月刊1949年第3卷第2期）、《纠纷》（《小说》月刊1950年第3卷第6期）、《竞赛》（《小说》月刊1950年第4卷第4期），出版《不疲倦的斗争》（人民文学出版社1953年版），发表《电话》（《解放日报》1954年4月11、12日）、《年轻的心》（《人民文学》1954年第57期）。

艾煊（1922—2001），男，原名光道，安徽舒城人。曾任《新华日报》编委、特派记者、副刊主编，中共江苏省委文艺处长，江苏省文联副主席、秘书长，江苏省作协主席、党组书记。出版《战斗在长江三角洲》（新文艺出版社1952年版）、《秋收之后》（新文艺出版社1955年版）。

巴金（1904—2005），男，原名李尧棠，字芾甘，四川成都人。发表《坚强战士》（《文艺月报》1953年第1期）、《范国金与何全德》（《文艺月报》1954年第13期）、《记栗学福同志》（《解军文艺》1954年第36期），出版《英雄的故事》（新文艺出版社1958年版）。

白危（1911—1984），男，原名吴渤，广东兴宁人。发表《夏征》（《小说》月刊1951年第5卷第4期），出版《渡荒》（新文艺出版社1951年版）、《夏征》（新文艺出版社1951年版）。

白刃（1918—），男，原名王寄生，笔名王爽、蓝默，福建石狮人。发表《生死一条心》（新华书店1950年版），《抢救》（《小说》月刊1951年第5卷第3期），出版《毛主席的好战士》（上杂出版社1952年版）、《平常人的故事》（新文艺出版社1954年版）、《镇海石》（新文艺出版社1956年版）。

鲍雨（1913—1983），男，原名钦鲍雨，又名钦国祥、钦国贤。江苏宜兴人。发表《牛栏旁》（《文艺月报》1955年第1期）。

曹玉模（1929—），男，安徽来安人。曾任芜湖《皖南日报》记者，安徽省文联编辑，安徽省作家协会专业作家及文学院副院长。发表《两朵红花》（《文艺月报》1953年第1期）。

陈学昭（1906—1991），女，原名陈淑英、陈淑章，笔名学昭、野渠、式徽、惠、玖等，浙江海宁人。中华人民共和国成立后，曾任浙江大学教授、浙江省文联副主席、中国作家协会浙江分会名誉主席。出版《土地》（人民文学出版社1953年版）。

陈登科（1919—1998），男，江苏涟水人，毕业于中央文学研究所。曾任安徽省文联副主席，中国作家协会安徽分会主席，《清明》主编。发表《活人塘》（《说说唱唱》1950年第10、11期）、《离乡》（《文艺月报》1954年第2期）、《在巨浪中》（《中国青年报》1954年4月20日），出版《淮河边上的儿女》（作家出版社1954年版）。

陈萍，生平不详。出版《生产待命》（新文艺出版社1953年版）。据唐弢文章记载，《生产待命》的作者陈萍是一位转业军人。

程造之（1914—1986），男，原名程兆翔，上海人。发表《芒种前后》（《小说》月刊1949年第3卷第2期）。

程溪林，生平不详。发表《高茂》（《小说》月刊1950年第4卷第2期），出版《改行》（新华书店华东总分店1950年版）。

戴夫，生卒年月不详。原名吴焕章，江苏泰县人。曾任冀鲁边军区《前线报》主编、渤海区党委机关报编辑部长、东北民主联军六纵队宣传部副部长、解放军总政治部文化部处长、南京军区政治部文化部部长、扬州军分区副政委、中国作家协会江苏分会副主席等。发表《只不过是开始》（《小说》月刊1950年第4卷第1期），出版《古镇的愤怒》（青年出版社1951年版）。

董伯超，生平不详。发表《牛》（《小说》月刊1950年第4卷第5期）。

董均伦（1917—2004），男，山东威海人。中华人民共和国成立后，曾任上海作协专业作家，山东省民协主席、政协委员、作协名誉主席，中国民协常务理事。出版《金瓜配银瓜》（与江源合著，通俗读物出版社1954年版）、《红花才放红》（与江源合著，通俗读物出版社1955年版）、《亲事》（与江源合著，中国青年出版社1955年版）、《麦子熟了的时候》（与江源合著，作家出版社1956年版）。

戴石明（1926—），女，江苏扬州人。曾任江苏文联创作辅导员、江苏省少儿文学创作研究室副主任。出版《乌云遮不住太阳》（与杨丹平合著，新文艺出版社1952年版）。

方纪（1919—1998），男，原名冯冀。发表《老桑树底下的故事》（连载于《小说》月刊）。

方膺，生平不详。发表《滨海新纪事》（《小说》月刊1950年第4卷第1期）。

费礼文（1929—），男，安徽合肥人。曾任上海《劳动报》编辑、记者，《上海文学》副编审、编辑，中国作家协会上海分会专业作家，《工人创作》杂志编委。发表《师兄弟》（《劳动报》1954年11月8日），出版《一年》（中国青年出版社1956年版）、《成长》（中国青年出版社1956年版）。

公刘（1927—2003），男，原名刘仁勇，又名刘耿直，江西南昌人。发表《国境线上》（《文艺月报》1955年第4期）。

谷斯范（1916—1999），男，笔名艾荻、江荻，浙江上虞人。曾任华东文联、浙江省文联专业作家，浙江省作协副主席，中国作协第四届理事，中国巴人研究学会会长。发表《老高头》（《文艺月报》1953年第2期），出版《老高头》（新文艺出版社1953年版）。

郭凌青，生平不详。出版《永生》（新文艺出版社1953年版）。

高晓声（1928—1999），男，江苏武进人。1949年进入苏南新闻专科学校学习。曾任《新华日报》文艺副刊编辑。发表《解约》（《文艺月报》1954年第2期），出版《解约》（与陆文夫合集，江苏人民出版社1955年版）。

哈华（1918—1992），男，原名钟志坚，四川郫县人。曾任《解放日报》及《萌芽》编辑、主编，中国作协上海分会书记处书记、副主席。出版《孤儿苦女》（海燕书店1951年版）、《浅野三郎》（新文艺出版社1953年版）。

菡子（1921—2003），女，原名罗涵之，又名方晓。曾任《前线报》编辑、

《淮南大众》社长兼总编、华东局妇联宣传部副部长、中国作协创作委员会副主任、安徽省委宣传部宣传处处长、《收获》和《上海文艺》编委、上海市作家协会副主席、上海文艺出版总社编审。出版《纠纷》(新文艺出版社1954年版)。

韩文理，生平不详。发表《王志平和他的妻子》(《文艺月报》1954年第12期)。

何飞（1930—），男，浙江诸暨人。曾任福建人民出版社文艺编辑、省文联《热风》月刊编辑、省文学院副院长、省作协理事。发表《魏占山》(《小说》月刊1950年第4卷第4期)、《乔迁记》(《小说》月刊1951年第5卷第6期)，出版《我的大姐》(新文艺出版社1956年版)。

黄衣青（1914—），女，原名黄懿青，笔名绮心、怡青，福建仙游人。曾任中华书局《小朋友》编辑，少年儿童出版社《小朋友》主编、编辑室主任、编审。发表《填表》(《文汇报》1954年8月8日)。

华标，生平不详。发表《钟老板回店》(《文艺月报》1955年第5期)。

胡万春（1929—1998)，男，原名胡阿根，浙江鄞县人。曾任中国作家协会上海分会理事，上海《劳动报》记者、编辑，《萌芽》编委，中国作家协会上海分会专业作家。曾发表《修好轧钢车》(《文汇报》1952年3月30日)，出版《青春》(中国青年出版社1956年版)，《骨肉》(通俗读物出版社1956年版)。

冀汸（1918—2013)，男，原名陈性忠，湖北天门人。曾任《浙江文艺》编辑、创作组组长，中国作家协会浙江分会专业作家、副主席。发表《鱼》(《浙江文艺》1954年第7期)，出版《这里没有冬天》(新文艺出版社1954年版)。

江源（1927—），女，原名姜淑媛，山东平度人。曾任山东省作协专业作家，山东民协第二届理事、第三届副主席。出版《金瓜配银瓜》(与董均伦合著，通俗读物出版社1954年版)、《红花才放红》(与董均伦合著，通俗读物出版社1955年版)、《亲事》(与董均伦合著，中国青年出版社1955年版)、《麦子熟了的时候》(与董均伦合著，作家出版社1956年版)。

峻青（1922—1991)，男，原名孙俊卿，山东海阳人。曾任中国作家协会上海分会代理党组书记，中国作家协会上海分会书记处书记，中国作家协会理事。发表《东去列车》(《文艺月报》1954年第9期)、《滩河上的春天》(《解放日报》1954年3月21日)、《老水牛爷爷——胶东散记之三》(《文艺月报》1954年第4期)、《看喜——胶东散记之二》(《解放日报》1954年4月18日)、《老交通——胶东散记之四》(《解放日报》1954年6月13日)、《党员登记表》(《解放日报》1954年8月8日)、《主人——胶东散记之五》(《文艺月报》1954年第10

期)，出版《马石山上》(上海文化出版社1955年版)、《水落石出》(上海文化出版社1955年版)、《黎明的河边》(新文艺出版社1955年版)、《最后的报告》(中国青年出版社1956年版)。

晋驼（1910—1987)，男，原名刘庆芳。山东人。曾任延安鲁艺研究员，哈尔滨大学文学系教授，东北作家协会秘书长，文化部电影剧本创作所、科教片厂、山东电影制片厂编剧，山东文学研究所所长。发表《前进一步》(《小说》月刊1951年第4卷第6期)，出版《前进一步》(平明出版社1951年版)。

金云，生平不详。工人作家，发表《指标》(《劳动报》1955年7月11日)。

柯岗（1915—2002)，男。关于他的原名有两种说法，一种法说为张克刚，另一种说法为张晏如。河南巩义人。发表《边寨一年——战斗在边疆之一》(《文艺月报》1954年第3期)，出版《三百七十万零三十元》(上海杂志公司1950年版)，《金桥》(新文艺出版社1957年版)。

柯蓝（1920—2006)，男，原名唐一正，湖南长沙人。曾任上海《劳动报》总编辑，上海市文联党组书记、文协党组书记，华东作协秘书长。发表《和韩起祥下乡》(《小说》月刊1950年第3卷第5期)，出版《放牛郎》(新华书店1950年版)，《不死的王孝和》(与赵自合著，劳动出版社1951年版)。

李方立（1918—1999)，男，原名李茂云，笔名立方，山东成武人。发表《西沙滩》(《小说》月刊1951年第5卷第3期)、《打井》(《小说》月刊1951年第5卷第6期)，出版《第一年》(作家出版社1956年版)。

刘知侠（1918—1991)，男，原名刘兆麟，河南卫辉人。曾任济南市文联主任，山东省文联编创部长、秘书长、党组委员。1953年调至上海作家协会，从事专业创作。出版《铺草》(新文艺出版社1955年版)、《铁道游击队》(新文艺出版社1955年版)。

刘溪（1927—1968)，男，江苏泗阳人。曾任区交通站长、《淮海日报》记者、新华六支社记者、苏南新华分社记者、中共常州新华社通联科长、中共常州地委宣传部科长、苏南区党委办公厅秘书、华东局宣传部文艺处文学科副科长、中共上海市委宣传部文艺处副处长、人民文学出版社上海分社编审，中国作协上海分会理事。出版《大地回春》(新文艺出版社1952年版)、《草村的秋天》(新文艺出版社1954年版)、《一簇野蔷薇》(新文艺出版社1955年版)、《九女村》(新文艺出版社1956年版)。

路翎（1923—1994)，男，原名徐嗣兴，江苏南京人。曾任中国青年艺术剧院创作组组长，中国剧协剧本创作室专业作家。发表《女工赵梅英》(《小说》

月刊1949年第3卷第3期）、《洼地上的“战役”》（《人民文学》1954年第3期），出版《朱桂花的故事》（作家出版社1955年版）。

罗洪（1910—2017），女，原名姚自珍，上海松江人。曾任《草原》《读书生活》《文艺月报》《上海文学》《收获》等刊物的编辑。发表《金宝的娘》（《小说》月刊1951年第5卷第4期），出版《灯塔照耀着他们》（文化生活出版社1954年版）。

林漫（1914—1990），男，又名李满天，甘肃临洮人。出版《哑巴讲话》（群益出版社1950年版），发表《新欢旧苦》（《小说》月刊1951年第5卷第2期）。

林群英，生平不详。发表《“水鬼”》（《文艺月报》1955年第12期）。

林音频（1922—2005），男，原名李维西，江苏镇江人。曾任新华书店编辑部编辑，山东人民出版社文艺编辑室主任，《少年儿童》杂志主编，山东文联创作室创作员，《山东前哨》杂志编辑、小说组长，《山东文学》杂志副主编。发表《汽车进庄来了》（与于良志合著，《文艺月报》1953年第3期）、《性急的人》（《文艺月报》1953年第4期）、《老夫妻俩》（《文艺月报》1954年第10期）。

林予（1930—1992），男，原名汪人以，江西上饶人。发表《邻人》（《文艺月报》1955年第6期），出版《森林之歌》（新文艺出版社1955年版）。

陆文夫（1928—2005），男，江苏泰兴人。发表《荣誉》（《文艺月报》1955年第2期），出版《解约》（与高晓声合集，江苏人民出版社1955年版）、《荣誉》（新文艺出版社1956年版）。

吕曰生（1931—2016），男，笔名芳草、鲁阳戈，山东泰安人。出版《薛金梅结婚的故事》（山东人民出版社1952年版）、发表《一个安静的晚上》（《文艺月报》1954年第11期），出版《一个安静的晚上》（新文艺出版社1956年版）。

逯斐（？—1994），女，原名王松黛，笔名宋玳，江苏无锡人。发表《含渣〇・〇〇二》（《小说》月刊1951年第5卷第2期），出版《提炼》（新文艺出版社1951年版）。

苗得雨（1932—），男，山东沂南人。曾被延安《解放日报》誉为解放区的“孩子诗人”。曾任鲁中南报社、大众日报社主办的《农村大众》通联、编辑、记者，山东省文联和华东文联创作员，《前哨》《山东文学》副主编，山东省作协负责人，山东省文联副主席、省文联党组副书记。发表《老钢的故事》（《文艺月报》1953年第4期）、《亲家》（《文艺月报》1954年第9期）。

莫西芬，生平不详，山东著名诗人。曾任《山东文学》副主编。发表《双儿和苓苓》（《小说》月刊1951年第5卷第5期）。

毛炳甫（1931—1996），男，笔名石浦，浙江鄞县人。1951年参加工作，曾任《宝钢报》副总编、上海作家协会第五届理事、大众文学学会副秘书长。发表《怪不得你爱他》（《劳动报》1954年12月26日）等。

欧阳凡海（1912—1970），男，原名欧阳成方，浙江遂安人。曾任上海全国文协秘书，广西地方建设干部学校指导员，在华日本人民反战同盟秘书、顾问室主任，重庆《新华日报》编辑，延安鲁艺教员及文学研究室主任，华北联大与华北大学教授，晋察冀边区《时代青年》主编，中央戏剧学院教授。出版《无辜者》（海燕书店1950年版）。

欧阳翠（1918—），女，原名崔素华，安徽太平人。曾在上海文联研究室工作。1952年至1966年一直在《文艺月报》《上海文学》《收获》任编辑。发表《苦难到头见光明》（《小说》月刊1951年第5卷第5期）。

潘之汀（1913—2005），男，又名潘芷汀，名笔芷汀，河北泊头人。发表《娘儿俩》（《小说》月刊1951年第5卷第5期）。

任大心（1927—），男，原名郭根深，河北博野人。曾在山东渤海军区政治部、山东军区文化部、华东军区文化部、人民文学出版社、人民美术出版社、中国电影出版社任职。发表《贾双珍》（《小说》月刊1950年第4卷第2期），出版《两面奖旗》（新华书店华东总分店1950年版）、《黄河坝上》（新文艺出版社1956年版）。

任干（1923—1999），男，江苏镇江人。曾任华东文联、华东作协专业作家，上海市委文艺工作委员会艺术处、市委文艺部艺术处、市委宣传部文艺处副处长，上海作协党组副书记，上海电影局党委副书记、副局长。出版《永远前进》（新文艺出版社1955年版）。

任伍，生平不详。出版《光辉灿烂》（晨光出版公司1951年版）。

尚政，生平不详。发表《海上捉匪记》（《文艺月报》1955年第4期）。

斯民，生平不详。发表《车子翻身》（《文艺月报》1953年第1期）、《选举》（《文艺月报》1953年第4期），出版《车子翻身》（新文艺出版社1953年版）、《小珍幸福了》（新文艺出版社1953年版），发表《大妈年轻了》（《文艺月报》1954年第2期），《风雨》（《文艺月报》1954年第5期）。

师陀（1910—1986），男，原名王长简，笔名芦焚，河南杞县人。1949年以后，历任上海出版公司总编辑、上海电影剧本创作所编剧，1957年后一直是中国作家协会上海分会专业作家。出版《历史无情》（上海出版公司1951年版），发表《前进曲》（《文艺月报》1953年第12期）、《石匠》（《人民文学》1954年第59

期)。

沈默君(1924—2009),男,笔名迟雨,安徽寿县人。1949年后历任第三野战军办事处文工团长、文艺科创作研究员、第三野战军解放军剧院编剧、总政文化部创作组创作员、广播电影电视部专业作家、中国剧协第一届理事、中国影协第三届理事。出版《夫妻英雄的故事》(山东人民出版社1952年版)、《荣军锄奸记》(中国青年出版社1955年版)。

苏泛,生平不详。发表《事故》(《小说》月刊1951年第5卷第1期),出版《父子之情》(劳动出版社1951年版)。

申均之(1912—1988),男,原名王锡宣,山东烟台人。曾任《胶东大众》编辑、记者,《山东文学》编辑室主任、副主编。发表《青年井》(《小说》月刊1951年第5卷第5期)、《夜雨》(《文艺月报》1954年第9期)。

唐克新(1928—),男,原名唐克舜,江苏无锡人。1954年后曾任国营上海第六棉纺织厂工会干部、《萌芽》杂志编辑、中国作协上海分会专业作家。发表《铁链也缚不住的人》(《文艺月报》1955年第5期),出版《车间里的春天》(通俗读物出版社1955年版)。

王安友(1923—1991),男,山东日照人。曾任《山东文学》编辑,山东省文联文学部部长。1950年出版第一部中篇小说《李二嫂改嫁》。1951年他从地方调到省文联,并加入了中国作家协会,成为专业作家。发表《追肥》(《文艺月报》1953年第1期),出版《追肥》(新文艺出版社1953年),发表《两个青年人》(《文艺月报》1954年第4期)。

王恺(1929—),男,原名王华峰,山东利津人。担任渤海军区第四军分区宣传队宣传员,渤海军区政治部耀南剧团编导股副股长,山东军区政治部文工团创作股副股长,山东军区政治部文化部和海军政治部文化部创作室副主任、文艺处副处长等职。出版《群妮离婚记》(华东人民出版社1951年版)。

王希坚(1918—1995),男,山东诸城人。曾任海陵县委宣传科长、宣传部副部长,山东省农会宣传部长,《群众文艺》《山东群众》主编,新华书店山东总分店编辑部副主任,山东省文联编创部长、副主席。1950年新华书店山东总分店出版《变工组》,发表《前沿阵地》(《文艺月报》1953年第1期)、《回到农村》(《文艺月报》1954年第7期),出版《迎春曲》(中国青年出版社1955年版)、《陈老石入社》(新文艺出版社1956年版)。

王西彦(1914—1999),男,浙江义乌人。发表《悬崖》(《文艺月报》1954年第4期)、《桥》(《解放日报》1954年5月16日),出版《朴玉丽》(中国青年出版社1955年版）。

王云堡，生平不详。发表《新来的工人》（《劳动报》1954年10月24日）、《李水荣》（《文艺月报》1954年第7期）。

魏金枝（1900—1972），男，笔名凤兮、莫干、高山、鹿宿等，浙江嵊县人。1949年后曾任上海市教育局研究员，《文坛月刊》主编，《文艺月报》副主编，上海师范学院中文系主任。上海市人民代表，中国作协理事，上海作协书记处书记。发表《活路》（《小说》月刊1949年第3卷第2期）、《一个危险的计划》（《文艺月报》1954年第1期）、《老牯和小牯》（《文艺月报》1954年第6期）。

维西，生平不详。疑为林音频另一笔名。发表《一个侦察员的故事》（《小说》月刊1950年第4卷第1期）、《不能掉队》（《小说》月刊1951年第5卷第1期）。

吴强（1910—1990），男，原名汪大同。江苏涟水人。曾任华东军区政治部文化部副部长。1952年后曾任上海市文联副主席、中国作家协会上海分会副主席，上海小说家联谊会会长等职。出版《他高高举起雪亮的小马枪》（新文艺出版社1954年版）、《养马的人》（新文艺出版社1955年版）、《红日》（中国青年出版社1957年版）。

夏阳，生平不详。出版《在斗争的路上》（华东人民出版社1951年版）。

许杰（1901—1993），男，笔名张子三，浙江天台人。曾历任上海复旦大学、大夏大学、华东师范大学教授，华东作协副主席，上海市作协顾问。发表《王老板》（《小说》月刊1951年第5卷第1期）。

西虹（1921—2012），男，原名宁保禄，山西原平人。发表《黑与白》（《小说》月刊1949年第3卷第1期）、《火线下》（《小说》月刊1949年第3卷第2期），出版《空过洋海》（上海杂志公司1950年版），发表《功臣榜上第一名》（《小说》月刊1950年第3卷第5期）、《戴奖章的人》（《小说》月刊1950年第3卷第6期），出版《海上旗手》（海燕书店1952年版）、《戴奖章的人》（新文艺出版社1953年版）、《我们的连队》（上杂出版社1953年版）、《军中记事》（上杂出版社1953年版）。

杨波（1915—1994），男，原名杨天生，笔名孤萍。重庆忠县人。曾任成都《新民报》、《时事晚报》《捷报》副刊编辑，上海文协组创作部副部长，上海市委宣传部文艺处秘书，上海市文联专业作家。出版《不走正路的人》（新文艺出版社1955年版）、《红队6号》（中国青年出版社1957年版）。

杨润身（1923—），男，河北平山人。曾任天津文化局创作组干部、天津市作协副主席。发表《暗害》（《文艺月报》1955年第9期）。

杨丹平，生平不详。出版《乌云遮不住太阳》（与戴石明合著，新文艺出版社1952年版）。

余允绍（1928—），笔名羽扬，安徽黄山人。《上海文化报》副编辑。发表《翻身当主人》（《小说》月刊1951年第5卷第2期）、《根歪树斜》（《小说》月刊1951年第5卷第6期）。

于良志（1929—），男，山东海阳人。曾任山东省文联《山东文艺》编辑、副主编，专业作家，《山东文学》副主编，山东人民出版社文艺室副主任，《柳泉》主编，山东文艺出版社副社长、总编辑、编审。发表《汽车进庄来了》（与林音频合著，《文艺月报》1953年第3期），出版《衣裳》（新文艺出版社1956年版）。

于寄愚（1909—1991），男，原名于海，笔名杨书云，山东蓬莱人。历任山东省文联筹备委员会主任，华东文联秘书长、党组书记，中国作协安徽省分会专业创作员等。出版《石板沙沟一家人》（作家出版社1956年版）。

周而复（1914—2004），男，原名周祖式，安徽旌德人。曾任陕甘宁边区文化协会文学顾问委员会主任、中共重庆市委党刊《群众》编辑、《新华日报》和新华社特派员、《文学丛报》编辑、《小说家》编辑、《小说》编辑、《收获》编辑、香港《北方文丛》主编职务。出版《燕宿崖》（群益出版社1950年版）、《山谷里的春天》（人民文学出版社1955年版）、《西流水的孩子们》（少年儿童出版社1956年版）、《上海的早晨》（作家出版社1958年版）。

周熙（1917—1984），男，笔名健翎，江苏泰州人。曾任南京市文联、华东文联创作员，《新观察》编辑。发表《祖国的召唤》（《小说》月刊1951年第4卷第6期）、《岗位》（《小说》月刊1951年第5卷第4期），出版《五号码头》（华东人民出版社1951年版）、《祖国的召唤》（平明出版社1954年版）、《合作社的孩子》（上海出版公司1955年版）。

郑秉谦（1930—），男，笔名颉颃，浙江建德人。曾任浙江省作协副主席。发表《盐场上的脚印》（《文艺月报》1955年第9期），出版《柳金刀和他的妻子》（新文艺出版社1956年版）。

郑克西（1929—2010），男，上海人。曾任河南省作协主席，河南省版权协会第一届常务理事。发表《会师》（《小说》月刊1951年第5卷第3期）。

郑秀章（1927—），男，原名郑春辉，笔名阿章，浙江衢州人。曾任上海《劳动报》记者、编辑、文艺组组长，《解放日报》记者等职务。出版《海上英雄传》（劳动出版社1951年版）。

张志民（1926—1998），男，北京人。曾任群众出版社副总编辑，《北京文艺》主编，北京作家协会主席等职。发表《我们怎样战斗》（《小说》月刊1951年第5卷第4期），出版《寡妇》（新文艺出版社1953年版）。

赵自（1924—），男，原名赵家璈，笔名小珂，浙江余姚人。曾任《生活知识》特约记者，《劳动报》记者，《萌芽》编委，《工人日报》记者，《上海文学》编辑部负责人，中国作协上海分会理事。出版《不死的王孝和》（与柯蓝合著，劳动出版社1951年版）。

阅读型参考文献

[1]本尼迪克特·安德森. 想象的共同体——民族主义的起源与散布[M]. 吴叡人,译. 上海:上海人民出版社,2003.

[2]柄谷行人. 日本现代文学的起源[M]. 赵京华,译. 北京:生活·读书·新知三联书店,2003.

[3]蔡翔. 革命·叙述:中国社会主义文学:文化想象:1949～1966[M]. 北京:北京大学出版社,2010.

[4]陈改玲. 重建新文学史秩序:1950～1957年现代作家选集的出版研究[M]. 北京:人民文学出版社,2006.

[5]陈思和. 中国当代文学史教程[M]. 上海:复旦大学出版社,1999.

[6]董健,丁帆,王彬彬. 中国当代文学史新稿[M]. 北京:人民文学出版社,2005.

[7]董之林. 热风时节:当代中国“十七年”小说史论:1949—1966[M]. 上海:上海书店出版社,2008.

[8]高润平,张子红,于奎潮. 中国当代公安文学史稿[M]. 北京:群众出版社,1993.

[9]贺桂梅. 转折的时代——40～50年代作家研究[M]. 济南:山东教育出版社,2003.

[10]何其芳. 何其芳文集(第一卷)[M]. 北京:人民文学出版社,1982.

[11]洪子诚. 1956:百花时代[M]. 济南:山东教育出版社,1998.

[12]洪子诚. 二十世纪中国小说理论资料(第五卷)[M]. 北京:北京大学出版社,1997.

[13]洪子诚. 中国当代文学史[M]. 北京:北京大学出版社,1999.

[14]华中师范学院中国语言文学系. 中国当代文学史稿[M]. 北京:科学出版社,1962.

[15]刘增杰. 中国解放区文学史[M]. 开封:河南大学出版社,1988.

[16]马克思,恩格斯. 马克思恩格斯论文学与艺术(二)[M]. 北京:人民文学出版社,1983.

[17]米歇尔·福柯. 知识考古学[M]. 谢强,马月,译. 北京:生活·读书·新知三

联书店,1998.

[18]钱理群. 1948:天地玄黄[M]. 济南:山东教育出版社,1998.

[19]任丽青,杨青泉. 海上奇葩[M]. 上海:文汇出版社,2010.

[20]《上海妇女志》编纂委员会. 上海妇女志[M]. 上海:上海社会科学院出版社,2000.

[21]唐金海,张晓云. 巴金年谱(上、下册)[M]. 成都:四川文艺出版社,1989.

[22]王瑶. 中国新文学史稿(下册)[M]. 上海:新文艺出版社,1953.

[23]魏天真. 自反性超越:女性小说的非女性主义解读[M]. 武汉:华中师范大学出版社,2010.

[24]吴俊,郭战涛. 国家文学的想象和实践——以《人民文学》为中心的考察[M]. 上海:上海古籍出版社,2007.

[25]谢保杰. 主体、想象与表达:1949~1966年工农兵写作的历史考察[M]. 北京:北京大学出版社,2015.

[26]杨迎平. 永远的现代:施蛰存论[M]. 北京:光明日报出版社,2007.

[27]张毕来. 新文学史纲(第一册)[M]. 北京:作家出版社,1955.

[28]中共中央文献研究室. 毛泽东文艺论集[M]. 北京:中央文献出版社,2002.

[29]周扬. 周扬文集(第一卷)[M]. 北京:人民文学出版社,1984.

[30]朱寨. 中国当代文学思潮史[M]. 北京:人民文学出版社,1987.

后　记

此时，四周非常寂静，正处于夜深之时，书稿已经基本完成，回望写书的过程，真是甘苦自知。

这本书源自我的博士后出站报告，不过已做了较大的改动，删除了其中的部分内容，又增加了一些内容。当年，在栾梅健教授和我的博士生导师郜元宝教授的推荐下，我来到王光东教授门下做博士后研究工作。我的博士毕业论文是研究华东地区作家的，在郜老师的悉心指导下，我顺利通过答辩。郜老师建议我在后续研究中可将博士论文中没能深入研究的问题作为研究方向，我深以为然。做博士后工作期间，我和王老师谈了自己的想法，王老师很支持我。正是在老师们的关爱下，我才着手进行1949年—1955年华东地区小说的研究。

1949年—1955年是社会全面转型期，无数的可能孕育其中。中华人民共和国成立后，随着现代民族国家的构建，华东地区在政治、经济、文化等方面发生了一定的转型，作为国家文化建设的组成部分，华东地区的小说创作也做出了积极的响应。中华人民共和国成立前，国统区对解放区文学知之不多。中华人民共和国成立后，华东地区原有的小说创作队伍进行了重组，有原解放区的小说创作者，也有原国统区的小说创作者，他们都在努力进行着文学创作。当然，随着时代的变迁，有的人在文坛上日渐湮没，许多上海通俗小说创作者转了行；有的人在文坛崭露头角，工农兵作者开始出现在小说创作领域。华东文学界积极培养工农兵作家，陈登科、唐克新、胡万春、王安友等人都是在老作家的帮助下走上文坛的。由是观之，华东文坛基本上由原解放区的作家、原国统区的作家和工农兵创作者等几方面力量组成。原国统区的作家和工农兵创作者在新时代面前基本上都是学生，原国统区的许多老作家并不完全明了中华人民共和国成立初期的文艺政策，他们处于不断地摸索之中；工农兵小说创作者缺少创作经验，也需要不断地学习提高。正因为这样，这一时期的华东地区的小说具有过渡性特征。

1949年—1955年，有些认识尚待统一，比如这一阶段小说塑造的人物以工农兵为主，但主人公绝不仅仅只有工农兵，还有知识分子、商人、妓女、日俘等，作家对写什么样的人并不清楚。有人问夏衍文艺可不可以为小资产阶级服务，夏衍回答：“可以”。显然，他的回答是欠稳妥的，不久就掀起了一场讨论。从这个文学史细节中可以看出，华东地区的作家，甚至华东地区的一些文艺领导干部，对国家文艺政策的理解都不是很透彻。模糊的认识导致作家在创作过程中出现偏差。因此，1949年—1955年的小说在人物选择和塑造上显示出过渡性特征。

小说的语言也呈现出起步阶段的特色。本书引文中的某些字的用法就体现出这一特色，它可能与今天不同，但在当时是对的，为了向读者重现当年的小说面貌，引文中的字句我未做改动。随着时间的推移，文字日渐走上规范化的道路，这一语言的过渡性特色也渐行渐远。

小说的创作方法也在摸索之中。20世纪40年代，华东地区的小说以批判现实主义见长，呈现出暴露、讽刺的特征。20世纪50年代，社会主义现实主义的创作方法日渐占据主导地位，作家努力向时代看齐，但由于认识的局限性，创作方法难以很快调整过来。许多作家深入基层，体验生活，向工农兵学习，从生活中汲取素材。从他们的作品来看，作家在组织素材时，思想政治意识还是有模糊之处的。他们知道应该写工农兵，也写了工农兵，可是对于如何写工农兵，许多小说创作者并没能把握准确，只是处于摸索阶段。比如，用近乎实录的语言来刻画人物，没有考虑到语言的美感；小说中时常出现骂人的脏话，以此刻画人物的粗犷、豪放的性格特征；小说结构安排也出现不足，为了突出小说的主人公是工农兵，有的小说就让身份为工农兵的人物一讲到底，削弱了小说的生动性；有的小说生硬地制造情节为刻画人物服务。随着时代的发展，作家认识的加深，这一过渡性特征也在逐渐消失。作家日渐关注作品的认识与教育功能，小说显示出强烈的国家认同意识，人物具有强烈的社会责任感和国家主人公意识，显得意气风发。许多小说创作者走上了社会主义现实主义的创作之路，小说显现出质朴、明朗的审美特征。

读者群也在发生变化。乡村、城市都在积极开展扫盲运动，群众的阅读能力不断提高。小说创作者积极深入基层，开设讲座，提升文学爱好者的写作、欣赏能力。许多小说创作者到农村、工厂和部队体验生活，努力创作出贴近工农兵的作品，这些作品也能激发起工农兵读者的阅读兴趣。在形式上，作者注重语言的大众化，力争使作品通俗易懂。同时，积极运用通用语言进行创作，在运用方言时，时常会加注释，以减少其他方言区读者的阅读障碍，扩大作品的传播空间。文学机构也在关注业余爱好者，各级文联广泛接纳业余文艺爱好者，其中就包括文学爱好者。这些爱好者通过写作、听讲座等方式，提升自己的创作能力和文学欣赏能力，成为读者的一部分。所有这些方面都为读者群的扩大做出了相应的努力。

本书把研究的时段限定在1949年—1955年。当然，在具体研究过程中，并不完全拘泥于这个时段，和这一时段相关的其他时段的小说在论述过程中也会有所涉及。

华东地区包括山东省、江苏省、安徽省、浙江省、福建省和上海市，地域限定的理由主要依据文学实际情况。1949年9月，“中华全国文学工作者协会上海分会”的会员包括上海和外埠两个部分。1953年11月以后，由于成立华东大区，再加上文学创作的需要，华东作家协会在上海成立，管理华东六省市的文学创作活动，小说创作由华东作家协会创作委员会小说散文组直接管理。1954年12月13日，中国作家协会上海分会成立，相比于华东作家协会，中国作家协会上海分会的组织机构并没有多少变化，但是在领导力度上加强了许多，组织机构的功能进一步得到了增强。资料显示，1956年5月，中国作家协会上海分会在沪召开第二次会员大会时，与会会员仍包括上述六省市的作家。所以说，在1949年—1955年，华东地区的小说创作者是处于同一个机构领导的，会员资格、政策方针等方面在华东地区有共通之处。所以，本书把华东地区作为小说论述的地域界限。

1949年—1955年的华东地区小说是“十七年文学”的组成部分之一，将这一时期的小说作为独立的研究对象进行考察，一般看来论题还是比较明晰、突出的，研究者应该容易关注到这一时段的作品，进而对它们加以详细研究。但从现有状况看，还是有一些出入的。翻阅某些研究文章、书籍，读者就可能发现，其研究结论大多是基于一些人们耳熟能详的作家的作品。譬如，周而复的《上海的早晨》、吴强的《红日》、刘知侠的《铁道游击队》、赵树理的《三里湾》、周立波的《山乡巨变》、柳青的《创业史》等，仿佛这一时段只有这些作家的作品，研究者基本重复使用这些作家的作品作为论述的依据。事实上，在“十七年文学”小说研究的框架中，在这些研究者笔下，1949年—1955年全国范围内的许多小说基本上是语焉不详的，更不要说这一时段的华东地区小说了。这一缺憾在有些论者那里得到了一定程度的修正，但仍需进一步改善。可以说，1949年—1955年华东地区小说截至目前，尚未有人对之进行过系统的研究，本书即在力所能及的范围内开展这个工作。

1949年—1955年华东地区的小说距今也不过几十年时间，但是研究资料收集起来比较困难，有些小说难以找到最初的版本，只能遗憾地用后续的版本来替代。在今后的研究中，我应该努力弥补这一缺憾，毕竟版本问题很重要。面对研究论题，我对小说的兴趣远远大于对理论的偏执，我只希望尽可能多地阅读到1949年—1955年华东地区的小说，在精读的基础上，对我的研究进行补充。所以，我的研究方法以实证为主，许多时候是述而不论的，这可能让追求理论深度的人感到失望，但却是我想达到的目的，只希望在精读分析中呈现我的看法。当然，在精读基础上，我会联系比如国家认同、女性主义等理论对小说进行烛照，以增加欣赏小说的角度。

本书的论述内容在一些研究中或多或少曾被涉及，但都不是作为独立的研究对象出现的。王瑶的《中国新文学史稿（下册）》的附录中提及陈登科的《活人塘》；华中师范学院中国语言文学系编著的《中国当代文学史稿》提及陈登科、唐克新、胡万春、茵得雨等华东作家，对陈登科的《活人塘》进行了阐释，但是并没有展开论述，也就是说，这些研究在小说的阅读面上有待进一步扩大。如果说文学作品经典化对读者具有指导意义，那么从研究者的角度看，这并不一定是可喜之事。研究者倘若仅仅专注经典，这极有可能会造成某些消极影响。当20世纪50年代的某些小说越来越被经典化的今天，我把1949年—1955年的华东地区小说作为研究论题，主要想表达：文学经典的锻造过程往往会带有局限性，研究者不如尽可能多地接纳作品，仔细阅读，详加研究，让后来者也得以尽可能多地窥见这一时期的作品。事实上，我的研究不是在走向经典，而是在走向文学史的细部，希望为人们展现中华人民共和国成立初期华东地区小说的细部风景。本研究肯定会出现力有不逮之处，还望方家批评指正。

本书的完成基于许多人对我的关心，如果没有他们的帮助，这本书可能就无法问世了。我要感谢我的博士后导师王光东教授，我在站研究期间，王老师耐心地指导我，在百忙之中审阅我的报告，并提出详细的修改意见。同时还要感谢在答辩过程中部元宝教授、王尧教授、姚晓雷教授对我的出站报告给出的指导性建议，这些建议在我修改报告过程中都起了很大的作用。

我要感谢严恩图教授在我本科期间对我的悉心指导，以及在我考研期间给我的无私帮助。

我要感谢我的硕士生导师丁帆教授，是丁老师将我引入现当代文学研究领域，让我感知它的魅力。

我要感谢我的博士生导师郜元宝教授，郜老师谦和睿智，无论做人还是治学，我都获益良多。

我要感谢我的博士后导师王光东教授，正是在王老师的指导下，这本专著才有了它的初稿，并在此基础上得以成书。

我要感谢在本领域孜孜探求的研究者们，你们的灼见打开了我的视野，在此一并致谢。

我要感谢在1949年—1955年期间的华东地区小说创作者们，我在触摸你们留下来的文字时，总能感受到你们对文学的挚爱，我要向你们献上我深深的敬意。同时，我也感到不安，我不能保证自己能读尽你们的作品，感到愧对你们的付出，在后续的研究中，我自当努力发奋。

我要感谢上海行健职业学院的领导和同事们给予我的支持和帮助，让我能有从容的心境从事学术研究，有充足的时间完成本书的撰写事宜。

我要感谢我的妈妈给我精神上的安慰，感谢弟弟、弟妹对妈妈的照顾，正是他们的支持，我才能有时间完成本书的写作。

我要谢谢我的先生与儿子，先生孔令默默的关爱一直伴随我左右。我在读博时，儿子还是一个幼稚的孩童，当这本书即将面世时，他已成为懂事的儿郎，时间真是流逝得太快了。

我还要深深地感谢安徽师范大学出版社的王一澜老师，在书稿一再延宕之时，她给予我无限的耐心与支持，在编校过程中王老师认真负责的态度让我难忘，书稿能如期付梓，这与王老师的努力是分不开的。同时，还要特别感谢安徽师范大学出版社的盛夏老师，盛老师在编校的过程中付出了大量的心血，在书稿的结构、体例等方面给了我很好的建议。

是为后记。

张红娟

2017年5月10日